Thorid Larsson

Kokosnuss und Mangokuss

AF214755

Der Verlag

Reisen ist für uns mehr als Tourismus. Es sind die Menschen und einzigartigen Begegnungen, die uns faszinieren. Deshalb weben wir in unsere Romane authentische kulturelle Aspekte ein: regionale Feste, traditionelle Rezepte, lokale Redewendungen.

Unsere Autor:innen sind Weltenbummler:innen, Abenteurer:innen und leidenschaftliche Fans der Region, über die sie schreiben. Begleitet uns ein Stück in unseren Geschichten und zieht dann selbst los. »Ein Lächeln ist der kürzeste Weg zwischen zwei Menschen«, besagt ein chinesisches Sprichwort. Also seid mutig und offen, denn die Welt ist bunt und voller Wunder.

Thailand

Das »Land des Lächelns« trägt den Namen aus gutem Grund. Thailänder sind für ihre Freundlichkeit und ihre herzlichen Begrüßungen bekannt. Die Elefantenzucht und -haltung hat eine lange Geschichte im Land und Elefanten gelten als ein Symbol der thailändischen Kultur. Thailand ist wegen seiner atemberaubenden Inseln beliebt. Touristen aus der ganzen Welt genießen die Strände, Tauchplätze und das legendäre Streetfood. Von Pad Thai über Tom Yum bis hin zu Mango Sticky Rice gibt es eine schier endlose Vielfalt an köstlichen Gerichten, die an Straßenständen und Märkten im ganzen Land erhältlich sind. Eines der touristischen Highlights ist der Maeklong Railway Market, der an einer aktiven Bahnstrecke liegt. Drei Minuten bevor ein Zug einfährt, ertönt auf dem Mae Klong Market eine laute Sirene. Verkäufer schieben in Windeseile ihre Stände beiseite, klappen die Markisen ein und räumen die Schienen. Dann heißt es Bauch einziehen, wenn der tonnenschwere Koloss sich zwischen den Waren hindurchschiebt.

Kokosnuss UND Mangokuss

TRAVEL. LOVE.
THAILAND.

Thorid Larsson

© 2024, Thorid Larsson

Verlag: Flamingo Tales, Am Rodenbach 49, 51469 Bergisch Gladbach

flamingo-tales.de

Cover-/Umschlaggestaltung: Buchgewand Coverdesign | buch-gewand.de

unter Verwendung von Motiven von:

stock.adobe.com: Katerina Kolberg, Dgillustration12u, Andreas, Kanchana, 32 pixels, yurkaimmortal

depositphotos.com: benjaminlion, Olga_C, ZeninaAsya, deslns, gagarych

ISBN: 978-3-98942-382-4

Fata viam invenient.
Das Schicksal findet seinen Weg.

Vergil

Prolog

Der Fahrer des klapprigen Vans rast durch die Innenstadt Bangkoks. Wir flitzen vorbei an Wolkenkratzern, Häusern – die man kaum als solche bezeichnen kann –, Geschäften, Tuk-Tuks und Rollern.

Am liebsten würde ich das Fenster hinunterkurbeln und den Fahrern zurufen, ob ihnen eigentlich bewusst ist, wie gefährlich es ist, keinen Helm zu tragen. Auf Sicherheit scheint man hier jedoch keinen besonderen Wert zu legen. Als mein gut gelaunter Chauffeur grinsend und mit quietschenden Reifen die nächste Kurve nimmt, widerstehe ich dem Drang, mich am Haltegriff festzuklammern und versuche stattdessen, einen lässigen, entspannten Eindruck zu vermitteln.

Wir rauschen bereits eine halbe Stunde durch die Innenstadt. Im Gegensatz zu eben passieren wir aber inzwischen kleine Märkte und urige Restaurants. Die Menschen auf den Gehwegen sehen ärmlicher aus – einheimischer, würde ich es nennen.

Ich habe das Gefühl, dass wir die Grenzen der Stadt erreicht haben. Sollten wir nicht langsam am Ziel ankommen?

»Ähm, excuse me, Mister, how much longer will it take?«

Der schätzungsweise fünfzigjährige Herr grinst mich schief

über seine Schulter hinweg an. »*Not understand young lady.*«

Na klasse. Vielleicht hätte ich mehr Zeit in das Lernen des Thai-Grundwortschatzes investieren sollen, anstatt in Streitgespräche mit meinen Eltern, die nur dazu geführt haben, dass ich schließlich mit dem Zug zum Frankfurter Flughafen fahren musste.

Laut stoße ich die Luft durch meine Nase aus und schaue wieder aus dem leicht verschmierten Fenster. Die Sonne steht hell am Himmel und ich wische eine Schweißperle von meiner Stirn. Zum Glück war ich am Flughafen noch mal auf der Toilette.

Ich zupfe an meiner schweißnassen Bluse und schaue nervös auf meine Uhr. Weitere fünfzehn Minuten sind bereits vergangen. So langsam werde ich hibbelig. Ich versuche es mal in einfacheren Worten.

»*How long, drive car?*« Wir rasen über einen Hügel und ich bin mir beim Blick nach draußen sicher, dass wir die Stadt definitiv hinter uns gelassen haben. Immerhin scheint mein Verständigungsversuch nicht völlig ins Leere zu laufen.

»*Ahh, long, long.*« Der Fahrer grinst erneut und nickt.

Okay, heißt das jetzt, wir fahren noch lange, oder denkt er am Ende, ich will wissen, wie lange er schon seinen Führerschein hat? Seinen Fahrkünsten nach zu urteilen, frage ich mich, ob er überhaupt einen besitzt. Oder weiß er eigentlich gar nicht, was ich gefragt habe?

Inzwischen sind wir auf der Autobahn und ich hoffe, dass wir so die Stadt umfahren, um schneller zum Ziel zu kommen.

Natürlich, mein Smartphone! Wieso bin ich da nicht gleich drauf gekommen? Ich wühle in meiner Handtasche, bis ich endlich mein Handy gefunden habe. Erleichtert entsperre ich den Bildschirm. Doch schnell macht sich Ernüchterung in mir breit. Kein Netz, kein Empfang.

Ich sitze in einer dubiosen Karre am Arsch der Welt, mit einem Fahrer, der sich für Louis Hamilton hält und meine Eltern werden wahrscheinlich keinerlei Anstalten machen, mich zu suchen, da sie sauer auf mich sind und mich stattdessen mit Nichtachtung strafen. Hoffentlich ruft wenigstens die Freiwilligenorganisation die Polizei, wenn ich nicht in der Unterkunft auftauche.

Als eine weitere Stunde verstrichen ist, wir diverse Kontrollpunkte passiert haben und vor uns eine löchrige Landstraße auftaucht, habe ich auch diese Hoffnung aufgegeben. Eine Träne stiehlt sich aus meinem Augenwinkel. Alleine, verschleppt, ermordet und zerstückelt. Und alles nur, um aus meiner gewohnten Umgebung und vor allem aus meinem gewohnten Leben auszubrechen.

1. Frühlingsgefühle

Susan und ich haben es uns auf einer Decke am Ufer der Lahn gemütlich gemacht, unweit von der WG meiner besten Freundin.

Im Gegensatz zu mir macht Susan ihrem Namen alle Ehre. Benannt nach einer der Protagonistinnen aus *Emergency Room* hat sie Großes vor. Sie will ihren Facharzt entweder in der Chirurgie oder der Kardiologie machen. Auf jeden Fall steht ihr zwar eine arbeitsreiche, aber immerhin spannende Zukunft bevor.

Obwohl meine Namensvetterin über ein ganzes Königreich regiert, hat das Leben für mich andere Pläne. Nicht die Vorherrschaft über *Arendelle,* nein. Meine Zukunft beginnt – und endet – in der hausärztlichen Privatpraxis meiner Eltern, in die ich so schnell wie möglich einsteigen soll. Schließlich wünschen sie sich, dass ich sie später mit meinem Mann, der selbstverständlich auch Arzt zu sein hat, übernehme. Ein Leben lang Husten, Schnupfen und Fußpilz. Jippie, welch eine Freude.

Ich stöhne laut auf und Susan schaut mich fragend an. Verzweifelt nippe ich an dem Caramel-Latte in meinem To-go-Becher, dessen Süße sich sogleich tröstend in meiner Magengegend ausbreitet, mir aber zeitgleich die mahnenden Blicke meiner Mutter vor Augen ruft.

»Elsa, was ist los?« Susans Blick ist jetzt mitfühlend. Ich winke betont lässig ab. »Ach, nichts. Die Lernerei … einfach viel Stress, jetzt, wo es in den Endspurt geht …«

Susan wirkt nicht überzeugt, sondern beinahe skeptisch. »Und du bist dir sicher, dass das alles ist? Wir haben alle Praktika hinter uns, ein ganzes Semester Zeit nur zum Lernen und bis zum Hammerexamen dauert es noch fast ein halbes Jahr. Also, jetzt rück gefälligst raus mit der Sprache.«

Stöhnend stelle ich meinen Becher auf unsere Picknickdecke. »Das ist es ja! Was sind schon die paar Monate? Nichts!«

Spöttisch zieht meine beste Freundin eine ihrer markanten dunklen Augenbrauen nach oben und schüttelt ihre knallrote Mähne. »Ehrlich, Elsa? Wir könnten dich jetzt zur Prüfung schicken und du würdest das Ganze rocken, so gut vorbereitet, wie du jetzt schon bist!«

»Ich will aber nicht! Ich will nicht bei meinen Eltern in der Praxis arbeiten!« Erschrocken über meinen plötzlichen Ausbruch, schlage ich die Hände vors Gesicht. »Zumindest nicht sofort«, schiebe ich geknickt hinterher.

Susan legt ihren mit unzähligen bunten Blütenranken tätowierten Arm, zwischen denen sich kleine Pokémons versteckt haben, um meine schmalen Schultern. »Ach, Mausi, erst mal kommt im November das Praktische Jahr im Uniklinikum. Und wer weiß, vielleicht gefällt es dir doch so gut im Krankenhaus, dass du direkt dortbleiben willst.«

Das glaube ich zwar nicht, aber na ja … Die Famulatur im Krankenhaus während des Studiums habe ich nämlich einfach nur hinter mich gebracht. Oder habe ich sie nur deswegen schnellstmöglich hinter mich gebracht, weil ich wusste, dass es für mich nur ein notwendiges Übel war, welches jedoch nicht dazu diente, meine Vorlieben zu entdecken?

Denn diese werden zukünftig eh keine Rolle spielen – zumindest, wenn es nach Mama und Papa geht. Trotzdem spricht der Frust aus mir, als ich schnippischer als beabsichtigt antworte. »Ach, es ist doch irrelevant, wie gut es mir auf Station gefällt. Früher oder später werde ich sowieso in der Praxis meiner Eltern landen.«

»Wenn du das sagst …« Susans Stimme ist betont gleichgültig und doch habe ich das Gefühl, mich verteidigen zu müssen.

»Hab ich denn eine Wahl?« Entnervt reiße ich die Arme in die Luft, sodass der gute Karamellkaffee mit einem Platsch über den Becherrand schwappt, mitten auf meine hellen Shorts. Auch das noch. Während ich mit einem Taschentuch über den Stoff rubbele, macht Susan Anstalten, etwas zu sagen.

»Süße, man hat immer eine Wahl. Auch du. Es sagt ja niemand, dass du alles hinschmeißen sollst, um Straßenhunde in Mexiko zu retten, aber vielleicht solltest du mal einen kleinen Urlaub machen, mal den Kopf freikriegen anstatt in deinem Urlaubssemester auch noch deinen Eltern in der Praxis zu helfen. Oder mach noch ein kleines Schnupperpraktikum, um zu schauen, welcher Bereich dir mehr liegen könnte als die Allgemeinmedizin. Oder wieso nicht gleich beides in einem?«

Als ich abends in meinem kuscheligen Snoopy-Pyjama in meinem Bett im Kinderzimmer liege – meine Eltern waren der

Meinung, dass ich weiterhin zu Hause wohnen könnte, wenn ich in der Heimat studiere –, gehen mir die Worte meiner liebsten und längsten Kommilitonin nicht aus dem Kopf.

Ich wälze mich von links nach rechts und von rechts nach links, doch an Schlaf ist nicht zu denken. Ich schnappe mir mein Smartphone von dem weiß lackierten Nachtschränkchen und öffne den Browser.

Bei *Voluntary United* werde ich schließlich fündig. Freiwilligenarbeit im Krankenhaus in den verschiedensten Ländern Europas. Und dem Rest der Welt.

Wenn schon, denn schon, denke ich, als ich auf den Asienbutton klicke. Dann checke ich den Stand meines mehr oder weniger unberührten Sparkontos. Das sieht doch gar nicht mal so schlecht aus.

Dadurch, dass ich keine weiteren Kosten habe, geht alles dorthin, was ich in der Praxis meiner Eltern verdiene. Ja, okay, einen Teil gebe ich für Bücher, Klamotten und auch mal einen pappsüßen Latte macchiato von *Coffee Bay* aus. Aber das meiste wandert direkt aufs Sparbuch. So, wie das vernünftige Leute eben machen. So, wie man es mir beigebracht hat.

Ich scrolle durch die Liste der angebotenen Länder. Allein vom Durchlesen beginnt mein Magen-Darm-Trakt, der ebenso wenig Neues gewöhnt ist wie ich, nervös zu grummeln. Mein Blick bleibt an Bali hängen. Hm. Arbeiten, wo andere Leute Urlaub machen. Der Strand, die Palmen und das Meer? Das klingt zu schön, um wahr zu sein.

Und tatsächlich, als mein Blick am Preis des Rundum-sorglos-Pakets inklusive Flug und Visa-Unterstützung hängen bleibt, stelle ich fest, es ist in der Tat zu schön, um wahr zu werden.

Ich seufze laut, will jedoch nicht aufgeben. Zu sehr hat sich der Plan in meinem Kopf festgesetzt, nicht bereit, wieder fortgeschickt zu werden. Mit einem weiteren Klick lasse ich die gefühlt schier endlose Liste dem Preis nach sortieren.

Da wären Nepal – zu unterentwickelt –, China – zu kommunistisch – und Thailand. Genauer gesagt Bangkok. Eine Stadt, die ungefähr hundert Mal größer als Marburg ist.

Ich glaube, ich habe gerade eben meine Wahl getroffen. Bevor ich noch länger nachdenken kann, haben sich meine zitternden Finger wie von selbst bis zum Anmelde-Button vorgearbeitet.

Mir bleiben rund neunzig Tage für das Visum, ein Führungs- und Gesundheitszeugnis und die Impfungen, die jedoch mit einer Arztpraxis im Background das geringste Problem sein sollten.

Ich hole tief Luft, kann es selbst kaum glauben, aber anscheinend werde ich den August als Freiwillige in einem der größten Krankenhäuser Thailands verbringen.

Mit einem Lächeln im Gesicht schlafe ich ein und träume von Elefanten, die durch Krankenhausflure traben.

2. Besucherpantoffeln

Mit einem leicht mulmigen Gefühl in der Brust trabe ich samt meinen Einkaufstüten durch die Oberstadt. Ich habe nicht nur eine neue ultraschicke Sonnenbrille erstanden, sondern auch ein paar luftige Leinenhosen, weiße dünne T-Shirts und bequeme Stoffschuhe, die mir für die Arbeit als Freiwillige im Krankenhaus passend erscheinen.

Die Julisonne strahlt vom Himmel und die Luft steht förmlich in den engen Gassen über dem Kopfsteinpflaster. Mein hellblaugestreiftes Blusenkleid hat sich an meinem Rücken festgesaugt und meine zu langen hellbraunen Ponyfransen – ähhh ... Curtain Bangs hat die Friseurin sie genannt – kleben an meiner Stirn.

Nagende Zweifel, die sich wie kleine spitze Messerstiche in meiner Brust anfühlen, machen sich in mir breit. Wenn mir schon der Marburger Sommer zu warm ist, wie soll ich denn dann bitteschön die thailändische Hitze ertragen?

Das schrille Klingeln meines Smartphones reißt mich aus meinen Gedanken. Meine Mutter – womit wir beim nächsten Thema wären.

Noch habe ich meinen Eltern nichts von meiner anstehenden Reise erzählt. Irgendwie gab es bisher nicht die passende Gelegenheit. Oder vielleicht hatte ich auch ganz einfach nicht den Mut dazu. Sie werden es noch früh genug erfahren, um sich entsprechend aufregen zu können.

Ich wühle in meinem großen Designer-Shopper herum, bis ich schließlich mein Handy in der Hand halte, das leider immer noch vehement klingelt. Muss ja ganz schön dringend sein, zumindest in Mamas Augen …

»Ja, Mama?« Bevor ich mich überhaupt weiter erkundigen kann, was denn los ist, hat meine Mutter bereits mit ihrer Schimpftirade begonnen.

»Elsa Sophie!«

Oha, es ist kein gutes Zeichen, wenn sie meinen Zweitnamen auspackt, den ich von meiner Urgroßmutter geerbt habe.

»Wo steckst du? Unser Besuch ist schon unterwegs!«

Besuch? Welcher Besuch? Und warum, verdammt noch mal, ist es bloß immer so wichtig, dass ich zu Hause bin, wenn wieder irgendwelche spießigen Kollegen meiner Eltern auf der Matte stehen?! Können sie sich nicht selbst ihren Wein eingießen oder die zahlreichen Teller und Schüsselchen der exquisiten und gesunden Snacks in die Spülmaschine räumen? Reicht es nicht, dass ich immer noch in meinem Kinderzimmer wohne, anstatt wie jeder normale Student im Wohnheim oder in einer WG?

Anstatt meinen angestauten Frust ins Telefon zu brüllen, antworte ich nur schlicht, wie man es mir beigebracht hat. »Bin schon unterwegs, Mama.« Schließlich bin ich eine dankbare, wohlerzogene junge Frau.

Als ich schließlich zu Hause ankomme, steht ein Paar mir unbekannter Schuhe in unserem Flur. Die frisch geputzten und polierten braunen Timberlands sind feinsäuberlich nebeneinandergestellt, fast so, als hätte jemand mit dem Geodreieck einen rechten Winkel bestimmt.

Ich streife meine zierlichen goldfarbenen Sandaletten von meinen Füßen, hole meine Schlappen aus dem Schuhschrank hervor und stelle stattdessen meine Sandalen hinein. Nicht dass meine Mutter sich sonst noch über das Chaos beschwert.

Nachdem ich kurz im Bad meine leicht feuchten und deshalb zotteligen Haare gekämmt und mit einer großen Klammer hochgesteckt habe, gehe ich weiter ins Wohnzimmer, um zu schauen, wer uns heute die Ehre erweist.

Ich stoße die Tür zum Wohnzimmer auf, doch die cremefarbene Sofalandschaft ist leer. Dafür dringen Stimmen vom Balkon zu mir herüber. Mamas, Papas und eine dritte, die mir jedoch unbekannt vorkommt.

Neugierig geworden, trabe ich zu unserem mindestens genauso großzügig geschnittenen Balkon und stecke meinen Kopf hinaus. Im gleichen Moment wünsche ich mir, ich wäre einfach länger shoppen gewesen.

Auf der Loungegarnitur sitzen nicht nur Mama im geblümten Etuikleid und Papa in Leinenhose und weißem Hemd, sondern auch ein junger Mann in beigefarbenen Chinos und einem schweinchenrosa Poloshirt. Seine kurzen Haare sind akkurat zur Seite gestylt und kein Härchen steht ab.

Ich ahne definitiv nichts Gutes, als ich mich zu der kleinen Runde geselle. Meine Mutter lacht gekünstelt auf, als sie meine Anwesenheit bemerkt. »Elsa, wie schön, dass du da bist.«

Ich lächle verkniffen. Der junge Mann, dessen Füße in unseren

Besucherpantoffeln stecken, hat sich erhoben und schenkt mir ein breites Lächeln, das dafür sorgt, dass meine Mutter wie ein aufgeregtes Schulmädchen verlegen hin und her wippt.

Ich hingegen kann ihn jetzt schon nicht leiden, vielleicht weil er bei meiner Mutter eine solch affige Reaktion auslöst.

Mister Schmierhaar grinst mich immer noch »gewinnend« an, bevor er mit tiefer, irgendwie monotoner Stimme zu sprechen beginnt. »Guten Abend, Elsa, ich bin Malte.«

Guten Abend? Sind wir auf einer Dienstveranstaltung? Ich bringe ein knappes »Elsa, aber das weißt du ja schon« hervor, während meine Mutter wie ein aufgeregtes Vögelchen loszwitschert.

»Das ist Malte, Gustavs Sohn!«

Auch wenn ich bestimmt wissen müsste, wer von Mamas und Papas zahlreichen Ärztefreunden Gustav ist, habe ich keine Ahnung. Deswegen nicke ich einfach nur lächelnd und schnappe mir einen Gurkenstick vom Balkontisch, obwohl ich eigentlich viel lieber wieder schnurstracks zur Haustür hinausmarschieren würde.

Papa verpasst Malte einen väterlichen Klaps auf die Schulter und zwinkert ihm vielsagend zu. »Malte hat gerade sein Praktisches Jahr absolviert und das Examen mit Bravour bestanden! Er interessiert sich jedoch sehr für die Allgemeinmedizin und wir könnten ganz wunderbar etwas Unterstützung für die Praxis gebrauchen.«

Aha, daher weht der Wind.

Anstatt in Begeisterungsstürme auszubrechen, kaue ich weiter, nicht wissend, wie ich verdammt noch mal reagieren soll. Doch das ist auch gar nicht nötig, denn Gel-Malte hat schon das Wort an sich gerissen.

»Wie schön endlich jemand Gleichgesinnten kennenzulernen, Elsa!«

Wer behauptet, dass ich das bin? Doch Malte scheint nicht an meiner Antwort interessiert. Er scheint gar nicht daran interessiert, mit mir zu sprechen, denn offensichtlich hört er sich viel zu gerne selbst reden.

»Ich habe gehört, du stehst kurz vor dem Examen und dem Praktischen Jahr. Wir können uns gerne zusammensetzen und ich gebe dir ein paar hilfreiche Tipps.«

Während Mama begeistert strahlt und mich dann mit einem angewiderten Blick straft, weil ich erneut nach dem Snackteller greife, stehe ich kurz davor, meinen so gut wie nicht vorhandenen Mageninhalt auf Maltes Besucherpantoffeln zu entleeren.

»Was hältst du davon, Elsa, wenn wir im August so richtig mit dem Lernen durchstarten?«

Auch wenn ich mir nicht sicher bin, ob Malte wirklich eine Antwort meinerseits wünscht, ist meine Stimme schneller als mein Gehirn. »Danke für dein liebes Angebot.« Ich lächle süßlich. »Doch leider bin ich nächsten Monat in Thailand in einem Voluntary-Projekt tätig.«

Malte sieht aus, als hätte ich ihm gerade erzählt, dass ich zukünftig als Stripperin arbeiten werde, und meine Mutter stellt ihr Glas mit solcher Wucht auf den flachen Tisch, dass die orangefarbene Flüssigkeit darin – wahrscheinlich Aperol Spritz – unkontrolliert auf die perfekt gereinigte Glasplatte schwappt.

Mama ist kreidebleich angelaufen und Papa greift sich schwer atmend an die Brust. Und ich, ich lasse die Katze nun endgültig aus dem Sack.

»Ich bin im August in Bangkok. Hab mich für ein Freiwilligenprojekt angemeldet, um vor den Prüfungen noch etwas Sinnvolles zu tun.«

»Du hast was?« Mutters Stimme gleicht einem hysterischen Kreischen und auch Papa schnappt hörbar nach Luft. Eigentlich sollte sich dieser Moment wie ein Sieg anfühlen, doch während die entrüsteten Worte meiner Eltern auf mich niederprasseln und Mediziner-Malte schnellstmöglich das Weite sucht, habe ich eher das Gefühl, eine neuerliche Niederlage zu erleiden. So viel dazu.

3. Transfertrauma

Schon beim Betreten der Gangway fühle ich mich völlig erschlagen. Im Gegensatz zum Suvarnabhumi Airport sind der Frankfurter Flughafen und der Amsterdam Schiphol gar nichts.

Obwohl ich den Flug dank einer riesigen Auswahl neuster Blockbuster und dem Gratis-Weißwein genossen habe, ist jetzt nicht mehr viel von meiner Entspannung übrig.

Nervosität macht sich in mir breit, als ich mich zum Kofferband vorkämpfe. Ob es wirklich die richtige Entscheidung war, mir für meine persönliche Revolution, eine der größten Städte am anderen Ende der Welt auszusuchen?

Vielleicht hatten Mama und Papa doch recht mit dem, was sie gesagt haben, als ich sie vor vollendete Tatsachen gestellt habe. Vielleicht haben sie recht damit, dass ich in einer Arztpraxis besser aufgehoben bin als in einem wahrscheinlich unterentwickelten Krankenhaus am anderen Ende der Welt. Vielleicht haben sie recht damit, dass ich zu vernünftig bin für solch eine Reise und es lediglich ein Floh ist, den mir meine beste Freundin ins Ohr gesetzt hat. Vielleicht hätte ich das Angebot meiner Eltern annehmen und einmal bezahlt mit der *Aida* an der Ostküste Europas langschippern sollen.

Habe ich aber nicht. Ich habe mich dazu entschieden, Neuland zu betreten, und ich werde, verdammt noch mal, das Beste daraus machen.

Nein! Ich werde nicht das Beste daraus machen, sondern ich werde die vier Wochen meines Lebens genießen und als die Ärztin zurückkehren, die ich gerne sein möchte, und nicht als die, die meine Eltern gern zur Tochter hätten.

Der tiefe Schlund am Rollband spuckt nach und nach die verschiedensten Gepäckstücke aus: riesige Wanderrucksäcke, Reisetaschen, zusammengefaltete Kinderwagen und zahlreiche Koffer. Eins nach dem anderen fährt im Kreis herum, doch mein grauer Hartschalenkoffer, an dessen Reißverschluss ich gut sichtbar eine rosafarbene Schleife angebracht habe, ist weit und breit nicht zu sehen.

Angsteinflößende Szenen aus Büchern und Filmen drängen sich in meinen übermüdeten Kopf, in denen die Protagonistin einsam und allein erfolglos auf ihr Gepäck wartet, nur mit den paar wenigen Sachen, die sie am Leib trägt. Mir wird mulmig bei der Vorstellung, vier Wochen lang die gleiche Unterhose zu tragen. Okay, ich habe sicherheitshalber noch einen anderen Slip im Handgepäck verstaut.

Ein Schwall neuer Menschen strömt bereits in die Halle und mein Gehirn wird geflutet von einem Wirrwarr an Sprachen, Gerüchen und Eindrücken, während der Tumult an Koffer-band 13 langsam weniger wird. Die Zahl sagt ja wohl schon alles.

Gerade als ich in Verzweiflung ausbrechen will, kommt ein grauer Hartschalen-Koffer aus dem Nichts gefahren. Mein Herz klopft schneller, doch ich kann die erhoffte rosafarbene Schleife nicht entdecken.

Der Koffer nimmt die erste Biegung und da, da ist sie! Erleichterung macht sich in mir breit, als ich das 20-Kilo-Ungetüm vom Band wuchte.

Meine Arme schmerzen bereits nach wenigen Metern und ich verfluche mich selbst, dass ich aufgrund meines anerzogenen Sicherheitsbedürfnisses das erlaubte Gewicht beinahe bis auf das letzte Gramm ausgenutzt habe. Ich beiße die Zähne zusammen und zerre mein Gepäck hinter mir her, meine Longchamp-Tasche rutscht in die Ellenbeuge und ich fahre mir meinen Koffer gegen die Hacken, die aufgrund meiner Ballerinas nicht gerade gut geschützt sind. Autsch. Tränen beißen in meinen Augen und ich unterdrücke den Drang, lauthals zu fluchen.

Nach gefühlt etlichen Kilometern, Rolltreppen, Pass- und Visakontrollen sehe ich das rettende Ausgangsschild. Endlich. Mein Koffer ist plötzlich federleicht und meine Handtasche kaum noch spürbar. Beinahe renne ich die letzten Meter bis zur Ankunftshalle. Die Schiebetüren gehen auf und ich stürze mich in meine Zukunft. Eine Zukunft in Form eines alten Mannes, der aufgeregt mit einem großen Pappschild wedelt, auf dem unübersehbar mein Name steht.

Der schmuddelige weiße Wagen dahinter sieht ungefähr genauso stabil aus wie das Schild, das er mit seinen dünnen, gebräunten Armen in die Höhe streckt.

Das Auto rumpelt durch ein besonders großes Schlagloch, sodass meine Augäpfel förmlich in ihre Höhlen gepresst werden. *What the F…*

Anscheinend bin ich eingeschlafen vor lauter Erschöpfung, Sorge und Anspannung. Jetzt jedenfalls bin ich hellwach und die Panik kehrt zurück, als wir am Rande einer mir unbekannten Stadt in eine schmale Auffahrt brettern.

Ich weiß nicht, wovor ich mehr Angst haben soll – davor, ob ich bereits während der Fahrt sterbe, oder ob am Ende dieses Trips ein Massenmörder auf mich wartet.

Die trockene Schotterpiste weitet sich und vor mir taucht ein kleines, mattürkis gestrichenes zweistöckiges Häuschen mit einer Art Vordach auf. Darunter steht ein wackelig aussehender Holztisch mit den dazu passenden verblichenen Stühlen.

Mein Entführer, Fahrer – was auch immer – verlangsamt das Tempo und ich entdecke neben dem Gartenmobiliar eine morsch wirkende Holzliege samt Sonnenanbeter darauf. Den Plan, aus dem Auto zu springen und einfach zu rennen, verwerfe ich also sofort wieder.

Der Mann auf der Liege steht auf, als der Wagen zum Stehen kommt. Er ist ein junger Thai, nicht viel älter als ich, schätzungsweise Mitte oder Ende zwanzig. Er hat schwarzes Haar, das jedoch dank der inzwischen tief stehenden Sonne von einem Kupferstich durchzogen ist. Die etwas längeren Strähnen seines Pottschnitts hängen ihm in die Stirn über seine wahrscheinlich gefakte RayBan und in seinen Ohrläppchen befinden sich kleine runde Holzstecker.

Er trägt nur eine geblümte Badehose, sodass ich gezwungen bin, seinen makellosen, gebräunten und ziemlich gestählten Oberkörper zu bewundern, der mit feinen schwarzen Mustern überzogen ist, die über den linken Arm bis zu seinen Fingerspitzen verlaufen.

Für einen Bad Boy, wie er im Buche steht, sieht er jedoch nicht böse genug aus. Irgendwie erinnert sein Style mich eher an eines dieser koreanischen Pop-Sternchen à la *BTS,* auch wenn er insgesamt wegen der zahlreichen Tätowierungen deutlich männlicher wirkt.

Was genau sie darstellen, kann ich durch das beschlagene Autofenster nicht erkennen, doch das sollte mich vielleicht auch gerade eher weniger interessieren, genau wie die Muskeln an seinem Bauch, die sich trotz der verschwommenen Sicht klar und definiert abzeichnen.

Mein Chauffeur grinst mich an. *»Stop here.«*

Das heißt wohl, wir sind da. Nach einer dreistündigen Fahrt, die mich definitiv nicht in die City Bangkoks gebracht hat. Um genau zu sein, habe ich keinen blassen Schimmer, wo ich eigentlich bin.

Ich ruckle an der Schiebetür, die auch sogleich quietschend zur Seite springt. Blinzelnd und mit tauben Beinen stolpere ich nach draußen, dem jungen Thai direkt in die Arme.

Aus dem Minivan stolpert mir eine leicht derangiert wirkende junge Frau entgegen. Ihr honigbraunes Haar ist zu einem Zopf gebunden. Ihr Make-up ist zwar dezent, aber es bewahrt sie trotzdem nicht davor, nun wie ein kleiner Waschbär auszusehen.

Mit den Perlenohrringen, der hellen Bluse und den khakifarbenen Chinohosen sieht sie eher aus wie die Schaufensterpuppe eines Modeladens – für Spießer, versteht sich – als wie eine Freiwillige, die einen Monat in Thailand verbringen möchte.

Erschrocken taumelt sie zur Seite und schaut mich aus ihren großen Augen an, die wie Bernsteine schimmern, bevor sie endlich wieder festen Stand hat. Ihre Stimme hingegen klingt jedoch fest und passt nicht zu dem nervösen Gehampel, das sie veranstaltet.

»Entschuldigen Sie, wo bin ich? Eigentlich sollte ich in Bangkok sein.«

Sie klingt wie eine dieser Lehrbuchkassetten früher im Englischunterricht. Sie spricht jede Silbe überbetont und lässt eine extralange Pause zwischen jedem Wort, ganz so, als würde sie mit einem potenziellen Ureinwohner sprechen. Was ist das denn für eine?

Herablassender als ich sollte, kläre ich sie auf. »Erstmal hallo, und du hast schon richtig erkannt, wir sind nicht in Bangkok, sondern in Kanchanaburi.«

Ihre Kinnlade samt ihrem etwas zu großen himbeerfarbenen Mund klappt nach unten. Nervös streicht sie eine Strähne nach hinten, die sich aus ihrem Zopf gelöst hat. »Du sprichst Deutsch?«

War ja klar, dass so eine Tusse vorurteilsbelasteter ist als ein achtzigjähriger Rentner, der sein ganzes Leben am gleichen Ort verbracht hat. Ich ziehe meine Augenbraue spöttisch nach oben. »Ja, Deutsch zu sprechen ist doch sehr von Vorteil, wenn man fast sein ganzes Leben in Deutschland verbracht hat.«

Jetzt ist sie es, die mich abschätzig anschaut. Vielleicht war das doch etwas zu viel des Guten, deswegen schlage ich einen etwas versöhnlicheren Ton an. »Ich bin auch als Freiwilliger hier – sozusagen. Und ich nehme an, du bist dann wohl Elsa. Ich wurde bereits von der Organisation über deine Ankunft informiert.«

Sie presst ihre Lippen zu einem dünnen langen Strich zusammen. »Da scheinst du besser informiert zu sein als ich. Ich habe nämlich Bangkok gebucht. Und da sind wir ja definitiv nicht.«

Überfordert zuckt sie mit den Schultern, während sie ihr Handy aus der großen Designertasche holt, die zur Standardkluft sämtlicher Juristinnen, Pharmazeutinnen und Medizinstudentinnen gehört. Bestimmt freut es sie, dass es die hässlichen Nylonbeutel hier für einen Bruchteil des Originalpreises gibt, natürlich als Fake.

»Mist, immer noch kein Netz. Hast du vielleicht ein funktionierendes Handy, ähhhm …«

»Vincent. Mein Name ist Vincent.«

Erst schaut sie mich überrascht an, dann bricht sie in leicht irres Gelächter aus, als hätte sie damit gerechnet, dass ich Chi oder Chai heiße. Die kommt echt von nem ganz schön zurückgebliebenen Stern.

Ich seufze und ergänze in genervtem Tonfall: »Nenn mich einfach Vince, das tun eigentlich alle.«

Sie nickt, schaut allerdings immer noch äußerst skeptisch, als ich mein Smartphone aus der Tasche meiner Badeshorts fische und durch die Kontakte scrolle, bevor ich es ihr in die Hand drücke.

»Da ist die Nummer von *Voluntary United*, ich nehme doch ganz stark an, da willst du anrufen!«

Vielleicht habe ich ja Glück und alles stellt sich als ein Missverständnis heraus. Ich kann mir nämlich ehrlich gesagt auch Schöneres vorstellen, als mir ein Zimmer mit Fräulein Superhohl zu teilen, die nun hysterisch ins Handy blökt.

»Ich habe meinen Aufenthalt für Bangkok gebucht nicht für Kananchaba… Ach, ist ja auch egal! Was?! Welches Kleingedruckte? Sie werden noch von mir hören, wenn ich wieder in Deutschland bin!«

Aggressiv patscht sie auf dem Handy herum und ich habe beinahe Angst, dass sie mit ihren spitzen Fingern den Bildschirm vor lauter Wut zerteilt. Jedoch hat sie sich schnell wieder im Griff, als sie mir mein Smartphone zurückreicht.

»Danke, Vince. Angeblich kann es zu spontanen Umplatzierungen kommen und von so einer bin ich nun scheinbar betroffen.« Als wäre sie die Queen persönlich, ergänzt sie noch majestätisch: »Wärst du so nett, mir mein Zimmer zu zeigen, damit ich mich frisch machen und mein Gepäck abstellen kann?«

4. Doppelzimmerhölle

Schnaufend wuchte ich meinen Koffer die schmale Außentreppe nach oben, die wohl zu meinem Zimmer führt. Nachdem mir die unfreundliche Mitarbeiterin am Telefon gesagt hat, dass ich auch gerne auf eigene Kosten abreisen kann, habe ich beschlossen, mich vorerst mit der neuen Situation zu arrangieren.

Ich wollte es abenteuerlich, jetzt habe ich es abenteuerlich. Hoffentlich wartet am Ende der Treppe nicht der nächste Schock auf mich. Denn unter einer Freiwilligen-WG hatte ich mir ehrlich gesagt auch ein bisschen was anderes vorgestellt.

Vince, der keinerlei Anstalten gemacht hat, mir meinen Koffer abzunehmen – arroganter Idiot –, wartet bereits oben. Er öffnet die Zimmertür und ein relativ dunkler Raum liegt vor mir. Als sich meine Augen an das dämmrige Licht gewöhnt haben, bin ich positiv überrascht. Es ist zwar nicht sonderlich schön oder gemütlich, aber zumindest sauber.

Es gibt zwei einfache Betten, einen Schrank sowie einen kleinen Schreibtisch samt Stuhl. Lustlos führt Vince mich durch den Raum und deutet auf eine dünne Wand, die nicht sonderlich stabil wirkt. Es gibt einen Durchgang, allerdings keine Tür.

Zu meiner Freude stelle ich fest, dass sich dahinter ein kleines Bad befindet. Es gibt eine Dusche, mit der man wahrscheinlich das ganze Zimmer unter Wasser setzt, und sogar eine Toilette. Eine richtige, wassergespülte Toilette. Halleluja.

Ich schlendere zurück. Vince lehnt sichtlich genervt an dem kleinen Tisch, auf dem allerlei persönliche Gegenstände liegen. Moment. Irritiert schaue ich zum zweiten Bett, auf dem bereits Decke und Kissen liegen. Habe ich etwa eine Leidensgenossin? Fragenden Blickes deute ich auf die Sachen.

»Teile ich mir mit jemandem das Zimmer?«

Vince grinst mich spöttisch an. »Ehhhhh ... Ja, mit mir!«

»Waaas?« Meine Stimme ist schrill, mein Herz klopft wie bescheuert und droht aus der Brust zu springen, und zwar nicht im positiven Sinne.

Völlig überfordert lasse ich mich auf mein Bett fallen, was ich jedoch sofort bereue, weil die Matratze nicht butterweich ist wie angenommen, sondern steinhart. Es ist, als hätte ich mich mit Anlauf auf den Steinboden geworfen.

Ich probiere, die Tränen zu unterdrücken. Zum einen wegen des Schmerzes, der meinen Rücken durchzuckt, zum anderen wegen der Erkenntnis, dass ich vier Wochen lang unter fürchterlichen Verstopfungen leiden werde, wenn ich mir mit einem Mann das Zimmer teilen muss.

Einem Mann, der auf seine Art und Weise zwar ziemlich heiß ist – diese Erkenntnis trifft mich wie ein Hitzeschlag –, aber obendrein ein arroganter, selbstverliebter Cretin.

Ich atme tief durch und probiere, mich zu beruhigen. Denn ich will nicht, dass Vince mich auch noch für eine verklemmte Trulla hält, nachdem ich schon dank meiner völlig überholten Vorurteile in ein Fettnäpfchen nach dem anderen getreten bin. Trotzdem rechtfertigt das nicht sein schnoddriges Verhalten mir gegenüber.

»Äh ... und sonst gibt es hier kein Zimmer?«

Er lacht. Es ist ein tiefes, sonores Lachen, was irgendwie viel zu sympathisch für sein bisheriges Verhalten klingt. »Doch, eins gibt es noch.« Er blickt mich vielsagend an. »Aber da ziehen in Kürze zwei andere Freiwillige ein.«

Na Bravo.

»Ich lass dich dann mal in Ruhe auspacken.«

Zum Glück hat Vince den Anstand, mich erstmal alleine zu lassen. Vielmehr hätte ich damit gerechnet, dass er es sich hämisch grinsend auf seinem Bett gemütlich macht, während ich die Beine zusammenkneife. Da dem zum Glück nicht so ist, renne ich als Erstes in das kleine Badezimmer, nachdem die Tür ins Schloss gefallen ist.

Gerade als ich es mir auf der Toilette gemütlich gemacht habe, geht die Tür wieder auf.

Neinneinnein!

Vince ruft: »Bitte kein Klopapier in die Toilette schmeißen, ich habe wenig Lust, in deinen Hinterlassenschaften zu wühlen.«

Dann fällt die Tür wieder zu, während ich knallrot anlaufe. Was für ein Widerling. Am liebsten würde ich ihm die Rolle des kratzigen gräulichen Papiers quer ins Gesicht schieben. Manchmal wäre ich gerne so mutig, wie ich in Gedanken bin. Doch da muss ich wohl noch ein bisschen üben …

Eine halbe Stunde später habe ich nicht nur ausgepackt, sondern mir auch noch in Windeseile die Strapazen der Reise vom Körper gewaschen.

Als ich mich diesmal aufs Bett plumpsen lassen will, fällt mir zum Glück noch rechtzeitig ein, dass thailändische Betten wohl nicht dafür gemacht sind. Im letzten Moment sinke ich vorsichtig nieder und strecke mich lang aus.

Urgh. Bequem ist anders.

Na ja, ich will eh nur kurz die Augen schließen, bevor ich den Rest »unseres« Hauses erkunde.

Als ich das nächste Mal die Augen öffne, starre ich mitten in Vince' besorgtes Gesicht, der vor meinem Bett steht und mich skeptisch mustert. O mein Gott, wie lange steht dieser gruselige Spinner wohl schon da?

Schnell richte ich mich auf und mache den Mund auf, um ihm diesmal wenigstens eine blöde Bemerkung an den Kopf zu schleudern, doch er kommt mir zuvor.

»Ich habe mich gewundert, dass ich gar nichts mehr von dir gehört habe. Da dachte ich mir, ich schaue mal, wo du abgeblieben bist.«

Okay, vielleicht ist er doch nicht ganz so creepy, wie ich dachte. Verlegen streiche ich mir eine Haarsträhne aus der Stirn.

»Ich hab Essen gemacht, hast du Hunger?« Langsam fange ich an, den seltsamen Kerl vielleicht doch zu mögen, überlege ich ernsthaft, als mein Magen ein unüberhörbar lautes Knurren von sich gibt.

Aber nur ganz, ganz vielleicht.

Auf dem Weg die hölzerne Treppe nach unten bereue ich jedoch, sofort aufgesprungen zu sein, anstatt noch mal in den Spiegel geschaut zu haben. Meine kurzen Radlerhosen, die ich sonst gerne unter einem Kleid trage, entblößen den größten Teil meiner Beine und das geraffte geblümte Top zeigt mehr Haut als sonst. Aber auch jetzt ist es noch so heiß, dass ich wohl doch absolut passend gekleidet bin. Zumindest passend zu Vince' Badehosenlook.

Der olle Gartentisch ist bereits für zwei gedeckt und in der Mitte steht eine dampfende Platte mit einem Nudelgericht, soweit ich das erkennen kann. Die Teigröllchen daneben sehen knusprig aus und duften verführerisch.

Vince deutet auf den Platz an der Hauswand, während er sich selbst mir gegenübersetzt. Er zeigt auf die Platte in der Mitte. »Das ist Pad Thai, gebratene Reisbandnudeln mit Tofu, Ei und Erdnüssen. Das daneben sind Frühlingsrollen mit Gemüse.«

Ich nehme mir von beidem sicherheitshalber erstmal eine kleine Portion – auch wenn das Essen überaus gesund wirkt – und warte, bis Vince sich auch etwas aufgetan hat und die Gabel erhebt. Ich bin verwirrt.

»Essen wir nicht mit Stäbchen?«

Vince verdreht die Augen. »Elsaaa.« Er zieht das *A* in die Länge und sein Tonfall klingt, als würde er mit einem dümmlichen Kind sprechen. »Wir sind hier in Thailand, nicht in China. Hier isst man mit Gabel und Löffel. Hast du dich ansatzweise über das Land informiert?«

Gereizt steche ich meine Gabel in die Nudeln und will dem neunmalklugen Vince schon eine patzige Antwort geben, doch die Geschmacksexplosion auf meiner Zunge hält mich davon ab. Ich nehme noch eine Gabel Nudeln und beiße in die Frühlingsrolle. Köstlich. Aber sowas von! Ich glaube, ich habe noch nie so etwas Leckeres gegessen. Deswegen atme ich einmal tief durch, schiebe mein schlechtes Gewissen in die hinterste Ecke meines Gehirns und beginne zu sprechen.

»Dann erzähl mir doch mal was von dir, Vince. Woher kommst du, warum bist du so viel besser informiert als ich?«, füge ich sarkastisch hinzu. »Und wo, verdammt noch mal, hast du so kochen gelernt?«

Er lacht. Es ist wieder das tiefe, ehrliche Lachen, das mir seltsamerweise einen kurzen Schauer über meinen verschwitzten Körper jagt.

»Immer mit der Ruhe, Madame. Also eins nach dem anderen. Ich kann so gut thailändisch kochen, weil meine Mum Thailänderin ist. Vielleicht bin ich deswegen auch ein klitzekleines bisschen besser informiert als du.« Er grinst mich spitzbübisch an.

Das erklärt zumindest sein Äußeres. Ob seine Mutter wohl gekauft ist? *Elsa,* schelte ich mich selbst, *das ist wohl heutzutage kaum noch üblich, aber möglich wäre es* ... Vorsichtig frage ich: »Wohnen deine Eltern denn in Deutschland?«

»Ja, im Ruhrgebiet, um genau zu sein.«

Sofort muss ich an einen Schalkefan mit Vokuhila im mittleren Alter denken, der im Pattaya-Urlaub beschlossen hat, dass er gerne eine junge hübsche Frau an seiner Seite hätte, die den Haushalt schmeißt. Bevor ich jedoch weiter nachbohren kann, ergreift Vince erneut das Wort.

»So, über mich weißt du ja jetzt schon allerhand ...«

Na ja, jetzt übertreibt er aber.

»Also erzähl mal was von dir, Elsa. Woher kommst du, wie alt bist du, was machst du hier?«

Ich winke betont lässig ab. »Ach, da gibt es gar nicht wirklich viel Spannendes zu berichten. Ich bin vierundzwanzig, komme aus Marburg und studiere dort Medizin. Weil ich aber vorm zweiten Stex und dem Praktischen Jahr noch mal rauswollte, dachte ich mir, so ein Freiwilligenaufenthalt ist genau das Richtige. Denn wenn man erstmal im Arbeitsleben ist ... Dann war's das wohl.« Meine Worte klingen bitterer als beabsichtigt und die Stimmung ist kurz davor, zu kippen. Deswegen lenke ich lieber von mir ab. »Und was ist mit dir? Studierst du auch noch?«

»Nee, ich bin mit allem durch. Aber ich hab in Gießen studiert, also wer weiß, vielleicht sind wir uns schon mal über den Weg gelaufen.«

»Und in welche Fachrichtung willst du später gehen?« Neugierig schaue ich ihn an.

Seine dunklen Augen funkeln irritiert. »Fachrichtung? Ich hab Tiermedizin studiert, aber nach der Zwischenprüfung aufgehört. Zu theoretisch, war nicht meins. Hab dann stattdessen ne Ausbildung als Tierpfleger gemacht.«

Er schaut forschend in mein Gesicht, doch ich lasse mir nichts anmerken. Glaube ich zumindest.

»Hier bringt mir die Pflegeausbildung mindestens genauso viel und ehrlich gesagt, im Moment weiß ich gar nicht, ob ich überhaupt so schnell zurück nach Deutschland will. Das ist der Vorteil einer doppelten Staatsbürgerschaft.«

Ich verschlucke mich an der letzten Nudel und beginne, unkontrolliert zu husten. Ist die medizinische Versorgung hier etwa so schlecht und das Personal dermaßen unterbesetzt, dass man schon Tierpfleger auf Menschen loslässt?

Vince klopft mir auf den Rücken und ich entgehe dem Erstickungstod noch mal knapp. Zum Glück. Wer weiß, ob er mir hätte helfen können. Schließlich bin ich kein Hund oder Meerschweinchen.

5. Stylingaffäre

Ich bin schon lange wach, bevor mein Wecker klingelt. Aus dem Nachbarbett ertönen leise Schnarchgeräusche, ähnlich wie die von Flauschbert, dem Katerchen, das meine Oma früher beherbergte, als ich noch ein kleines Mädchen war. Ich hoffe wiederum, ich habe keine katzenartigen Schnarchgeräusche von mir gegeben, oder noch schlimmer, die eines ausgewachsenen Grizzlybären.

Als Vincent in unser Zimmer gekommen ist, muss ich schon geschlafen haben. Während er nach dem Essen noch auf der Terrasse sitzen geblieben ist, bin ich lieber ins Bett gegangen, um fit für meinen ersten Arbeitstag zu sein. Denn auch, wenn ich begonnen habe, für mich verrückte Dinge zu tun, heißt das nicht, dass ich plötzlich verantwortungslos handele und völlig unausgeschlafen in die Arbeit starte. Vince hat schließlich schon ein paar Monate hinter sich und hoffentlich die nötige Routine entwickelt.

Als mein Wecker klingelt, klettere ich leise aus dem Bett. Wundersamerweise schmerzt mein Rücken weniger als angenommen. Vielleicht sollte ich meine Matratze zu Hause einfach auch gegen ein Brett tauschen. Mit meinem Handy, welches ich inzwischen mit dem WLAN verbinden konnte, das es wundersamerweise in unserer WG gibt, leuchte ich mir zunächst den Weg zum Kleiderschrank und dann zum Badezimmer.

Ich steige unter die Dusche und lasse das lauwarme Wasser auf mich hinuntertröpfeln. Bis ich endlich das Duschgel abgewaschen und meine Haare von Shampoo und der äußerst anhänglichen Haarspülung befreit habe, ist das Wasser kalt und ich bibbere. Schnell rubbele ich mich mit meinem flauschigen *Frozen*-Handtuch ab, das ich von zu Hause mitgebracht habe, und schlüpfe hastig in meine Unterwäsche. Schlafende Hunde soll man schließlich nicht wecken ...

Die nahtlose Panty sitzt wie eine zweite Haut und der leicht gepolsterte BH zaubert ein verführerisches Dekolleté. Nicht dass ich das als zukünftige Ärztin nötig haben sollte ... Dennoch schenkt er mir Selbstbewusstsein und lässt mich mehr wie eine erwachsene, erfolgreiche Frau fühlen als wie eine kleine Nochstudentin.

Ich entscheide mich für eine lockere beigefarbene Leinenhose und eine schlichte weiße Bluse. Falls wir keine Arbeitskleidung bekommen, bin ich trotzdem einigermaßen luftig gekleidet und sehe angemessen aus. Auf Make-up verzichte ich, abgesehen von wasserfester Mascara und ein wenig getönter Tagescreme mit Lichtschutzfaktor.

Meine Haare bürste ich einfach nur durch. Es ist noch genügend Zeit, dass sie an der Luft trocknen können. Erstens will ich den schlafenden Tiger ... ähm ... das schlafende Kätzchen nicht wecken und zweitens ist mir jetzt schon so warm, dass ich die heiße Luft des Föhns nicht ertragen könnte.

Samt meiner Tasche schleiche ich aus dem Zimmer. Draußen werde ich nicht nur von den ersten Sonnenstrahlen begrüßt, sondern auch von mir unbekanntem Vogelgezwitscher. Ich gehe die knarzende Holztreppe nach unten, als unter mir ein Kläffen ertönt. Vor Schreck stolpere ich. Im letzten Moment kralle ich mich am Geländer fest.

Vorsichtig setze ich Fuß um Fuß nach vorne, als das Bellen erneut ertönt und ein zerrupfter Hund am Treppenabsatz erscheint. Auch wenn der kleine Kerl süß aussieht, bleibe ich trotzdem wachsam. Es wimmelt in Thailand nur so vor wilden Hunden, erst recht vor solchen, die Tollwut und andere übertragbare Krankheiten haben.

Da das zottelige Fellknäuel jedoch keine Anstalten macht, das Weite zu suchen, sondern stattdessen weiterhin schwanzwedelnd an der Treppe steht, beschließe ich, oder eher gesagt, die neue mutige Elsa, ihn einfach zu ignorieren. Immerhin habe ich alle nötigen Impfungen und der Flohteppich macht eigentlich nicht den Eindruck, als wollte er sofort über mich herfallen.

Ich gehe in Richtung Vorratskammer, die sich samt dem Kühlschrank in einem der unteren Räume befindet, während die Küche einfach draußen im Freien ist. Obwohl wir uns um die übrigen Mahlzeiten selbst kümmern müssen, stehen fürs Frühstück Berge an Cerealien bereit. Cornflakes, Schoko- und Honeypops und ein etwas dubios aussehendes Müsli.

Außerdem gibt es Kakao-, Bananenmilch- und Saft-Trinkpäckchen. Ach ja, habe ich erwähnt – die normale Milch befindet sich auch in Trinkpäckchen. Müllvermeidung und -trennung scheint hier noch nicht angekommen zu sein. Die Leute haben andere Probleme.

Ich nehme mir eine Schüssel aus dem Schrank und fülle ein paar Cornflakes hinein. Um das Ganze wenigstens einigermaßen gesund zu gestalten, schneide ich noch einen schrumpeligen

Apfel aus dem Flieger darüber. Ich muss dringend heute nach der Arbeit, wenn ich Zeit habe, einkaufen, um mir leckeres exotisches Obst zu besorgen und ein paar andere weniger zuckrige Snacks für zwischendurch.

Während ich die Cornflakes in mich hineinschaufele, überlege ich, was uns wohl heute erwartet. Ich habe bei der ganzen Aufregung gestern irgendwie komplett vergessen zu fragen, auf welcher Station wir in der Klinik eingeteilt sind –, ob es in Kanchanaburis Krankenhaus überhaupt Stationen gibt.

Ein Blick auf meine schlanke Silberuhr verrät, dass wir in gut einer Viertelstunde, nämlich um halb acht, losmüssen. Gerade überlege ich, ob ich wohl mal nach Vince schauen sollte, als er in einem ähnlich lässigen Outfit wie gestern die Treppe hinuntergeschlurft kommt. Die Badeshorts hat er allerdings durch ein weinrotes Exemplar ersetzt.

Seine halblangen Haare sind völlig verstrubbelt. Anscheinend hält er es nicht für nötig, sich wenigstens für die Arbeit zu kämmen. Bevor er mich begrüßt, geht er jedoch erst zu dem kleinen graubraunen Flohteppich, der nun freudig mit dem Schwanz wedelt, als würde er Vince schon länger kennen.

Da dieser plötzlich zwei Leckerlis aus seiner Hosentasche hervorzaubert und dann auch noch den Kopf des zerrupften Hundes streichelt, bin ich mir sicher, dass dem so ist. Doch anstatt einfach meinen idiotischen Mund zu halten, quatsche ich einfach drauflos. »Nicht dass der Tollwut hat, oder Flöhe? Und was ist, wenn er dich beißt?!«

Vince schaut verschlafen unter seinen Zotteln hervor, die ihm ähnlich ins Gesicht fallen wie die seines felligen Freundes, und schaut mich an, als hätte ich gefragt, ob er mit mir schlafen will. Oder halt etwas ähnlich Absurdes, ich weiß auch nicht genau, wieso ich jetzt ausgerechnet darauf komme.

Dann grinst er mich schief an. »Na, ich hab ja jetzt zum Glück ne Privatärztin, die mich retten kann. Trotzdem würde ich dir empfehlen, was Praktischeres anzuziehen. Noch bist du nicht in deiner Arztpraxis.« So ein unverschämter Bengel.

»Das sagt hier der Richtige, selbst mal in den Spiegel geschaut?« Ha, dem hab ich's gegeben, doch Vince prustet einfach nur los und ich frage mich, was ich verpasst habe.

Elsa und ich haben es geschafft, uns die erste Nacht und den ersten Morgen zu arrangieren. Als ich gestern Abend in unser Zimmer gekommen bin, hat sie schon tief und fest geschlafen. Zwischendurch hat sie ein putziges Schnarchen von sich gegeben, das an das Quieken eines Ferkels erinnerte.

Ihr Laken hatte sie von sich getreten und unter ihrem rosafarbenen Snoopy-Pyjama schaute ein Stückchen blasse Haut hervor, auf der ich eine winzige Tätowierung erkennen konnte. Ein Stethoskop in Herzform. Die zierlichen geschwungenen Linien passen zu ihr. Sie scheint Ärztin mit Leib und Seele zu werden. Das sagt zumindest auch ihr spießiges Outfit, das für den heutigen Tag nicht unpraktischer sein könnte.

Bereits als ich heute Morgen aufgewacht bin, wusste ich, dass etwas anders ist als sonst. Erst als ich ins Bad getorkelt bin und von einem blumigen Duft sowie diversen Fläschchen und Dosen empfangen wurde, ist mir wieder eingefallen, dass ich ab heute Gesellschaft bei meiner Arbeit als Freiwilliger habe.

Auch wenn ich mir beim Anblick von Frau Doktor nicht sicher bin, ob es besser wäre, keine Unterstützung zu haben.

Was hat sie sich nur dabei gedacht? Anscheinend nicht viel, wenn ich mich an all die Vorurteile erinnere, die sie mit sich herumträgt. Allein ihr Blick, als ich sagte, dass meine Mum Thailänderin und mein Papa Deutscher ist, war Gold wert. Pfff.

Schnell schnappe ich mir zwei Flaschen Wasser aus dem Vorratsraum und verstaue diese samt ein paar Müsliriegeln im Rucksack. Elsa wartet bereits in ihren weißen Stoffschühchen mit ihrem dunkelblauen Luxus-Täschchen am Eingangstor.

Na ja, vielleicht sollte ich mal nicht so sein und einen letzten Versuch wagen. Schließlich habe ich schon etwas mehr Erfahrung als Volontär gesammelt … im Gegensatz zu ihr.

»Elsa, bist du dir wirklich sicher, dass du dich nicht umziehen willst? Nimm zumindest lieber einen Rucksack als diesen … diesen Beutel mit!«

Mitleidig schaut sie mich an. »Ich weiß schon, was ich tue, also spar dir deine Ratschläge, Mister Neunmalklug.« Das glaube ich allerdings nicht.

6. Desasterdebüt

Schon nach wenigen Metern ist mein Gesicht schweißüberströmt. Ich zwirbele meine straßenköterblonden Haare zu einem Messy-Bun zusammen und hoffe, dass ich dann zumindest am Kopf nicht mehr so sehr schwitze. Immer wieder wische ich mit der flachen Hand über meine Stirn. Auf Vince' Gesicht hat sich derweil ein selbstzufriedenes Grinsen ausgebreitet. Doppelt Idiot.

Wir laufen wieder den löchrigen Kiesweg Richtung Straße zurück, von der ich gestern mit dem Van gekommen bin. Heute wirkt die Gegend viel weniger trostlos. Überall, wo ich hinschaue, befinden sich saftig grüne Flächen, bestehend aus Palmen, Gräsern und Wäldern.

Wir überqueren die schmale Hauptstraße, gehen zwischen ein paar strohgedeckten Häusern hindurch und plötzlich stehen wir am Wasser. Fast vergesse ich sogar, dass der größte Cretin neben mir herläuft, der sich wahrscheinlich gerade in Thailand befindet.

Der leuchtend blaue Fluss schlängelt sich majestätisch durch die ganze Stadt. Eine riesige alt anmutende Brücke durchbricht das fotogleiche Motiv. Darunter schippern hölzerne spitze Boote, die mich an Kanus erinnern.

Direkt links vor uns beginnt eine Art Fußgängerzone, in der bereits reges Treiben herrscht – kleine Marktstände, süße Geschäftchen und zahlreiche Restaurants preisen ihre bunten Waren an. Im Hintergrund der River Kwai, wie ich auf einem Schild erkennen kann. Der Anblick ist phänomenal. Wieso wollte ich doch gleich nach Bangkok?

»Wäre Trödel-Elsa dann auch mal so weit? Wir müssen weiter!« Ob es in Bangkok wohl auch solche stinkstiefeligen Möchtegernmediziner gegeben hätte?

Wir setzen unseren Weg mitten durch die belebte Fußgängerzone fort. Ich komme kaum noch aus dem Staunen heraus. Rechts der Fluss, links die verwunschenen, exotischen Häuschen, dazwischen geschäftiges Gedränge. Trotz der Hektik ist die Atmosphäre ruhig und gelassen, stelle ich verwundert fest, als ich Vince hinterhereile, der sich sicher durch die Menschenmenge bewegt.

Ich halte Ausschau nach einem Gebäude, welches etwas nach einem Krankenhaus aussieht, oder zumindest einer Arztpraxis ähnelt, aber ich sehe nur Gemüseläden, Cafés und Einheimische, die dubiose Fleischspieße auf noch dubioseren Geräten grillen. Gut, dass jetzt noch eine zusätzliche Ärztin vor Ort ist.

Es ist bereits fünf vor acht und langsam werde ich nervös. Ich will an meinem ersten Arbeitstag nicht zu spät kommen. Allerdings wäre das ja wohl kaum meine Schuld, nur weil ich ein paar Sekunden auf den Fluss geschaut habe, sondern viel eher die von Mister Lässig, der kurz vor knapp aus dem Bett gekrochen ist.

Gerade als ich genervt fragen will, wann wir an der Klinik sind, biegt mein Mitbewohner in eine unauffällige Einfahrt ein, die zu einem gelb gestrichenen, zweistöckigen Haus mit ebenfalls strohgedecktem Dach führt. Davor stehen ein paar Plastikstühle. Es gibt kein Schild, keine offizielle Eingangstür, nichts, was darauf hinweist, dass wir angekommen sind, doch Vince läuft weiter zielstrebig in Richtung Gebäude.

Die Zustände hier scheinen also noch viel schlimmer, als ich dachte. Fast erwarte ich, zombieartige Menschen vorzufinden, die durch die Gänge kriechen, Leute, die am Boden liegen oder auf verrosteten Bettgestellen siechen, aber nichts dergleichen bewahrheitet sich, als Vince die Tür öffnet. Sind wir vielleicht doch noch gar nicht da? Oder sind wir im Verwaltungshaus?

Ein strenger Geruch liegt in der Luft und eine ältere, dürre Frau mit schwarzgrauem langem Haar kommt um die Ecke. Sie begrüßt Vince wie einen alten Bekannten und die zwei unterhalten sich, ich nehme an auf Thai. Dann dreht sie sich zu mir. Obwohl ihr Englisch mehr als gebrochen klingt, verstehe ich sie. Zumindest ist auch sie über mein Kommen informiert.

»Ich bin Narisara, die Besitzerin. Vincent wird dir zeigen, was zu tun ist.« Sie lächelt mich freundlich an, wobei sich ihr ganzes Gesicht in runzelige Falten legt, und ich grinse zurück, kann es kaum noch ertragen, so auf die Folter gespannt zu werden.

»Bereit?«

Ich nicke stumm und folge Vince neugierig in den hinteren Teil des Hauses.

»Dann zeig ich dir mal deinen Arbeitsplatz und stell dich allen vor.«

Er öffnet eine schwere Holztür, die in ein provisorisches Wohnzimmer führt, hin zu einer weiteren Tür, durch die man nach draußen auf einen Hinterhof gelangt.

Vorsichtig schaue ich über seine Schulter, doch da werde ich bereits von wildem Gebell einer Hundemeute begrüßt, die auf uns zustürmt. Ich springe erschrocken zurück ins Innere des Hauses und schlage die Tür zu. Was zum Teufel ist das hier?

Völlig geschockt sinke ich auf das abgewetzte Sofa neben mir und beginne hemmungslos zu schluchzen. Ich fühle mich völlig verloren. Die Tränen laufen unaufhörlich, meine weiße Bluse ist inzwischen wahrscheinlich so durchnässt, dass ich bei einem Wet-T-Shirt-Contest mitmachen könnte.

Plötzlich spüre ich eine Hand auf meiner Schulter. Ihre Wärme dringt beruhigend durch mein Oberteil. Vince. »Hey, Elsa, magst du mir vielleicht erzählen, was los ist?«

Ausnahmsweise höre ich keinerlei Spott aus seiner Stimme heraus. Ich hebe meinen Kopf und schaue in tiefbraune Augen. Augen, die mich einfach nur ehrlich besorgt anschauen. Sie sind wunderschön.

Auch wenn ich vielleicht nicht der größte Fan meiner Zimmernachbarin bin, so bin ich mir in diesem Moment sicher, dass mehr hinter Elsas Zusammenbruch steckt. Sie schluchzt unaufhörlich. Inzwischen gleicht ihr Weinen eher einem Schluckauf.

Ihre haselnussbraunen Augen sind rot gerändert und ihr Gesicht ist fleckig. Nasse Strähnen ihrer Haare kleben an ihren blassen Wangen. Ich streichle vorsichtig mit der Hand über ihre Schulter. Elsa wirkt klein und verloren. Ist sie bereit, mir zu erzählen, was passiert ist?

Ich schniefe noch ein letztes Mal geräuschvoll. Dann hole ich tief Luft.

»Ich … ich … ich verstehe gar nicht mehr, was los ist … Ich bin hergekommen, weil … weil ich einfach noch nicht bereit bin. Ich bin nicht bereit, schon bald in der Praxis von Mama und Papa zu arbeiten. Ich will mein eigenes Leben. Ich will nicht den Rest meines Lebens Lungen abhören und gerötete Mandeln angucken. Ich will Ärztin werden! Aber das heißt nicht, dass ich in der Hausarztpraxis meiner Eltern arbeiten will!«

Vince schaut mich verwirrt an, ein dickes Fragezeichen prangt über seinem verstrubbelten Kopf. »Na, ich bin hergekommen, um hier in einem Krankenhaus in Bangkok zu arbeiten und den Menschen zu helfen, die meine Hilfe wirklich brauchen, anstatt meine Zeit bis zum Examen und zum Praktischen Jahr am Empfang in der Praxis von Mama und Papa abzusitzen. Ich wollte etwas verändern, ich wollte mutig sein. Aber anscheinend hat die Organisation mich nicht nur bezüglich des Ortes umplatziert.«

Den letzten Satz bringe ich schnaubend hervor. Immerhin sind meine Tränen versiegt, weil die ganze Situation so absurd ist. Oder liegt es an Vince' warmer Hand, die immer noch auf meiner Schulter ruht?

Sein Blick ist nachdenklich, doch nach und nach tritt ein glitzerndes Funkeln in seine Augen und ich bekomme Angst, dass er mich verlorenes Häufchen Elend gleich ganz einfach auslacht und sitzen lässt. Doch nichts dergleichen geschieht.

Stattdessen schaut er mir in die Augen und ein unerklärlicher Schauer läuft meinen Rücken hinab.

»Aaalsooo … ich fasse noch mal zusammen. Du hast dich eigentlich für die Arbeit in einem Krankenhaus in Bangkok angemeldet und bist jetzt stattdessen in unserer Hundeauffangstation in Kanchanaburi gelandet.«

»Ja?« Meine Antwort klingt mehr wie eine Frage als wie eine Antwort.

Vince nickt erneut und schaut kurz ins Leere, als würde er angestrengt nachdenken. Dann stiehlt sich ein breites Lächeln auf seine Lippen. Es ist ein schönes, warmes Lächeln und kurz vergesse ich meine Sorgen.

»Also, Elsa.« So wie Vince meinen Namen sagt, verabscheue ich ihn ausnahmsweise nicht. »Was hältst du davon: Ich stelle dir gleich die Bewohner vor und zeige dir, was unsere Aufgaben sind. Du wirst sehen, erstens können wir hier eine Menge medizinisches Verständnis gebrauchen, auch für die Behandlung der Fellnasen, und zweitens, indem du den Hunden hilfst, hilfst du auch den Menschen. Wir sorgen dafür, dass sie kastriert und geimpft werden und satt sind. Wir sorgen dafür, dass übertragbare Krankheiten bekämpft werden und die Straßenhunde sich nicht unkontrolliert vermehren. Das erleichtert den Menschen hier mehr, als du denkst.«

Ich nicke zögerlich, doch Vince spricht ambitioniert weiter. »Und heute Abend rufen wir noch mal die Organisation an und schauen, was da schiefgelaufen ist.« Dann fügt er noch leise ein paar Worte hinzu, die zum ersten Mal seit langem mein Herz erwärmen. »Und … und vielleicht gefällt es dir hier so gut, dass du diese Erfahrung einfach mitnimmst … und bei uns bleibst.«

Er will, dass ich hierbleibe.

Wobei, Moment, stopp, Elsa, was geht hier vor sich? Er will einfach nur, dass ich bei den Vierbeinern bleibe und ihnen helfe. Doch die plötzlich flirrende Luft um mich herum sagt etwas anderes. Vince scheint es ebenso zu spüren, denn er zieht abrupt seine Hand von meiner Schulter und zuckt zurück. Grinsend blickt er an mir hinunter.

»Und später besorgen wir dir auf dem Nachtmarkt erstmal ein paar arbeitstaugliche Klamotten.« Er zwinkert mir zu und ich laufe rot an. Auf einmal komme ich mir mit meiner weißen Bluse und den passenden Perlenohrringen furchtbar dumm vor.

Vielleicht hat Vince recht, vielleicht sollte ich wirklich mal eine neue, ganz andere Erfahrung machen. Wollte ich nicht mutig sein? Ich springe auf, schlucke ein letztes Mal. »Dann stell mir doch mal unsere kleinen Kläffer vor!«

7. Flauschfamily

Kurze Zeit später stehen wir erneut vor der Terrassentür.

»Bereit?« Vince schaut mich aufmunternd aus seinen dunklen Hundeaugen an.

Ja, ich bin eine mutige junge Frau, die ihre eigenen Erfahrungen macht. Ich lebe mein eigenes Leben, niemand zwingt mich, das meiner Eltern zu leben, wenn ich das nicht selbst möchte.

Ich nicke. »So bereit, wie man nur sein kann!«

Auch wenn ich mein Mantra still wiederhole, kriege ich doch erstmal einen riesigen Schreck, als ein riesiger Hund mit spitzen Ohren und glattem kurzen Fell laut bellend auf mich zugestürmt kommt. Mein Schrei bleibt mir jedoch im Halse stecken, als der große Hund plötzlich stehen bleibt und beginnt, mit dem Schwanz zu wedeln, als er Vince sieht.

Peinlich berührt wird mir bewusst, dass ich vor lauter Schreck hinter meinen Kollegen gesprungen bin und mich um seine Taille geklammert habe. Schnell lasse ich ihn los, in der Hoffnung, dass er meinen spontanen unfreiwilligen Kuschelversuch vielleicht gar nicht bemerkt hat. Ist klar, Elsa.

Dieser jedoch verkneift sich jeglichen Kommentar, als ich vorsichtig hinter ihm hervorluge, während er selbst schon ausführlich den unfreundlichen Hund streichelt, der auf einmal gar nicht mehr so unfreundlich wirkt.

»Das, liebe Elsa, ist Holger. Er ist neuen Menschen gegenüber sehr unsicher, aber ein ganz Lieber. Trotzdem schadet es nicht, den nötigen Respekt vor allen Tieren zu bewahren. Du weißt nie, was sie erlebt haben. Einfach ruhig und besonnen bleiben, aber auch nicht in offensichtliche Panik verfallen!«

Er lächelt mich an, als wären seine Worte das Selbstverständlichste auf der Welt. Für mich klingt dagegen selbst das Hammerexamen wie ein Klacks. Wie soll ich denn keine Panik bekommen, wenn eine offenbar wildgewordene Töle auf mich zu gerannt kommt? Auch wenn er sich dann als *ein ganz Lieber* herausstellt. Das kann ich ja nicht riechen.

Holger – was ist das überhaupt für ein Name – hingegen schnuppert nur neugierig an meinem Hosenbein, bevor er sich schließlich umdreht und von dannen trottet. Unbewusst atme ich auf.

Vince legt seine gebräunte, schlanke Hand auf meinen Rücken und ich habe das Gefühl, dass sich jeder einzelne seiner Finger in meinen Rücken brennt. Im Moment hoffe ich einfach nur, dass mein Shirt nicht bereits von der warmen Morgensonne schweißgetränkt ist.

Er schiebt mich unbeirrt weiter, während sich meine Beine langsam aber sicher in Wackelpudding verwandeln. Überall um uns herum kläfft, bellt und wöfft es und ich bin völlig reizüberflutet. Rund zehn Hunde tollen im Garten umher. Kleine, große, zerrupfte und erstaunlich gepflegte.

Vince führt mich in eine Ecke des gepflasterten Hofes, der immer wieder von einigen Grasflecken durchbrochen wird, und da sehe ich es: ein kleines Hündchen, nicht viel größer als ein Chihuahua, aber gefleckt wie ein Jack Russel. Die Kleine liegt auf einem weichen Kissen im Schatten und neben ihr tollen drei winzige Welpen herum. Sie haben bereits die Augen geöffnet und schon den Schalk im Nacken sitzen. Vincent deutet auf die erschöpfte Hundemama. Seine Augen leuchten warm, sein Blick ist weich. »Das ist unsere tapfere Evoli. Wir haben sie vor ein paar Wochen mit ihrem Nachwuchs hinter einer Mülltonne gefunden.«

Fast steigen mir die Tränen in die Augen und ich bin auf einmal sehr froh darüber, dass es Menschen wie ihn – wie mich – gibt, die sich ihr und ihren Babys angenommen haben. »Und das …« Er nickt hinüber zu dem kleinen Welpen, der schwarze Flecken an Schwanz und Ohren hat. »… ist Pikachu. Das da hinten ist seine Schwester Glumanda und das flauschige Dickerchen da vorne ist Shiggy.«

Statt erneut in Tränen auszubrechen, muss ich mir nun ein Lachen verkneifen. »Ehrlich? Hast du die Meute zu kleinen Pokémon gemacht?«

Jetzt schaut Vince mich fragend an. Überraschung klingt aus seiner melodischen Stimme heraus, die nicht zu tief, aber auch nicht zu hoch ist. Genau richtig, ein wunderschöner Bariton. »Du kennst dich mit Pokémon aus?«

Beinahe ärgere ich mich ein bisschen über seine Ungläubigkeit. Meine Worte klingen schneidender als beabsichtigt. »Es mag ja sein, dass ich eine langweilige Medizinstudentin bin, die noch nicht viel rumgekommen ist in ihrem Leben. Das heißt aber nicht, dass ich hinterm Mond lebe!«

Dass ich mich nur deshalb so gut mit den kleinen Anime-Figuren auskenne, weil meine beste Freundin ein Riesenfan der japanischen Serie ist und die Hälfte der Protagonisten auf ihrem Körper verewigt hat, verschweige ich einfach mal ganz bewusst. Ich sehe, dass Vince nach Worten sucht und schließlich resigniert die Schultern hängen lässt.

»Mann, Elsa …« Irgendwie mag ich es, wie er meinen Namen ausspricht. Er klingt auf einmal nach etwas Besonderem, Geheimnisvollem. »So war das doch gar nicht gemeint.«

Auch wenn ich es gewohnt bin, dass Menschen oft vorschnell über mich urteilen – wahrscheinlich zu Recht –, glaube ich ihm. Damit er nicht merkt, wie richtig er doch mit seiner Annahme liegt, bücke ich mich schnell zu Shiggy hinunter, der bereits freudig vor mir auf und ab tänzelt.

»Und wie geht es jetzt weiter? Was sind unsere nächsten Aufgaben, was haben wir zu tun?«

Vince scheint dankbar ob meines Themenwechsels und kratzt sich nachdenklich am Kinn, auf dem sich ein leichter Bartschatten abzeichnet. Es sieht gut aus, irgendwie männlich, obwohl er eigentlich eher ein jungenhafter Typ ist. Vor allem ist er so ganz anders als die Männer, mit denen ich sonst Zeit verbracht habe.

Die meisten von ihnen studierten Medizin, waren glatt rasiert und wussten genau, wo sie im Leben hinwollten. Ihre Haare waren zur Seite gegelt und nicht selten kam es vor, dass einer von ihnen mich in Papas schickem Porsche zu einem Date abholte.

Plötzlich wedelt Vince mir mit seiner Hand vor dem Gesicht herum. »Erde an Elsa? Alles gut? Ist dir zu warm?«

Seine Stimme klingt besorgt, was irgendwie schön ist.

Ich schüttle den Kopf. »Sorry, ich hab den heutigen Morgen wohl einfach noch nicht ganz verarbeitet. Also: Wo legen wir los?«

Eine halbe Stunde später stehen wir wieder auf der Straße. Nachdem Vince mit Narisara den Tagesablauf besprochen hat, ist es unsere Aufgabe, bis zum frühen Nachmittag unsere Arbeit in der Stadt zu erledigen.

Neben wichtiger Aufklärungsarbeit und dem Verteilen von Flyern halten wir Ausschau nach hilfsbedürftigen Vierbeinern, um sie direkt vor Ort zu versorgen oder im Notfall mit in die Auffangstation zu nehmen. Auch wenn diese bereits aus allen Nähten platzt.

Während Vince in seinem Rucksack ein Notfallset für die medizinische Versorgung hat sowie Futter, Wasser und tragbare Näpfe, komme ich mir in meinem gediegenen Outfit samt Nobelhandtäschchen auf einmal total bescheuert vor.

Auch wenn ich sicherlich niemals der Typ sein werde, der in Batikhose und Barfußschuhen herumrennt, so wäre gerade ein bisschen mehr Lässig- und vor allem Luftigkeit nicht schlecht. Doch bevor ich weiter in Gedanken versinken kann, drückt Vince mir einen Stapel Flyer in die Hand, die ich sofort bei einer Gruppe junger Rucksacktouristinnen loswerde, die mich bewundernd anschauen, als wären sie gerne an meiner Stelle.

Ich bin mir nicht sicher, ob es daran liegt, dass sie mich um meinen Freiwilligenjob beneiden, oder vielleicht eher um meine gut aussehende Gesellschaft. Vincent. Die hübsche Blondine, deren Akzent verdächtig australisch klingt, schaut ihn jedenfalls so hungrig an, als wollte sie ihn gleich mit Haut und Haaren verschlingen. Kurz bin ich davor, ihr stattdessen eines von den

Hundeleckerlis anzubieten, die mein Kollege in meiner Tasche verstaut hat.

Auf der anderen Seite – eigentlich kann es mir ja egal sein, was sie von Vince will und mit wem er sich abgibt. Ist es aber nicht. Schließlich will ich dank unseres gemeinsamen Zimmers nicht Zeuge seines sexuellen Durchhaltevermögens werden.

Mein Herz, das sich jedoch gerade seltsam zusammenzieht, scheint sich das Gegenteil zu wünschen. Was ist nur los mit mir? Ich scheine den Stress der letzten achtundvierzig Stunden wohl doch noch nicht so ganz überwunden zu haben, anders kann ich mir meine seltsamen Gefühlsregungen nicht erklären, die so gar nicht zu mir passen. Aber was von dem hier passt schon zu mir?

Schnell schüttle ich das seltsame Flattern in meiner Magengegend ab und eile Vince hinterher, ohne die Gruppe hübscher Australierinnen noch eines einzigen Blickes zu würdigen.

Als wir am Nachmittag in die Station zurückkehren, habe ich nicht nur das Gefühl, sämtliche Einwohner und Einwohnerinnen Kanchanaburis zu kennen, sondern auch das Bedürfnis nach einer Dusche und frischen Klamotten.

Wir haben Wasser verteilt, einem Hund einen Splitter aus dem Fuß gezogen und diverse Plätze am River Kwai abgeklappert, wo die Vierbeiner sich gerne verstecken.

Zum Glück haben wir keine dringenden Fälle für die Station entdeckt, sodass Narisara uns freundlich grinsend nach Hause schickt. Ich bewundere ihre herzliche Art und ihre Offenheit.

Schweigend schlendern Vince und ich durch die kleine Innenstadt. Ein Verkäufer kommt uns mit einem Karren voller Obst entgegen und mir läuft das Wasser im Mund zusammen, wenn ich an mein Frühstück aus Cornflakes denke, das eigentlich schon viel zu lange her ist. Mein Kopf weiß nämlich definitiv, wie wichtig es wäre, sich ein regelmäßiges, vernünftiges Essverhalten anzutrainieren, wären da nicht die Argusaugen meiner Mutter, die mich selbst bis nach Thailand verfolgen. Aber schließlich geht es hier um Obst ...

Der Händler hält an, als ich neugierig seine Ware beäuge, und grinst mir zu. Ich deute auf die schon geschnittene Ananas. Er nickt mir zu und drückt mir eine Schale voll süßlich duftender leuchtend gelber Fruchtstücke in die Hand. Für den Preis würde ich bei uns daheim wahrscheinlich gerade mal einen einzelnen Ananasring bekommen.

Freundlich verabschiede ich mich. *»Khop Khun Khrap«*, so ziemlich alles, was ich an Thai kann. Der Verkäufer will gerade wieder losflitzen, als Vince ihn jedoch zurückhält und eine weitere Schale Obst ordert. Ich bin mir nicht sicher, was es ist. Apfel, Birne? Ich habe keinen blassen Schimmer. Fragend schaue ich ihn an.

»Probier mal!«

Innerlich sträubt sich alles in mir, aber schließlich wollte ich mutig sein. Also nehme ich mein Holzgäbelchen und steche in das überraschend feste Fruchtfleisch. Es ist kein Apfel und keine Birne. Irgendwas dazwischen, aber hundertmal leckerer. Ich kaue und stöhne. »Oh Mann, ist das gut!« Man könnte meinen, ich befände mich gerade in einem Pornodreh. »Was ist das?«, bringe ich unter Schmatzen hervor.

»Das, meine liebe Elsa, ist eine Shampoo!«

Ich halte im Kauen inne und rechne damit, dass sich gleich ein seifiger Schaum in meinem Mund entwickelt, aber nichts dergleichen geschieht. »Shampoo? Das, womit man sich die Haare wäscht?«

Vince lacht kopfschüttelnd. »Na ja, so ähnlich, auf Deutsch nennt man das gute Stück auch Rosenapfel, aber ich habe ihn ehrlich gesagt noch nie zu Hause entdecken können. Weder in Gießen noch in Bochum.«

»Mhh.«

Einträchtig kauend laufen wir weiter nebeneinander her. Mal pikt Vince sich ein Stück Ananas aus meiner Schale, doch die meiste Zeit futtere ich seine Shampoo. Er lässt mich anstandslos gewähren. Es ist, als wäre ich mit einem guten Freund unterwegs und nicht mit einem Fremden, den ich gerade mal seit einem Tag kenne und der mir gestern noch zutiefst unsympathisch war. Warum eigentlich?

Die Frage beantwortet sich nur ein paar Sekunden später, als er lachend sagt: »Übrigens, es heißt für dich *Khop Khun Kha*. Die Endung mit *Khrap* ist die Variante für männliche Sprecher.« Er zwinkert mir frech zu. Dieser alte Klugscheißer.

Gerade als wir in den kleinen Weg zu unserem Häuschen einschlagen, wird mein Zimmernachbar plötzlich ernst. Er druckst sogar ein wenig herum. Etwas, das ich bisher nicht von ihm kenne, da er auf mich wie die Selbstsicherheit in Person wirkt.

»Und hast du dir schon überlegt, wie es weiter geht?«

Meine gute Laune ist schlagartig verflogen. Natürlich habe ich mir Gedanken gemacht. Ich habe jedoch keine Ahnung. Und jetzt einfach nach Hause zu fahren, würde sich wie eine Niederlage anfühlen. Also eigentlich habe ich hiermit die Antwort. Die

Hundestation ist zwar kein Krankenhaus, aber sie ist definitiv keine Hausarztpraxis in Marburg und kein Schreibtisch im Hause meiner Eltern mit Bergen an Lernmaterialien darauf. Und war es nicht das, was ich wollte?

Ich weiß nicht, was mich dazu bringt, aber ein paar Meter vor unserem Ziel bleibe ich stehen. Ich atme tief durch. Zwar spreche ich zu Vince, aber eigentlich gelten meine Worte wohl eher mir selbst. Meine Vernunft werde ich zwar wohl nie ganz abschalten können, aber ich gehe einen Schritt in die richtige Richtung.

»Ich bleibe. Ich weiß zwar nicht, ob hier, oder ob es vielleicht doch noch einen Platz für mich im Krankenhaus gibt, aber ich bleibe.«

Vince nickt knapp. Er wirkt weniger erleichtert als ich. Hatte er sich vielleicht doch darüber gefreut, die steife Medizinstudentin schnellstmöglich wieder loszuwerden? Doch bevor ich nach einer Antwort in seinem Gesicht forschen kann, hat er mir sein Handy in die Hand gedrückt. »Hier, ruf in der Organisation an und klär das.«   Irgendwie klingt seine Stimme beinahe wütend. Dann lässt er mich stehen. Männer ... Aus denen soll man schlau werden. Ich schüttle den Kopf und drücke auf den grünen Hörer am Smartphone. Ich brauche dringend eine thailändische SIM-Karte.

Anstatt mir weiter über Vince' Verhalten Gedanken zu machen, lausche ich dem nervtötenden Popsong in der Warteschleife.

8. Emotionsachterbahn

Ohne nach links und nach rechts zu blicken, stapfe ich zum Haus. Eigentlich weiß ich auch nicht, was mit mir los ist. Es wäre ja nicht so, dass ich in den letzten Wochen diverse Freiwillige hätte kommen und gehen sehen. Aber auch wenn ich normalerweise nicht der überemotionale Typ bin, ist mir gerade nach Weinen zumute.

Ich weiß nicht, was es ist, das Elsa so anziehend macht, die spießiger und engstirniger ist als alle Menschen, mit denen ich normalerweise rumhänge. Vielleicht ist es auch gerade das. Vielleicht, weil sie einfach sie selbst ist. Weil sie hart dafür arbeitet, Ärztin zu werden. Weil sie ehrgeizig ist, immer das Ziel vor Augen. Weil sie keine dieser Weltenbummlerinnen ist, die mal hier mal da ihre Nase in den Wind recken. Sie versucht zwar, jemand anderes zu sein und doch ist sie auf diese subtile Art und Weise sie selbst.

Während ich mich in Thailand verstecke – vor der Ahnungslosigkeit, wie mein Leben weitergeht und der Angst, im Leben festzustecken –, hat sie zumindest grobe Vorstellungen von ihrer Zukunft.

Schnurstracks laufe ich zum Kühlschrank und nehme mir ein Chang heraus, bevor ich mich auf einen der Stühle fallen lasse. Ich trinke einen großen Schluck des süffigen, milden Bieres. Siggi, die alte Flohschleuder, hat sich zu meinen Füßen niedergelassen.

Während ich durch sein Fell kraule, atme ich tief die warme Luft ein, höre das Surren von Insekten in der Luft, genieße die Sonnenstrahlen auf meiner Haut. Dann lasse ich den Blick in den blauen Himmel schweifen und erinnere mich daran, warum ich hier bin und nirgendwo sonst.

Ich liebe meinen Beruf und was ich damit ausrichten kann. Aber ich liebe es auch, hier zu sein und nicht in einer stickigen Praxis oder einer unpersönlichen Klinik in Deutschland zu sitzen. Mit Tessa. Aber trotzdem wünschte ich mir, ich müsste die Schönheit und auch das Leid dieses Landes nicht alleine erleben.

Warum ich ausgerechnet meine Hoffnung in eine Medizinstudentin setze, ist mir selbst auf einmal nicht mehr klar. Ungläubig schüttle ich meinen Kopf. Anscheinend sehne ich mich so sehr nach Zuwendung und Nähe, dass mein Verstand schon innerhalb von vierundzwanzig Stunden durchdreht.

»Ich bleibe.«

Ich schrecke hoch. Elsa steht vor mir. Sie wirkt gefasst, aber nicht unglücklich. Irgendwie aufgeregt. »Die nette Dame«, dabei malt sie kleine Anführungszeichen in die Luft, »hat mir nur gesagt, dass sie mir doch gestern schon erklärt hat, dass ich kurzfristig umplatziert worden wäre, ich aber gerne auf eigene Kosten nach Hause fliegen könnte. Das hätten sie wohl gerne.«

Sie schnaubt und es klingt wie das ulkige Grunzen eines Miniaturhausschweins. Ja und ich, oder besser gesagt, ich und mein überhitzter Verstand, wir freuen uns.

Elsa

Als ich die Treppe hinuntergekommen bin, sah Vince nicht gerade erfreut aus. Aber jetzt strahlt er nahezu, auch wenn sein knappes »Gut« nicht so richtig zu seinem Gesichtsausdruck passt. Vorsichtig lächle ich zurück.

»Wir können jede Hilfe bei den Hundis gebrauchen.« Autsch. Und ich hatte doch tatsächlich gedacht, er freut sich, dass seine Zimmernachbarin ihm noch eine Zeit lang erhalten bleibt.

»Ich … Ich geh dann mal duschen.« Er nickt nur, schaut mich kaum an und greift dann nach seiner Bierflasche, die auf dem Tisch steht, um hektisch einen Schluck zu trinken. Ich wende mich ab und stiefele die Treppe nach oben, jedoch wage ich es nicht, mich noch einmal umzudrehen, auch wenn ich das Gefühl habe, seinen Blick in meinem Rücken zu spüren.

Im Zimmer lasse ich einen frustrierten Schrei los. Was habe ich erwartet? Dass Vince mir um den Hals fällt, nur weil wir einen netten Arbeitstag zusammen hatten? Ich sollte es besser wissen.

Achtlos kicke ich meine durchgeschwitzten Stoffschuhe in die Ecke und schlüpfe aus meinen klammen, schmuddeligen Klamotten. Naserümpfend lasse ich sie auf direktem Wege in meinen Wäschebeutel fallen und schnappe mir ein frisches Höschen aus meinem Koffer.

Nachdem ich meine Klamotten einmal von links nach rechts geräumt habe, entscheide ich mich schließlich für ein dünnes Sommerkleid, das über und über mit saftigen, roten Kirschen bestickt ist. Susan hat mich vor ein paar Wochen dazu überredet, es in einem ihrer bevorzugten Rockabilly-Shops zu kaufen. »Dein Kleiderschrank braucht mal ein bisschen Farbe, Süße!«

Der Brustbereich ist leicht gefüttert und wird vorne mit einem Schleifchen gerafft. Da meine Oberweite eh nicht die größte ist, kann ich mir einen BH bei der immer noch feuchtwarmen Hitze getrost sparen. Im Vergleich zu meinen sonstigen beigefarbenen, weißen oder dunkelblauen Klamotten ist das fröhliche Sommerkleid ein absoluter Hingucker. Da hatte meine beste Freundin wohl den richtigen Riecher, als sie mich dazu überredete, es einzupacken.

Mit meinen Sachen unter dem Arm watschele ich ins Bad und versuche, nicht an Fußpilz oder sonstige Infektionskrankheiten zu denken, die am Boden lauern könnten. Wenn Mama mich sehen würde, würde sie wahrscheinlich ordentlich über meine Leichtsinnigkeit schimpfen. Oder sofort einen Herzinfarkt bekommen. Gut, dass sie mein kleines Tattoo am Lendenwirbel nicht kennt, sonst hätte ich wahrscheinlich schon längst einen HIV-Test machen müssen.

Zur Verteidigung meiner Mutter muss ich allerdings zugeben, dass ich bei dieser spontanen Aktion, die alles andere als typisch für mich war, selbst kurz davor war, mir in die Hose zu machen. Umso besser, dass Susan mich manchmal aus meiner Komfortzone lockt. Ich glaube kaum, dass ich ohne meine beste Freundin sonst jetzt hier stünde.

Ich drehe den Duschhahn auf und das Wasser plätschert gewohnt tröpfelnd auf mich hinunter. Trotzdem genieße ich das frische Nass, das meine letzten Bedenken fortwäscht.

Nachdem ich schließlich abgetrocknet bin und meine Haare

noch nass zu einem französischen Zopf geflochten sowie etwas Wimperntusche aufgetragen habe, fühle ich mich wieder wie ein Mensch. Bereit, um später den Nachtbasar unsicher zu machen. Egal ob mit oder ohne Vince.

Mein Magen gibt ein lautes Knurren von sich. Zuerst muss ich dringend etwas Essbares auftreiben. So manchmal hat zu Hause zu wohnen nämlich auch Vorteile – auch wenn Mama für gewöhnlich nur cleane, vitaminhaltige Kost serviert.

Mit meinen Sandaletten an den Füßen mache ich mich wieder auf den Weg nach unten. Vince sitzt immer noch vor dem Haus, jedoch scheint er mich gar nicht wahrzunehmen. Sein Kopf ist tief in ein Notizbuch gebeugt, er hat einen Stift in seiner Hand. Zu seinen Füßen liegt der schwarze Strubbelhund. Wie hieß er doch gleich?

Vorsichtig gehe ich zu Vince und schaue über seine Schulter. Wow. »Vince, das ist umwerfend! Bist du dir sicher, dass du nicht vielleicht doch noch Künstler werden willst?«

Er schreckt hoch, genau wie das Fellknäuel zu seinen Füßen. Dieses stößt ein kurzes Kläffen aus und verschwindet dann im Dickicht.

»Sorry, ich wollte dein Fotomodell nicht vertreiben.«

Doch Vince lacht nur und winkt ab. »Ach alles gut, Siggi wird's überleben. Ist eh nur Gekritzel.«

Siggi – ich kann mich nicht erinnern, diesen abstrusen Namen schon mal gehört zu haben. Ich stoße laut die Luft aus.

»Also wenn du das Gekritzel nennst, dann will ich nicht wissen, wie ein Gemälde von dir aussieht!«

Irre ich mich oder wird er ein bisschen rot? Mein Magen unterbricht den spannungsgeladenen Moment mit einem lauten Brummen. Ohne lange zu überlegen, greift Vince nach meiner Hand.

»Komm, wir gehen jetzt was essen, zur Feier des ersten geschafften Arbeitstages.«

Dann zieht er mich mit sich. Ich glaube nicht, dass er merkt, was er gerade tut.

9. Medizinerinnenkluft

Vince

Wir hasten über den staubigen Kiesweg in Richtung Stadtzentrum. Erst als der River Kwai vor uns auftaucht, bleiben wir völlig außer Atem stehen und mir wird plötzlich bewusst, dass ich immer noch Elsas Hand halte. Abrupt lasse ich sie los und streiche mir verlegen durch meine Haare, die wahrscheinlich in alle Richtungen abstehen.

Gerade bereue ich es, dass ich nicht geduscht habe. Mein Shirt klebt an mir und wahrscheinlich habe ich einen ähnlichen Geruch wie meine Fellnasen angenommen, die ich tagtäglich betreue. Zum Glück fängt Elsas Magen wieder lauthals an zu rumoren, sodass ich mir weder Gedanken über die plötzliche Stille zwischen uns noch über meinen Körpergeruch machen muss.

»Gleich darfst du das leckerste Essen von Kanchanaburi probieren, natürlich abgesehen von meinem. Und okay, wenn ich ehrlich bin, schmeckt es hier überall verdammt lecker, aber im *Keree Mantra* ist es einfach besonders schön.«

»Wenn es nur halb so schön und lecker wie in der Finca da Vince ist, dann bin ich mehr als glücklich.« Elsa zwinkert mir zu und erst jetzt komme ich dazu, sie richtig anzuschauen seit unserem überstürzten Aufbruch. Sie sieht heute Abend weniger spießig aus, dafür umso wunderschöner.

Ich schüttle leicht meinen Kopf und wende meinen Blick von ihrem zierlichen Körper ab, der mit saftigen Kirschen übersät ist ... also ihr Kleid. Leider.

»Finca da Vince? Klingt eher wie ne Partybude auf Mallorca.« Elsa streckt mir die Zunge raus und ihre Wangen sind gerötet. »Kann da jemand nicht mit Komplimenten umgehen?«

Da hat sie wohl voll ins Schwarze getroffen. Ich kann nicht mit *ihren* Komplimenten umgehen.

Kurze Zeit später haben wir es uns auf den rustikalen Holzstühlen auf der Terrasse des *Keree Mantras* gemütlich gemacht. Während ich schon die Speisekarte studiere, sitzt Elsa noch mit leicht geöffneten Lippen da und bestaunt die grüne Weite, die uns umgibt. »Wow, es ist ... wunderschön hier.«

»Schöner als in Bangkok?«

Sie schaut mich mit ihren Bernsteinaugen an und als sie antwortet, läuft mir ein kalter Schauer über meinen Rücken, obwohl es immer noch über dreißig Grad sind. »Ja, ich denke schon.«

Zum Glück werden genau im richtigen Moment unsere Mango-Mojitos serviert.

»Khop Khun Kha.« Stolz klingt aus Elsas Stimme und die junge Kellnerin nickt ihr höflich zu.

Wir stoßen an und das fruchtig-süße Getränk rinnt mir kühl die Kehle hinunter.

»Und was willst du essen?«

Überfordert zieht sie ihre Augenbrauen nach oben, was richtig niedlich aussieht. »Ich hab keine Ahnung. Es klingt alles so *verdammt* lecker. Pad Thai hatten wir gestern, also vielleicht ein Curry? Aber womit? Mit Hühnchen? Mit Gemüse?«

»Also ich würde dir das Curry mit Gemüse oder Tofu empfehlen, aber was das betrifft, bin ich vielleicht auch nicht der richtige Ansprechpartner.«

»Magst du etwa kein Curry?« Sie wirkt ernsthaft überrascht.

»O doch, ich liebe Curry, aber ich esse kein Fleisch!«

»Aber … aber du bist ein Mann!«

»Zweifellos. Fleisch esse ich trotzdem nicht, ich bin Vegetarier.« Ihr geschockter Blick spricht Bände.

»Mir scheint, du kanntest bisher keine Männer wie mich.« Ihre Gesichtszüge glätten sich. »Da könntest du recht haben. Weißt du was? Ich nehme das Curry mit Tofu.«

»Du musst wegen mir nicht auf Fleisch verzichten«, ergänze ich peinlich berührt.

Sie klingt jedoch absolut überzeugt: »Das möchte ich aber. Schließlich arbeite ich jetzt in der Tierrettung. Aber nehme ich jetzt grünes oder rotes Curry?«

»Da kann ich dir weiterhelfen.« Puuh, gerade noch mal die Kurve gekriegt … »Also grünes Curry ist das schärfste, dann kommt rot. Es wird mit Currypaste in Kokosmilch zubereitet. Die Currypaste wird aus Chilischoten hergestellt, nicht wie dieses grässliche gelbe Pulver aus dem Supermarkt, das nur nach Kurkuma schmeckt.«

Jetzt komme ich rüber wie ein Freak, aber Elsa wirkt ehrlich interessiert. Als die Bedienung erneut vorbeischaut, um unsere Bestellung aufzunehmen, entscheidet Elsa sich für das rote Curry. Eine gute Wahl. Ich nehme ein grünes Curry mit Kürbis. Tauschpotenzial und so.

Während wir an unserem Cocktail schlürfen und auf das Essen warten, widmen wir uns unverfänglicheren Themen. Ich erzähle Elsa, dass wir in den nächsten Wochen noch ein größeres Kastrationsprojekt vor uns haben – welch illustre Gesprächsthemen ich doch heute wähle – und wir genießen zusammen den Ausblick ins Grüne.

Dann wendet Elsa sich mir zu. Ihre schönen Augen durchbohren mich beinahe. »Vince, jetzt erzähl doch mal, warum kannst du so gut malen?«

»Meine Mutter liebt Kunst!«

Fast verschlucke ich mich an meinem Mojito.

»Um genau zu sein, sie ist Professorin für Kunstgeschichte an der Uni Bochum. Seitdem ich denken kann, lagen bei uns zu Hause immer Zeichnungen, Bildbände über Kunst und anderer Kram herum. Ich glaube, da habe ich mir wohl einfach viel abgeschaut.«

Gut, dass unser Essen gebracht wird, bevor mein überraschter Blick mich und meine Vorurteile entlarven kann.

Vorsichtig probiere ich den ersten Löffel des Currys. Es ist einfach köstlich. Genau die richtige Mischung aus würziger Schärfe und süßlicher Kokosmilch – ein Hauch Limette inklusive. Jetzt fühle ich mich für unsere weitere Unterhaltung gewappnet.

»Und was treibst du sonst so außer studieren?« Vince mustert mich interessiert.

Gute Frage. »Ich jobbe bei meinen Eltern in der Praxis.«

Er zieht seine dunklen Augenbrauen nach oben. »Ich meinte eigentlich in deiner Freizeit.«

»Mhhh … lernen.« Ist mein Leben wirklich so langweilig,

wie es gerade klingt?

»Meine Güte, Elsa.« Vince nimmt einen großen Schluck seines Mojitos und fuchtelt mit den Händen in der Luft herum. »Jetzt lass dir doch nicht alles aus der Nase ziehen!«

Das Problem ist, da gibt es nichts, was er mir aus der Nase ziehen kann. Erst jetzt wird mir doch tatsächlich bewusst, dass ich eigentlich nichts anderes mache, als zu lernen und zu arbeiten. Und na ja, wie eben jede treffe ich mich mit meinen Freundinnen. Aber wann habe ich das letzte Mal Sport gemacht oder jemals etwas ansatzweise Kreatives getan?

»Ich lese ganz gerne … eigentlich … Um ehrlich zu sein, bin ich nur lange nicht mehr dazu gekommen, zumindest wenn wir den Anatomie-Atlas nicht mitrechnen. Mit anderen Worten, ich habe keine Hobbys. Ich bin langweilig. Sehr langweilig. Totsterbenslangweilig.«

Ich klinge erbärmlich. Fast rechne ich damit, dass Vince lauthals loslacht, doch nichts dergleichen geschieht. Er schaut mich nur wachsam an und ein zartes Lächeln stiehlt sich auf seine Lippen.

»Das trifft sich gut, Papa hat ein Faible für Tierkrimis, von denen er mir einen ganzen Stapel eingepackt hat, weil er meinte, ich bräuchte dringend Lesestoff für unterwegs. Dabei lese ich nicht mal sonderlich gerne. Was hältst du davon, wenn du die Geschichten für mich liest und mir erzählst, was passiert ist? Und Papa muss niemals erfahren, dass ich die Bücher nicht gelesen habe.« Gerade sieht er aus wie ein kleiner Junge, der einen superkrassen Streich ausgeheckt hat. Hoffnungsvoll schaut er mich an. »Deal?« Er hält mir seine Hand zum Einschlagen hin.

»Deal.«

Die Hitze, das warme Curry in meinem Bauch und der

Mojito sorgen dafür, dass ich mich wohlig und gesättigt fühle. Ich reibe meinen Bauch und lehne mich nach hinten. Ich könnte ewig hier sitzen bleiben und einfach nur die Aussicht genießen. Ich habe die letzten Jahre wohl ganz schön was verpasst.

»Nachtisch?«, reißt Vince mich aus meinen überflüssigen Gedanken. Hm, eigentlich bin ich schon satt, aber ab und zu kann ich mir auch mal was gönnen. Schließlich waren wir heute ganz schön aktiv.

Mein Kollege nickt wissend. »Okay, du überlegst noch – das heißt, du bist nicht abgeneigt!«

»Da hast du mich wohl ertappt.« Ich lache. »Also eigentlich bin ich ziemlich satt, aber wer sagt schon Nein zu Nachtisch? Kannst du denn etwas empfehlen?«

Er überlegt nicht lange und ein geheimnisvolles Grinsen breitet sich auf seinem Gesicht aus. »O ja, lass dich überraschen.«

Als die freundliche Kellnerin wieder bei uns vorbeikommt, ordert Vince etwas, das wie »Kaunaumamung« klingt, auch wenn ich stark bezweifle, dass es wirklich so heißt.

»Los sag schon, was hast du uns bestellt?«

»Hah, das wüsstest du wohl gerne! Na ja, ich will mal nicht so sein. Meist wird es einfach Sticky Rice mit Mango genannt.«

Okay, wenn ich ehrlich bin, viel kann ich mir immer noch nicht darunter vorstellen. Aber Reis mit Mango, klingt doch schon mal ganz gut. Zwar etwas seltsam in der Kombination, aber wir werden sehen.

Wenig später kommt die Kellnerin mit einem Tellerchen wieder, darauf befindet sich ein milchreisartiges Häufchen, das mit Mango-Filets garniert ist. Eine funkelnde Wunderkerze steckt in dem Reis-Arrangement und zwei Gäbelchen liegen daneben. Ich glaube, die Gute hat da was falsch verstanden.

Vince lächelt sie jedoch nur freudig an, als sie den hübsch hergerichteten Teller zwischen uns stellt. Das Licht der Wunderkerze glitzert im Schein der Lampions, die jetzt, wo es langsam dunkler wird, ein mildes Licht ausstrahlen. Fehlen nur noch Rosenblätter. Da ich aber anscheinend die Einzige bin, die etwas irritiert ist, versuche ich mir nichts anmerken zu lassen.

Trotzdem rutsche ich etwas unruhig auf meinem Stuhl hin und her, weil ich es doch etwas seltsam finde, mit dem jungen Mann, den ich vor zwei Tagen noch nicht mal kannte, von einem Tellerchen zu naschen. Vince jedoch kann es wohl kaum erwarten, dass ich den Sticky Rice probiere.

»Glaub mir, du wirst es lieben!«

Ich atme einmal tief durch und nehme vorsichtig einen kleinen Happen des pappig-cremigen Reises. Er ist salzig, er ist süß. Ich schmecke Kokos. Die Mango ist frisch und fruchtig, es ist der Hammer. Ich bin kurz davor, in ekstatisches Stöhnen auszubrechen. »O mein Gott, das ist so ... so köstlich!«

Vince nimmt ebenfalls eine Gabel und verdreht genießerisch die Augen. »Egal, wie oft du es isst, es ist immer wieder ein Highlight!«

Ich nehme einen weiteren Bissen und noch einen. Inzwischen ist es mir egal, dass wir vom selben Teller essen, und der Reis wahrscheinlich mehr Kalorien hat als das Hauptgericht.

Nachdem der ganze Sticky Rice gefühlt innerhalb von Sekunden verspeist ist, lasse ich mich zurück in den Stuhl sinken.

»So, jetzt erklärst du mir aber, was wir da eigentlich gegessen haben. Und jetzt sag nicht Reis mit Mango. So weit war ich auch schon.«

Vince lacht und wirft dabei seinen Kopf in den Nacken. Sein Adamsapfel hüpft unter der sepiabraunen Haut und ich kann kaum den Blick von diesem gerade so glücklich wirkenden Mann abwenden. Auch ich fühle mich gelöst. Befreit. Von zu Hause. Ich glaube, ich bin gerade ziemlich glücklich. Nicht nur wegen des fantastischen Essens.

»Aaalso, Sticky Rice ist Klebreis mit einer salzig süßlichen Kokosmilch. Der Reis wird sehr lange eingeweicht und dann noch gedämpft damit er diese Konsistenz bekommt.«

Ich nicke fasziniert, während ich meinen Cocktail leer trinke.

Um uns herum ist es inzwischen finster geworden. Vince' dunkle Augen funkeln im Schein der Lampen. »Und? Bereit, dich ins Shopping-Paradies zu stürzen?«

Ich nicke ambitioniert.

»O ja.« Ich müsste lügen, wenn ich behaupten würde, dass ich keine klassische Frau bin, was das Einkaufen betrifft. »Ich lade dich zum Essen ein, dafür dass du gestern gekocht hast.«

Vince lächelt mich ehrlich an. »Danke, das ist sehr lieb von dir.« Und ich freue mich, dass er einfach akzeptiert, dass ich die Rechnung übernehme, anstatt den Kerl raushängen zu lassen.

Nachdem ich unser Festmahl bezahlt habe, das umgerechnet weniger als ein Besuch in der Dönerbude gekostet hat, schlendern wir gemütlich unter den Straßenlaternen am Fluss entlang. Es herrscht noch ein reger Betrieb auf den Wegen, auch wenn es hier deutlich ruhiger zugeht als im Inneren der Stadt.

Der Nachtbasar befindet sich unweit des Bahnhofes. Schon von Weitem höre ich leise Musik, lachende Menschen und thailändische Sprachfetzen, die für mich zwar völlig unverständlich sind, aber dennoch wunderschön klingen. Kleine bunte Buden tauchen in Sichtweite auf und ich bin fasziniert von der geschäftigen Atmosphäre und den Scharen von Menschen. Das

Essen von den Straßenständen duftet herrlich und die Tische biegen sich unter Bergen von Klamotten und allerlei Krimskrams.

Wie gebannt schaue ich auf die breite Auswahl an bedruckten T-Shirts, gemusterten Schlabberhosen, süßen Kleidchen und »Designertaschen«, die jedoch so täuschend echt aussehen, dass mein Herz unwillkürlich höherschlägt.

Eigentlich habe ich Menschen bisher verachtet, die ihre Fake-Louis wie selbstverständlich zur Schau tragen, aber bei diesen Exemplaren hier, von Prada bis Longchamp, ist wirklich kaum ein Unterschied zu erkennen. Was wahrscheinlich daran liegt, dass sowohl die Fälschungen als auch die sauteuren Originale von vermutlich den gleichen Arbeitenden hergestellt werden. Auch wenn es feige ist, mache ich mir lieber nicht allzu viele Gedanken über die Arbeitsbedingungen.

Für den ein oder anderen mag das egoistisch und ignorant klingen – ist es auch –, aber man kann die Welt nicht überall gleichzeitig verbessern. Und an einem Punkt habe ich ja schließlich dank meiner Freiwilligenstelle in der Hundeauffangstation heute damit angefangen.

Deswegen bin ich diesmal diejenige, die, ohne darüber nachzudenken, nach der Hand ihres Mitbewohners greift, um ihn aufgeregt zu ein paar besonders hübschen Taschen zu zerren. Er rollt zwar kurz mit den Augen, murmelt »Frauen sind doch alle gleich«, aber leistet keinen Widerstand.

Gebannt stehe ich vor der exquisiten Auswahl meiner faltbaren Lieblingstasche. Das Exemplar in einem kitschigen Babyrosa-Ton hat es mir angetan. So ein bisschen Farbe für den Sommer wäre doch mal was.

»Willst du nicht lieber den Einkaufsbeutel zum Umhängen nehmen? Wäre deutlich praktischer für die Straße, als das Ding mit den langen Henkeln!«

Ich schnaube ungläubig über Vince' Kommentar. »Wie hast du meine Tasche gerade genannt? Ist dir eigentlich klar, dass meine sämtlichen Kommilitoninnen dir wahrscheinlich den Hals umdrehen würden?!«

»Und das für einen Nylonbeutel … pfff … Aber wenn sie dir doch so gut gefallen, nimm einfach beide, das rosafarbene Ungetüm und den zum Umhängen. Der blaue da vorne ist ganz cool!«

Wenn ich es mir so recht überlege, warum eigentlich nicht? Für den Preis kriege ich bei uns noch nicht mal eine Jutetasche. Mit den ersten Plastiktüten, die an Müllsäcke erinnern, stiefeln wir zum nächsten Stand.

»So, Fräulein, jetzt aber mal ans Eingemachte! Du solltest dir dringend ein paar bequeme, leichte Hosen für die Arbeit mitnehmen.« Er druckst ein wenig herum. »Beigefarben mag ja in der Arztpraxis deiner Eltern ganz schick sein, aber es ist nicht gerade praktisch, um mit schmuddeligen Straßenhunden zu arbeiten.«

Ich komme mir ziemlich blöd vor, aber wo er recht hat, hat er recht. Und schließlich konnte ich ja nicht wissen, dass es mich zu vierbeinigen Patienten verschlägt. Deswegen greife ich kurzerhand nach drei Schlabberhosen zum Preis von zweien, die so aussehen, als könnten sie mir passen.

Das Ganze ergänze ich um ein paar T-Shirts mit unterschiedlichen Prints, die jedoch in der Tat ganz cool aussehen, auch wenn Elefanten im Mandala-Style eigentlich so gar nichts meins sind. Aber, hey, Kittel darf ich noch früh genug tragen. Ich weiß nicht, ob mich diese Erkenntnis froh oder traurig stimmt. Deswegen greife ich kurzerhand auch noch zu zwei geblümten Kleidern mit Off-Shoulder-Trägern und bezahle alles bei der freundlichen Standbesitzerin.

Noch ein paar Schuhe zum Wechseln und ich wäre fürs Erste ausgestattet – wobei, Lust habe ich eigentlich keine mehr. Ich fühl mich ein bisschen wie die dumme Medizinstudentin vom Dorf neben dem offenen Tierpfleger von Welt.

Vince scheint mein Stimmungsumschwung nicht entgangen zu sein. »Elsa, alles gut? Du wirkst auf einmal so ... so ... ich weiß auch nicht.«

»Ja, alles gut.« Meine Stimme klingt schnippischer als beabsichtigt. »Ich bin einfach nur müde. Lass uns heimgehen, wir haben morgen schließlich einen langen Tag vor uns.«

Irgendwie ist die heitere, lockere Stimmung in den letzten Minuten gekippt. Während ich noch ewig mit Elsa hätte über den Markt schlendern können, ist diese plötzlich müde und will nach Hause. Das sagt sie zumindest.

Schweigend laufen wir nebeneinander her und ich frage mich, was los ist. Ob es etwas mit mir zu tun hat? Okay ... eigentlich bin ich mir ziemlich sicher, dass es etwas mit mir zu tun hat, oder vielmehr mit meinem blöden Kommentar über ihre unpraktischen, langweiligen Medizinerklamotten. Aber das war doch gar nicht böse gemeint.

Wenn ich jetzt darüber nachdenke, kam es vielleicht so rüber. So, als wollte ich sie in eine Schublade stecken. Sie könnte den Eindruck haben, dass ich sie für einen Menschen halte, der nur für seinen Job lebt, ohne nach links und rechts zu schauen und über den Tellerrand zu blicken. Dabei hat sie den Mut bewiesen, den ich nicht hatte.

Sie ist hiergeblieben, obwohl alles ganz anders kam als erwartet, während ich so viel Angst hatte, in Deutschland zu bleiben. Anstatt die Sache mit Tessa zu klären, bin ich einfach abgehauen, ohne unserer Beziehung vielleicht noch eine Chance einzuräumen. Für mich war es das Einfachste, einfach abzuhauen. Ich hätte die Stelle in der Klinik antreten können. Mit Tessa. Stattdessen bin ich gegangen – ohne es versucht zu haben. Ich habe mit meinem Handeln keinen Mut bewiesen. Elsa hingegen bemüht sich, die neue Situation, die ihr wahrscheinlich unglaublich viel Angst macht, zu meistern, und ich Trottel gebe ihr noch das Gefühl, dass sie eine festgefahrene zukünftige Hausärztin ist. Was sie ganz offensichtlich nicht sein möchte. Dabei hat sie sich aufgerafft, herauszufinden, was sie will, anstatt vorher die Biege zu machen, aus Angst, der Wahrheit ins Auge zu blicken.

Inzwischen sind wir bei unserem Häuschen angekommen. Ich muss mich irgendwie entschuldigen. Dafür, dass ich sie mit meinen daher gesagten blöden Sprüchen so aus der Fassung gebracht habe.

»Elsa …« Doch sie lässt mich gar nicht aussprechen.

»Ich bin oben und mache mich bettfertig, gib mir zehn Minuten.«

Dann eilt sie zwei Stufen auf einmal nehmend nach oben und lässt mich wie einen begossenen Pudel am Treppenabsatz stehen. Siggi kommt aus der Dunkelheit hervorgeschossen und wirft sich schwanzwedelnd vor mir auf den Rücken. Immerhin einer, der mich mag.

Ich kraule seinen Bauch, bis ich glaube, dass ich nach oben gehen kann. Siggi folgt mir schwanzwedelnd. »Sorry, Dicker, aber ich befürchte, du musst draußen schlafen, wir sind jetzt nicht mehr alleine.« Damit öffne ich die Tür und schließe sie vorsichtig vor seiner Nase, das traurige Wimmern hallt in meinen Ohren nach.

Im Zimmer ist es bereits dunkel. Leise schleiche ich ins Bad. Als ich wenige Minuten später schlaflos daliege, habe ich das Gefühl, ich bin nicht der Einzige, der ins Dunkle starrt.

10. Stimmungstief

Vince

Blinzelnd öffne ich am nächsten Morgen die Augen – irgendwie habe ich anscheinend doch noch in den Schlaf gefunden –, doch das Bett neben mir ist bereits leer. Auch aus dem Bad höre ich keinerlei Geräusche. Auf der einen Seite gut für mich, dann kann ich in Ruhe alle Geschäfte verrichten, die man im Bad ebenso erledigt, auf der anderen Seite verspüre ich einen Stich in der Brust, dass Elsa und ich gestern Abend so unschön auseinandergegangen sind.

Also was heißt *auseinandergegangen*. Wir haben uns jeder in unser Bett gekuschelt, beziehungsweise auf der steinharten Matratze langgemacht, und kein Wort mehr miteinander geredet. Es könnte mir egal sein. Nächste Woche reisen die nächsten beiden Freiwilligen an – sie alle kommen und gehen, wohingegen ich bleibe.

Schließlich ist es dank meiner Thaikenntnisse und meiner doppelten Staatsbürgerschaft kein teuer organisierter Voluntary-Aufenthalt, sondern ein richtiger Job. Nun ja, so ungern ich es zugebe, dank meiner Connections wohne ich nicht nur umsonst, sondern verdiene außerdem ein paar Baht. Es ist nicht viel, aber da die Lebenshaltungskosten hier viel niedriger sind, komme ich ganz gut hin.

Auch wenn ich natürlich nicht mein restliches Leben in Freiwilligenmanier verbringen will, so brauche ich eigentlich nicht viel mehr. Die Arbeit hier hat in den letzten Jahren stark zugenommen und dank der Kooperation mit unterschiedlichen Organisationen kommt immerhin gerade so viel Geld rein, dass die Station sich selbst trägt. Für einen festangestellten Mitarbeiter reicht es trotzdem nicht.

Erst seitdem ich hier bin, ist für Narisara etwas Ruhe eingekehrt. Noch geht sie allerdings davon aus, dass ich irgendwann nach Deutschland zurückkehre, was ich bisher auch angenommen hatte. Doch inzwischen bin ich mir nicht mehr so sicher. Zumindest aktuell nicht. Ich habe endlich das Gefühl, gebraucht zu werden, etwas bewirken zu können.

Natürlich könnte ich in Deutschland auch ausgesetzte oder verletzte Hunde in einem Tierheim oder einer Klinik pflegen, doch die Situation in Thailand ist noch mal eine völlig andere. Und am richtigen Platz habe ich mich in der Heimat schon lange nicht mehr gefühlt.

Als ich frisch geduscht nach unten komme, sitzt Elsa bereits auf der Holzbank in der Sonne. Sie starrt in die Ferne, eine Hand gedankenverloren in Siggis Fell. Die beiden scheinen sich also langsam anzunähern. Ihr noch feuchtes blondbraunes Haar ist zu einem für mich kompliziert aussehenden Zopf geflochten, der ihrer Namensvetterin wahrscheinlich alle Ehre macht.

Auf ihren Wangen meine ich, ein paar Sonnensprossen durchblitzen zu sehen. Sie trägt eine ihrer neuen gemusterten

Schlabberhosen und ein Elefanten-Shirt. Ich hoffe, die Stimmung zwischen uns ist wieder so gut wie vorher. Auch wenn wir uns kaum kennen, so wohnen wir doch in einem Zimmer und müssen vier Wochen zusammenarbeiten. Die Beschnüffelungsphase überspringt man also unter diesen Voraussetzungen am besten und wird sofort zum Team.

Als sie mich entdeckt, lächelt sie, und die Sommersprossen auf ihren Wangen tanzen im Licht der Sonne. Das Dunkelblond ihrer Haare schimmert honigfarben im warmen Licht. Ihre Füße stehen auf der Sitzfläche des Stuhls und sie hat ihre Arme um die Knie geschlungen. Sie sieht so verletzlich aus.

Gerade als ich ihr ein breites Lächeln schenken will, erlischt das ihre und weicht einem kühlen, unnahbaren Blick. Dem der Eiskönigin. So als wäre ihr plötzlich wieder eingefallen, dass sie ja eigentlich böse auf mich ist. Hoffentlich vergisst sie es bis später einfach.

Abgesehen von heute Morgen, wo ich kurz vergessen hatte, dass ich eigentlich sauer auf ihn bin, habe ich es wunderbar geschafft, Vince die kalte Schulter zu zeigen. Nun ja, so furchtbar sauer bin ich eigentlich gar nicht mehr. Er hatte ja völlig recht mit seiner Aussage. Trotzdem habe ich das Gefühl, dass es ihm mal ganz guttut, ein bisschen zu schmoren.

Selbst Hundemama Evoli begrüßt ihr Herrchen nur verhalten, während sie mich samt der kleinen Bellhorde stattdessen schwanzwedelnd empfängt.

Schweigend begeben wir uns an die Arbeit auf dem Gelände, doch ich komme nicht umhin, festzustellen, dass das Reinigen der Außenanlage bei einem netten Plausch deutlich mehr Spaß machen würde. Narisara, die zwischendurch immer wieder mal vorbeischaut, mustert uns skeptisch, sagt aber nichts. Genau wie Vince und ich. Es ist zum Haareraufen. Aber noch bin ich nicht bereit, einzuknicken.

Da Elsa immer noch so tut, als wäre ich gar nicht da – so ein Kindergarten –, hänge ich meinen Gedanken nach, während ich den Boden mit dem Gartenschlauch abspritze.

Bevor die beiden neuen Freiwilligen anreisen, zwei Lehramtsstudenten aus Deutschland, muss ich Elsa dringend in die Kunst des Kastrierens einweisen. Spätestens übernächste, besser kommende Woche, steht uns nämlich wieder eine der großen Kastrationsaktionen bevor, um die unkontrollierte Vermehrung der Straßenhunde zu verringern. Und vier Hände schaffen schließlich mehr als zwei.

Auch wenn wir Unterstützung durch die örtliche Tierklinik bekommen werden, sind Elsa und ich die beiden einzigen Freiwilligen in der Station mit einer medizinischen Ausbildung – oder zumindest den Ansätzen davon. Deswegen halte ich es für sinnvoll, sie schnellstmöglich zu schulen.

Zwar habe ich das Tiermedizinstudium nicht abgeschlossen, dennoch ist das Kastrieren bei männlichen Tieren eine relativ simple Angelegenheit, die ich mithilfe von YouTube-Videos perfektioniert habe. Hier ist man einfach nur froh, dass es überhaupt jemanden gibt, der die Tiere entmannt. Dann lieber ein Tierpfleger und eine Humanmedizinerin als der örtliche Metzger.

Nachdem wir endlich unsere schweigsame Morgenrunde beendet haben und alle Fellnasen gefüttert und versorgt sind, bleibt eigentlich noch genug Zeit für eine ... ähm ... Übungsstunde, bevor wir heute Nachmittag allerlei Papierkram zu bewältigen haben.

Mogly, ein kleiner struppiger Terriermix, der zwar entsprechend seines jungen Alters sehr viel Energie hat, aber bereits relativ gut erzogen ist – wir tippen, dass er nicht auf der Straße geboren, sondern erst später ausgesetzt wurde – ist unser heutiger Kandidat.

Ein gewisses Risiko besteht leider aufgrund der Narkose auch bei diesem üblichen Eingriff, da wir aus Mangel an geeigneten Gerätschaften auf die Überwachungen von Atmung und Herz verzichten müssen.

»Bereit für deine erste Kastration?« Ich grinse Elsa spitzbübisch an.

Der Futterbeutel gleitet aus ihren Händen und sie schaut mich mit einer Mischung aus Verwirrung und Schock an. »Bitte was?«

Mir entgleisen sämtliche meiner Gesichtszüge »Kastration? Du, ich?«

Vince schmunzelt, sieht jedoch so aus, als müsste er ein schallendes Lachen unterdrücken. »Ähm … ja, genau. Ich würde behaupten, du hast das ziemlich gut zusammengefasst!«

Dieser Blödian, muss ich ihm jetzt jede Info wirklich einzeln entlocken? Aufgebracht bringe ich hervor: »Aber, aber ich kann keinen Hund kastrieren!«

Mindestens genauso entrüstet fügt sie hinzu: »Und du solltest das auch nicht können … wir … wir sind doch keine Tierärzte!«

Im Gegensatz zu mir stochert sie nicht in der Wunde herum, sondern schaut mich vorsichtig von der Seite an, als sie sich ihrer Worte bewusst wird. Ich habe jedoch keinerlei Probleme damit, dass ich das Studium abgebrochen habe, um dann »nur« eine Ausbildung als Pfleger zu machen. Die einzige Person, die damit Probleme hatte, war Tessa, und ich war noch nicht bereit dazu, mich in ihr gebügeltes Leben integrieren zu lassen.

Ich schüttle mich kurz, um die negativen Gedanken abzuwerfen, und schaue stattdessen in Elsas haselnussfarbene Augen, die so viel mehr Wärme und Sympathie ausstrahlen, als Tessas es je getan haben.

Gefasst lächle ich sie an. »Da hast du völlig recht, wir sind keine Tierärzte, aber etwas, was dem am nächsten kommt. Und glaub mir, so schwer ist eine Kastration nicht.« Ein Zwinkern kann ich mir nicht verkneifen, als ich siegessicher ergänze: »Um genau zu sein, es macht sogar ziemlich viel Spaß. Und du würdest deine erste OP vor allen anderen deiner Kommilitonen und Kommilitoninnen machen! Du wolltest doch Abwechslung zur Hausarztpraxis.«

Damit habe ich sie. Ich sehe an Elsas loderndem Blick, dass ihr Ehrgeiz geweckt ist.

Kurze Zeit später sitzen wir mit einem frischen Kaffee vor Narisaras PC, die gerade unterwegs ist. Ich kann mir keine seltsamere Vorbereitung für einen Eingriff vorstellen, als das Schauen von YouTube-Videos, aber ich muss sagen, es funktioniert. Der Kaffee tut den Rest.

Vielleicht sollte man im Krankenhaus einführen, dass vor einer OP zum Warmwerden erstmal ein paar Folgen *Grey's Anatomy* gesuchtet werden müssen. Irgendwie eine schöne Vorstellung, wie man zusammen mit dem Team bei einem Serienmarathon entspannt.

Nach zehn Videos fühle ich mich bereit, meine erste Kastration, natürlich mit Vince' Hilfe, durchzuführen.

Den »OP-Saal«, eingerichtet mit einem provisorischen Metalltisch und ein paar Schränken voller Medikamente, haben wir schon desinfiziert und vorbereitet, genau wie das medizinische Besteck. Mogly hat zu seinem Unmut heute noch nichts zu fressen bekommen und ist somit auf den Routineeingriff eingestimmt.

Der junge Hundemann tollt uns freudig hinterher, nicht wissend, was ihm blüht. Vince und ich tragen bereits unser OP-Outfit, das aus einem Uraltkittel besteht, der eher nach Chemielabor als nach Arztpraxis aussieht.

Ich stelle mir den entsetzten Blick meiner Mutter vor, wie sie mich in dem zerknautschten, gelblich verwaschenen Stück mustert, während sie unter ihrem schneeweißen, frischgebügelten taillierten Exemplar auch gerne das Etuikleid oder die engen Slacks samt Pumps hervorblitzen lässt.

Aber zum Glück kann meine Mutter mich eben nicht sehen, sodass ich mich schon jetzt in diesem improvisierten OP tausendmal wohler fühle als unter den Argusaugen meiner Eltern an der heimischen Hausarztrezeption.

Wenn ich mir den Patienten so anschaue, ist dieser auch um einiges besser gelaunt als die Herrschaften mit Privatversicherung, die in der Praxis meiner Eltern behandelt werden.

Als Erstes wird Mogly narkotisiert. Vince hält den inzwischen doch aufgeregten Rüden fest, während ich das Narkosemittel nach Anleitung in eine seiner plüschigen Pobacken spritze. Es dauert nicht lange und der eben noch quirlige Rüde sinkt schläfrig auf dem kalten Metall-Tisch zusammen.

Gemeinsam drehen wir ihn auf den Rücken und Vince zeigt mir, wie ich die Haare vor der OP entfernen muss.

Dann ist es so weit und der erste Schnitt kommt. Das Skalpell fühlt sich gut in meiner Hand an, genau wie seine Hand auf meiner, die mir hilft, den angemessenen Druck auszuüben. Auch wenn es sich um einen relativ simplen Eingriff handelt, fühle ich mich bereits wie eine richtige Ärztin. Dass es sich bei dem Patienten um keinen menschlichen handelt, ist dabei zweitrangig.

Fast ohne Vince' Unterstützung beende ich nicht nur die Operation, sondern auch das Nähen der selbstauflösenden Naht. Nicht ganz unstolz betrachte ich mein Werk. Andere bewundern ihr selbstgenähtes Kleid, ich bewundere den ordentlich genähten Hodensack nach meiner ersten Kastration.

Zu guter Letzt spritzen wir Mogly noch ein Schmerzmittel und legen ihn dann vorsichtig in das für ihn vorbereitete Körbchen.

Als wir aus dem Raum treten, werde ich von einer Mischung aus Adrenalin und Glück durchflutet, was mich dazu bringt, Vince schief anzugrinsen. »Danke, dass du mir vertraut hast.«

Sein Blick strahlt völlige Ruhe aus. »Ich danke dir, dass du mir vertraut hast und an dich selbst geglaubt hast!«

Nachdem wir noch einiges an Papierkram erledigt sowie neue Steckbriefe unserer kleinen Lieblinge erstellt haben, ist es Zeit für unseren Feierabend. Ich muss zugeben, ich habe mich schon lange nicht mehr so zufrieden wie nach diesem Tag gefühlt.

Zwar schmerzen meine Arme und mein Kopf brummt von der Hitze, aber trotzdem, ich fühle mich großartig. Wäre da nicht noch der winzige Rest Enttäuschung, der sich in meinem Herzen breitmacht. Ich weiß auch nicht, was ich erwartet habe – dass ein wildfremder Kerl und ich innerhalb von zwei Tagen beste Freunde auf Lebzeit werden, ich meine Berufung finde und meine Eltern anrufen und erklären:

Hey Elsa, wenn dir nicht danach ist, musst du die Hausarztpraxis nicht übernehmen. Wir stehen mit allem hinter dir, egal, was du auch tun magst.

Okay, wie auch? Schließlich wissen meine Eltern noch nicht einmal, dass ich nicht, wie geplant, im Krankenhaus arbeite, sondern in einer Hundeauffangstation. Ich habe ihnen zwar eine E-Mail geschrieben, dass ich gut angekommen bin und kurzfristig umplatziert wurde, aber dass dieser Ortswechsel auch ein völlig neues Programm bedeutet, habe ich dann doch lieber für mich behalten.

Warum wohl … Und dann kommt noch so ein Vince daher, der mich in die gleiche Schublade steckt, in der meine Eltern bereits sitzen …

11. Oreo-Frappuccino

Vince

Wir hängen beide unseren Gedanken nach, bis ich die Stille zwischen uns schließlich nicht mehr aushalte. Warum verzeiht mir dieses eigensinnige, verletzte Mädchen nicht endlich, das mir schon jetzt viel mehr im Kopf herumspukt, als es sollte. Habe ich nicht deutlich gezeigt, dass es mir leidtut?

Ich seufze und deute auf den Minimarkt, der zu unserer Rechten auftaucht. »Wir müssen noch einkaufen. Irgendwelche Wünsche? Oder wolltest du heute Abend kochen?« Ich strecke ihr die Zunge raus, in der Hoffnung, die komische Situation ein für alle Mal hinter uns zu lassen, würde mich aber am liebsten im selben Moment dafür ohrfeigen, dass ich schon wieder einen dummen Spruch von mir gegeben habe.

Im ersten Moment blickt Elsa mich etwas verwirrt an. Ihre Augen schmelzen im Sonnenlicht zu flüssigem Karamell, ihre Wangen sind gerötet und ihr süßer pfirsichfarbener Mund verzieht sich zu einem breiten Grinsen. Gott sei Dank.

»Nee, nee, du, ich überlasse dir gerne die häuslichen Pflichten, da würde ich mir eh nur meine beigefarbenen Medizinerinnenklamotten schmutzig machen.«

Sie streckt mir ebenfalls breit grinsend die Zunge heraus. Prompt kann ich nur noch darüber nachdenken, wie sich ihre Zunge wohl auf meinen Lippen anfühlt, in meinem Mund …

Stopp, Vince! Was ist nur mit mir los? Ich benehme mich wie ein fucking Einsiedler, nicht wie ein Volontär, der durchaus genug Freiwillige für nicht-dienstliche Aktivitäten im letzten Monat gefunden hat. Bevor mein eindeutig überhitzter Kopf noch weiter mit mir durchgeht, setze ich dazu an, in den Supermarkt zu marschieren.

Elsa schaut mich skeptisch an, bevor sie schließlich in die entgegengesetzte Richtung auf einen kleinen Coffeeshop deutet. »Ich geh uns derweil mal nen Frappuccino organisieren. Gerechte Arbeitsteilung und so.«

Gerade als sie sich umdrehen will, halte ich sie zurück. »Elsa …« Erwartungsvoll blickt sie mir ins Gesicht und ich beschließe, dass es Zeit ist, über meinen Schatten zu springen. »Es tut mir leid. Ich weiß jetzt, dass ich dir Unrecht getan habe. Du wirst eine tolle Ärztin, egal, welche Farbe deine Klamotten haben. Und du bist ein toller Mensch«, füge ich etwas leiser hinzu. Ihre Augen glitzern verdächtig, doch sie fängt sich sofort wieder.

»Da bin ich ja froh, dass selbst Big-Vince nicht vor Vorurteilen gefeit ist!« Sie zwinkert mir zu und ich bin erleichtert, dass wir wohl so gut wie quitt sind. Mein Herz klopft freudig. Da ich jedoch die frisch gekittete Stimmung nicht sofort wieder kaputtmachen will – was bei meinem Talent und Geschick nicht so abwegig ist –, wende ich endlich meinen Blick von ihr ab und eile in den Supermarkt.

Jetzt stellt sich nur die Frage: Was koche ich heute Abend, um sie vollends zu überzeugen, dass ich ein ganz Lieber bin?

Als ich mit den beiden Oreo-Frappuccinos, die nur ein Drittel so viel kosten, wie sie es wahrscheinlich bei Starbucks tun würden, zurückkomme, sehe ich, wie Vince gerade die Einkäufe in diversen Plastiktüten verstaut.

Ich stelle mich unter ein hölzernes Vordach in den Schatten und nehme genüsslich einen Schluck des gehaltvollen, milchigen, koffeinhaltigen Getränks, das mich instantly in den siebten Himmel befördert. Ich erhasche einen Blick zwischen zwei Häuserfassaden hindurch auf den River Kwai und lasse meinen Blick über die saftig grünen Wälder streifen, die sich um Kanchanaburi herum emporheben.

Ich habe das Gefühl, als hätte ich nie etwas anderes getan, als einen Cookie-Shake zu schlürfen, die Natur zu bewundern und auf Vince zu warten. Ach ja, nicht zu vergessen, Hunde zu kastrieren.

Die Sonne wärmt meinen Nacken und bringt meine Haut angenehm zum Kribbeln. Vielleicht ist es auch Vince' Arm, der zwischendurch immer wieder den meinen streift, als wir mit den vielen Einkaufstüten zur Unterkunft gehen. Aber es ist mir ehrlich gesagt egal, was es ist. Es ist mein Leben. Das, für das ich mich selbst entschieden habe. Und es gefällt mir. Ja, es gefällt mir sogar sehr.

Vince

Auf dem Rückweg lassen wir noch mal den heutigen Tag Revue passieren. Auch ich selbst erinnere mich noch an meinen ersten Eingriff – es ist ein tiefschürfendes Erlebnis. Aber Zeit mit den Vierbeinern zu verbringen, ihnen beim Wachsen und Gedeihen oder dabei zuzuschauen, wie aus einem völlig verängstigten, verwahrlosten Tier ein bester Freund wird, macht das tausendmal wieder wett. Dagegen kommt keine Operation der Welt an.

Während ich die Einkäufe in den kleinen Kühlschrank in unserem Vorratsraum packe, verabschiedet Elsa sich unter die Dusche. Ich habe es längst aufgegeben, da man sich aufgrund der hohen Temperaturen und der ungewöhnlich hohen Luftfeuchtigkeit innerhalb von wenigen Sekunden sowieso wieder fühlt wie vor dem Waschgang. Man gewöhnt sich an ein dauerhaftes leichtes Schmuddelgefühl. Haha.

Als ich alles weggeräumt habe, beschließe ich, dass es Zeit für einen weiteren Kaffee und eine kleine Auszeit ist, bevor ich mit dem Kochen beginne. Während ich das duftende Kaffeepulver in die French Press fülle, die mich bisher auf die meisten meiner Reisen begleitet hat, kommt mir eine Idee. Ich glaube, heute wäre Zeit für einen richtig gemütlichen Lese-Mal-Nachmittag. Eine entspannte Zeit, um zusammenzusitzen, sich besser kennenzulernen, ohne das Ganze jedoch erzwingen zu müssen. Einfach ein bisschen Me-Time für uns beide. Jeder für sich und doch gemeinsam.

Schnell hole ich noch die Kekse in Hundeknochenform aus dem Vorratsschrank – gut, dass ich an denen nicht vorbeikonnte – und bereite alles auf dem Tisch vor. Dank des kleinen Vordachs und der umliegenden Bäume liegt unser Gartentisch zumindest nicht in der prallen Sonne. Freudig laufe ich die Treppe nach oben, damit die Tierkrimis von Papa endlich zum Einsatz kommen, und um mein Tablet zu holen.

Ich öffne die Tür. Das Wasser rauscht. Dann höre ich Elsas Stimme, die gerade eine Performance von *Let it go* zum Besten gibt. Ich muss mich echt beherrschen, nicht laut loszulachen. Leise tappe ich weiter, um meinen Krempel zusammenzusammeln.

So geräuschlos wie möglich schnappe ich mir mein Tablet und die Bücher und schleiche aus dem Zimmer. Obwohl die Tür längst ins Schloss gefallen ist, sehe ich vor meinen Augen, wie die Wassertropfen von ihrer blassen Haut abperlen und ihre rosigen Nippel sich fröstelnd aufrichten. Ihr Mund ist leicht geöffnet, während sie den fluffigen Schaum auf ihrem weichen Körper verteilt. Verwirrt über meine Gedanken blinzle ich, doch die Bilder lassen sich nicht aus meiner Vorstellung vertreiben. Sie haben sich in meinen Kopf gebrannt.

12. Cosy Crime

Ich schlüpfe in eine meiner neuen kurzen Hosen, die zwar von Form und Muster an Schlafshorts erinnern, aber dafür wunderbar luftig leicht ist. Ich fühle mich rundum entspannt, was sicherlich auch an der ausführlichen Dusche liegt, die mir trotz des drückenden Wetters neues Leben eingehaucht hat.

Schnell streife ich mir ein weißes Shirt mit Lochstickerei über und steige in meine Flipflops, in denen ich die paar Meter die Treppe hinunter so gerade bewältigen kann. Für längere Strecken sind sie nicht geeignet und mir ist bis heute nicht klar, wie Menschen es schaffen, mehr als zehn Meter in ihnen zurückzulegen mit diesem harten Plastiksteg zwischen den Zehen, der einem Folterinstrument gleichkommt.

Unten wartet nicht nur ein liebevoll gedeckter Kaffeetisch auf mich – sofern das auf einem alten Holztisch samt halb verrotteten Sitzgelegenheiten möglich ist – sondern Vince scheint mal wieder in eine seiner Zeichnungen vertieft zu sein. Mit gerunzelten Augenbrauen, die Zungenspitze zwischen den Lippen, fährt er mit dem Stift über das iPad. Er sieht irgendwie niedlich aus.

Ich nähere mich dem Tisch, auf dem schon ein Teller mit Plätzchen – oder sind es Hundeleckerlis? – und zwei dampfende Kaffeetassen bereitstehen. Sogar ein Sträußchen Gestrüpp, sagen wir mal Wildblumen, hat seinen Weg in ein Wasserglas auf dem Tisch gefunden.

Vince zuckt zusammen, als ich meine Hände auf seine Schultern lege und laut »Buh« rufe.

»Elsa, meine Güte, hast du mich erschreckt!« Er dreht sich zu mir um und unsere Gesichter sind nur wenige Zentimeter voneinander entfernt.

Um die Stimmung nicht zu ruinieren, umrunde ich den Tisch und lasse mich auf einen der freien Stühle plumpsen. Auf das Kaffeearrangement deutend, sage ich lächelnd: »Du hast es uns ja richtig schön hier gemacht! Sowas Süßes kann ich jetzt richtig gut vertragen! Fehlt nur noch …«

Bevor ich den Satz vervollständigen kann, hält Vince mir einen Stapel Bücher vor die Nase. »… ein guter Roman?«

Während Vincent weiter zeichnet, starte ich mit dem Roman, der den originellen Titel *Ostseemord und Pfotenglück* trägt. Ein kleiner Yorkie grinst mir vom Cover entgegen. Da bin ich ja mal gespannt.

Wider Erwarten bin ich schnell in der Geschichte rund um Kommissarin Niemüller und ihrer Yorkshirehündin Stella gefangen. Selbstlos hat die Kommissarin die kleine Hundedame aufgenommen, nachdem deren Herrchen einem Mord zum Opfer gefallen ist. Nun ermitteln die beiden zusammen – als Team.

In einzelnen Kapiteln erhält der Leser Einblick in Stellas Gedanken, sodass ich einige Male herzlich lachen muss und Vince mich amüsiert beobachtet, als ich ihm die lustigen Szenen beschreibe, die natürlich eigentlich nur lustig sind, wenn man sie selbst liest.

Nachdem ich weitere zwei Kapitel verschlungen habe,

brauche ich eine kleine Pause. Deswegen rutsche ich etwas näher zu meinem Zimmerkollegen und versuche, über seine Schulter zu linsen.

»Viiiiince, lass doch mal sehen, bitte, bitte zeig mal!« Ich nerve so lange, bis er schließlich resigniert seufzend das Tablet auf den Tisch legt, damit ich seine Zeichnung betrachten kann. Darauf ist Evoli mit ihren Welpen zu erkennen. So goldig!

Plötzlich kommt mir eine Idee. Aufgeregt schaue ich vom Tablet zu Vince und zurück. »Hast du auch noch Bilder von den anderen Mäusen?«

Sein Blick ist ziemlich skeptisch. »Hm, muss ich mal schauen … Was hast du vor, Elsa?«

Geheimnisvoll grinse ich ihm zu. »Ich habe soeben die perfekte Marketingstrategie gefunden!«

»Jaaa?« Seine Antwort ist zögerlich. »Na, dein Zeichentalent! Alle Privatpersonen, die spenden oder sogar eine Patenschaft eingehen, bekommen ein wunderschönes handgemaltes Bild oder eine Postkarte von ihrem Schützling, die mit einem kleinen Text versehen ist. Den könnte ich schreiben. Das würde bestimmt den ein oder anderen anregen, etwas mehr zu spenden. Wir könnten deine Bilder auf Insta teilen und auf die Webseite stellen. Die Leute suchen sich einen Schatz aus, für den sie spenden wollen – natürlich kommt das Geld allen Fellnasen zu Gute.«

Das Fragezeichen über seinem Kopf ist erloschen. Stattdessen schaut er mich ehrlich begeistert an, als er aufspringt. »Dann lass uns direkt anfangen!«

Wir sind so in unsere Arbeit vertieft, dass wir gar nicht bemerken, wie die rote Abendsonne sich langsam senkt. Erst unsere knurrenden Mägen reißen uns aus der geschäftigen, arbeitsamen Stille.

Vince steht auf und räkelt sich seufzend. »Ich könnt, ehrlich gesagt, was zu essen vertragen!« Fragend schaut er mich an.

»Oh ja, da sagst du was …«

Spitzbübisch lächelt er mir zu. »Sag bloß, das heißt, ich soll uns was zu essen machen. Oder wolltest du das heute übernehmen?«

Ich schlage die Hände vors Gesicht und luge vorsichtig zwischen meinen Fingern hervor: »Ich hab gehört, ich hab nen Mitbewohner, der ziemlich gut kochen kann!«

Vince lacht und ich schiebe betont großzügig hinterher: »Ich würde mich jedoch zum Schnibbeln anbieten. Und den Reiskocher kriege ich wohl auch befüllt.«

Sein Lachen ist herzlich und ich strecke ohne nachzudenken meine Hände nach ihm aus, weil ich das Gefühl habe, meine steifen Knochen nicht allein zum Aufstehen bewegen zu können.

Vince

Schon in dem Moment, als ich ihre Hände berühre, wird mein Kopf von den Bildern geflutet, die mich daran erinnern, dass ihre Finger sich vorhin noch an ganz anderen Stellen befunden haben. Meine Stimme ist belegt und ich räuspere mich. »Na, dann wollen wir mal loslegen. Was hältst du von Omelett, gebratenem Tofu mit Gemüse und Reis dazu?«

Elsa gibt laute Schmatzgeräusche von sich und reibt sich den Bauch. »Das klingt ganz fantastisch. Was soll ich machen, Chef?«

Während Elsa Paprika und Möhren schneidet, putze ich die Zuckerschoten und schneide den Tofu in mundgerechte Stücke. Er ist viel fluffiger und heller als der deutsche Supermarkttofu und seine Konsistenz erinnert eher an Rührei. Womit wir beim nächsten Thema wären.

Ich schlage das Ei fluffig auf und gebe ein paar Zwiebeln und Erbsen in die cremige Masse. Elsa befüllt den Reiskocher und ich gebe den Tofu und das Gemüse in die Pfanne. Als ich neben der dickflüssigen süßlichen Hoisinsoße auch noch etwas Fischsoße hineingebe, ertappe ich Elsa, wie sie mich stirnrunzelnd anschaut.

»Fischsoße?« Angewidert verzieht sie das Gesicht. Ich lache. »Nur so zur Info, die ist hier überall drin, hast du wahrscheinlich jeden Tag gegessen, ohne es zu bemerken. Und ich dachte schon, du willst mich am Ende darauf hinweisen, dass die doch gar nicht vegetarisch ist.«

Ich zwinkere ihr zu und ergänze: »Was natürlich auch stimmt, aber wenn ich keine Fischsoße essen würde, würde das Leben hier sehr schwierig werden. Und man kann schließlich nicht in jeder Hinsicht perfekt sein. Deswegen, na ja, ist das die Ausnahme in meiner Ernährung.«

Elsa lacht und schaut mich schief von der Seite an. »Nun ja, jedem das seine, die Fischsoße sei dir gegönnt. Auch wenn ich die Vorstellung ...« Sie studiert die Glasflasche mit dem braunen Inhalt. »... ausgekochte Fischreste im Essen zu haben, echt eklig finde. Aber ich lass mich gerne eines Besseren belehren.«

Wichtigtuerisch erhebe ich den Zeigefinger, um meine nächsten Worte zu unterstreichen. »Stell dir vor, selbst die alten Römer haben damals schon ihr Essen mit einem Sud aus

Fischresten gewürzt!«

Ihr angeekelter Gesichtsausdruck spricht Bände. »Wo hast du denn das her?«

Ich blicke sie tief an, bevor ich das Geheimnis lüfte. »Die alten Römer, mein heimliches Hobby.«

Elsa schaut mich an, nicht sicher, was sie von meiner Aussage halten soll. Dann pruste ich los. »Ne, das ist eine der wenigen Sachen, die ich vom Lateinunterricht in der Schule noch weiß!«

Erleichtert wischt sie sich die imaginären Schweißtropfen von der Stirn und lacht. »Und ich dachte schon, ich muss mir jetzt regelmäßig Geschichten aus der Antike anhören, da hab ich ja noch mal Glück gehabt!«

Schade, für dieses hübsche Lachen wäre ich durchaus bereit gewesen, mein geschichtliches Wissen etwas aufzupolieren.

Einträchtig kauend sitzen wir schließlich am Tisch. »Mhh, das ist echt lecker – trotz Fischsoße!« Sie pikt mir in die Seite und beinahe verschlucke ich mich an meinem Omelett.

»Na, na, Madame, pass mal auf, dass ich für dich nicht das nächste Mal eine Portion mit extra viel Fischsoße zubereite!«

Erneut schenkt sie mir ihr hohes und doch raues Lachen. Ich kann mir nicht helfen, aber irgendwie mag ich diese Frau.

Pappsatt sitzen wir schließlich beide am Tisch und lehnen uns zurück.

»Oh, oh, ich glaube, das war ein bisschen zu viel des Guten.« Elsas Stimme klingt wehleidig und sie hält sich ihren aufgeblähten Bauch, der wie eine kleine niedliche Kugel aussieht. Trotz ihrer scherzhaften Worte hat ihr Blick etwas Panisches an sich, auch wenn ich nicht wüsste, warum.

»Ja, satt untertreibt es«, gebe ich ebenso weinerlich zurück. Trotzdem drücke ich mich am Stuhl hoch und stehe auf, bedeute Elsa aber, sitzenzubleiben, die ebenfalls Anstalten macht, das Geschirr wegzuräumen.

»Alles gut, lass mal, ich mach das. Aber ich könnte durchaus nen kleinen Absacker vertragen.«

Sie nickt zögerlich. »Ja, warum nicht.«

Vince stapft mit einem riesigen Stapel Geschirr davon. Kurz strauchelt er und ich habe Angst, dass er das Geschirr quer über der gesamten Terrasse verteilt. Mir entfährt ein Quietschen, das ein bisschen nach aufgeregtem Meerschweinchen klingt, und Vince schaut mich belustigt über seine Schulter an.

Nur wenig später steht er mit zwei Gläsern, Cola und einer undefinierbaren braunen Flasche wieder vor mir. Fragend ziehe ich die Augenbrauen zusammen.

»Mekhong – Whiskey!« Vince hält anpreisend die Flasche nach oben. »Na ja, eigentlich nicht wirklich. Aber die Leute hier nennen es so. Doch im Grunde genommen hat es zu wenig Umdrehungen dafür. Und wenn ich ehrlich bin, ist er auch nur mit Cola genießbar. Also genau das Richtige für unsere schmerzenden Bäuche!«

Er lacht. Sein Lachen ist schön. Nicht tief, aber auch nicht zu hoch. Es ist diese Art Lachen, die einen mit Wärme flutet und dafür sorgt, dass man sich sofort wohlfühlt. Deswegen schnappe ich mir eines der Gläser und halte es ihm auffordernd hin.

Mit geübten Bewegungen gießt er mir zunächst den Mekhong ein, bevor er das Glas mit Cola auffüllt. Ein klitzekleines bisschen erleichtert stelle ich fest, dass es die Zero-Variante ist. Aus seiner Hosentasche zaubert er noch ein Tütchen mit Eiswürfeln hervor, welche er gleichmäßig auf die Gläser verteilt.

Schließlich prosten wir uns zu. »Auf schmerzende Bäuche«, sage ich kichernd.

»Chok dee. Auf neue Freundschaften. Auf uns.«

Ich nehme einen Schluck meines kühlen Getränkes, das weniger schlimm schmeckt, als erwartet. Zwar nicht wirklich gut – halt so, wie alkoholische Getränke mit Cola eben schmecken –, aber man kann es trinken. Ein wohliges Kribbeln breitet sich in meiner Magengegend aus und dringt bis zu meinem Herzen vor. Wahrscheinlich liegt es nur am Alkohol … oder vielleicht liegt es doch viel mehr an Vince' dunklen Augen, die bis in mein Innerstes blicken. Ich habe das Gefühl, er scheint meine Gedanken lesen zu können, obwohl ich mich selbst kaum traue, sie in Worte zu fassen.

Ich durchbreche die Stille, nicht sicher, ob ich wirklich mit Vince rede oder vielleicht doch zu mir selbst spreche.

»Ich mag es nicht, die wohlerzogene Arzttochter und Studentin zu sein, die brav lernt und darauf brennt, die Praxis ihrer Eltern zu übernehmen. Dabei hat mich nie jemand gefragt, ob ich das wirklich will. Ob ich wirklich Ärztin werden will und diese blöde Praxis übernehmen will. Es war immer klar, weil ich ja schließlich die kleine, brave Elsa bin. Und ich habe verlernt, dagegen anzukämpfen.«

Ich klinge resigniert, beinahe kleinlaut. Vince greift nach

meiner Hand und drückt sie fest. Es fühlt sich gut an, nicht alleine zu sein. Er schaut mir in die Augen, es scheint, als wählt er seine nächsten Worte mit Bedacht.

»Nun ja, vielleicht hast du es vergessen. Aber du selbst zu sein, ist wie Fahrradfahren. Man verlernt es nicht. Du musst dich nur daran erinnern.«

Ich nicke vorsichtig. So pseudopoetisch seine Worte auch klingen mögen, er hat recht. Ich bin diejenige, die nicht ihre Meinung sagt. Deswegen tue ich es jetzt, auch wenn nur Vince und Siggi, der sich zu uns gesellt hat, es hören können.

»Ich werde meinen Eltern sagen, dass ich die Praxis nicht übernehmen werde. Zumindest nicht sofort. Die letzten Tage haben mir gezeigt, dass es so viel zu erleben gibt, so viele Orte, wo meine Hilfe gebraucht wird. Ich will erstmal das Praktische Jahr im Krankenhaus hinter mich bringen und schauen, wo meine Stärken liegen. Vielleicht entscheide ich dann, dass doch die Praxis das Richtige ist. Vielleicht aber auch nicht.«

Er nickt, seine tiefbraunen Augen strahlen dabei solch eine Wärme aus, dass mir heiß wird. »Genau, du hast die Wahl, es ist deine Entscheidung, auch wenn sie vielleicht ein bisschen Mut erfordert.«

Ich denke, er weiß, wovon er spricht.

13. Katermorgen

Mein Kopf dröhnt und das andere Bett ist bereits leer. Ich richte mich auf und ein erneutes schmerzhaftes Pochen zwingt mich zurück in die Kissen. Aua!

Müssten wir nicht längst los zur Arbeit? Warum hat Vince mich nicht geweckt? Mit jedem Gedanken pocht mein Kopf stärker und ich vergrabe mich in meinem gummiartigen Kissen.

Die Tür geht auf und besagter Kerl lugt quietschfidel um die Ecke – mit ihm das Tageslicht, was mich erneut aufstöhnen lässt.

»Oh, oh, da hatte wohl jemand etwas zu viel Mekhong«, säuselt er und lässt sich ungefragt auf meiner Bettkante nieder. Bestimmt habe ich eine Fahne und müffele, aber ich habe keine Kraft zu protestieren. Er hält mir ein Glas Wasser sowie eine weiße Tablette entgegen. Skeptisch mustere ich ihn.

»Elsa, das ist ›ne Ibuprofen, ich hatte nicht vor, dich zu vergiften. Das habe ich gestern schon mit der Fischsoße getan.«

Er lacht und ich funkle ihn wütend an. Zumindest war das mein Plan, denn im nächsten Moment verziehe ich weinerlich das Gesicht. Deswegen schnappe ich mir doch die Tablette und stürze sie mit dem Glas Wasser hinunter.

»Wie spät ist es?« Meine Frage gleicht eher einem Grummeln.

»Halb zehn, aber keine Sorge, ich hab Oma Bescheid gesagt, dass wir heute etwas später kommen und dafür länger bleiben.«

Irgendetwas an seinen Worten ist seltsam, doch es ist zu früh und mein Kopf schmerzt zu sehr, als dass ich ausmachen kann, was es ist. Ich wiederhole den Satz Wort für Wort in meinem Kopf.

»Oma? Welche Oma?« Meine Stimme ist ein aufgeregtes Kieksen und überschlägt sich beinahe. Unschuldig schaut er mich aus seinen dunklen Augen an. »Narisara ist meine Oma. Habe ich das nicht erzählt?«

Elsa schaut mich mit ihren großen karamellfarbenen Augen an, als hätte ich ihr gerade verraten, dass die Welt in Wirklichkeit doch eine Scheibe ist. »Wie, deine Oma? Und das hast du nicht für nötig befunden, zu erwähnen?«

Nun ja, ich weiß selbst, es wirkt etwas seltsam. Aber ich hatte meine Gründe. »Weißt du, ich will nicht darauf reduziert werden, dass ich der Enkelsohn bin, der hier nicht nur umsonst wohnt, sondern angeblich auch die besten Aufgaben bekommt, weil er mit der Chefin verwandt ist. Und um genau zu sein, bin ich das auch eigentlich gar nicht. Narisara ist die Stiefmutter von meiner Mum.«

Elsa schaut mich mit einem Ausdruck in den Augen an, als wollte sie sagen: »*Ehrlich, Vince …*«

»Ja, okay.« Ich knicke ein. »Sie ist die einzige Großmutter mütterlicherseits, die ich je hatte, aber ich mag es nicht, auf

Vitamin B reduziert zu werden.«

Kurz denke ich, dass ich es mir nun endgültig mit Elsa verscherzt habe, aber ihr zunächst enttäuschter Gesichtsausdruck weicht einer gelassenen Miene.

»Das ...« Sie holt tief Luft und legt ihre Hand auf meinen Arm, sodass ein prickelndes Kribbeln durch meinen Körper schießt. »... kann ich sogar ganz gut verstehen. Ich war auch nie einfach nur Elsa, sondern immer nur die Tochter von den Doktoren Ritter. Aber glaub mir, Vince, du bist gut in dem, was du tust. Denn du tust es mit Herzblut. Dann ist es halt zufälligerweise deine Oma, die die Station leitet.«

Verständnis liegt in ihren Augen, die mich warmherzig zwischen den viel zu langen Ponyfransen anblicken. »Und ich wäre die Letzte, die dich dafür verurteilen würde. Vergiss das nicht.«

Ich nicke. Der Knoten in meinem Magen löst sich und ich bin froh, dass nichts mehr zwischen uns steht. Ich glaube sogar, das war das ehrlichste Gespräch, welches ich seit langer Zeit mit jemandem geführt habe. Und es fühlt sich gut an.

Leicht verlegen sitzen wir auf Elsas Bett, bis sie sich schließlich seufzend hochrappelt. »Dann will ich mich mal schnell fertigmachen, nicht dass ich es mir noch mit deiner Omi verscherze.«

Sie zwinkert mir zu und trotzdem habe ich das Gefühl, dass sie ihre Worte erstaunlich ernst meint.

Nachdem wir nicht nur die Anlage gereinigt, sondern auch sämtliche Fellnasen fürs Wochenende hübsch gemacht haben, verbringen wir den Rest des Tages vorm PC, um unsere neue Spendenkampagne zu erstellen.

Wir laden Vince' Zeichnungen hoch, die er am iPad angefertigt hat, und tippen meine dazu verfassten Texte ab. Natürlich teilen wir das Ganze auch in unterschiedlichen sozialen Netzwerken, um unsere Reichweite zu erhöhen.

Um fünf entlässt uns Oma Narisara schließlich völlig geschafft ins Wochenende, allerdings nicht, ohne uns vorher in die Arme zu schließen. Nachdem Vince ihr verraten hat, dass ich Bescheid weiß, schaut sie mich an, als wäre ich ihre zukünftige Schwiegertochter. Ob sie sich da von ihrem rastlosen Enkel nicht zu viel erhofft?

Als wir nach draußen treten, strahlt die Sonne vom Himmel und ich blinzle trotz der grauen Wolken, die vereinzelt vorbeischweben.

Vince schaut argwöhnisch gen Himmel und streckt die Hände in die Luft. »Ich glaube, heute kommt noch ganz schön was runter. Und du kannst mir glauben, wenn es hier regnet, dann richtig!«

Ich mache eine wegwerfende Handbewegung. »Jetzt unk nicht rum. Und wenn schon, mir ist so heiß, ein bisschen Wasser schadet da nicht.«

Da es aber noch trocken ist, schlendern wir zwischen den Geschäftchen und dem River Kwai entlang. Noch immer bin ich fasziniert von der kleinen Stadt, die irgendwie so versteckt zwischen grünen Hügeln und Wäldern liegt und so ganz anders ist, als ich es mir vorgestellt hätte.

Nun ja, ich habe ja auch damit gerechnet, in einer Großstadt zu leben. Auch wenn es in Bangkok bestimmt auch Ecken gibt, die weniger modern sind, habe ich in Kanchanaburi das Gefühl, das echte Leben Thailands kennenzulernen.

Es gibt zahlreiche Häuschen mit offenen Terrassen, winzige Läden, Menschen, die mit ihren Waren durch die Straßen eilen und nur vereinzelt Touristen. Wir laufen weiter am Fluss entlang, da ich mir heute endlich mal die Todeseisenbahnbrücke von Nahem anschauen möchte, die über den River Kwai führt.

Die Vorstellung, dass während ihres Baus etliche Arbeiter in die Tiefe gestürzt sind, was der Brücke ihren Namen verschafft hat, gruselt mich. Umso mehr wundert es mich nun, dass die Brücke zwar hoch, jedoch sonst eher unspektakulär ist.

Wir nehmen den Fußweg, der direkt übers Wasser führt, und von dem aus man nicht nur eine fabelhafte Aussicht auf den Fluss und die Stadt hat, sondern auch auf die umliegende wunderschöne Natur.

Gerade als wir am anderen Ende der Brücke angekommen sind, klingelt Vince' Handy. Während ich noch übers Geländer gelehnt in die Tiefe schaue, murmelt er nur »Da muss ich ran«, bevor er sich umdreht und ein wenig von mir entfernt.

»Tessa.« Seine Stimme klingt müde und erschöpft. Während er sich immer weiter entfernt, lese ich auf einer Infotafel, dass der gefährliche Teil der Strecke erst in dem Bereich beginnt, der durch den Dschungel führt, die Brücke jedoch nach dem Zweiten Weltkrieg größtenteils ersetzt wurde.

So spannend ich diese Information finde, ist jedoch die einzige Frage, die sich mir stellt: *Wer, verdammt noch mal, ist Tessa?* Mein Magen verknotet sich und ich verspüre ein ziehendes Stechen in meiner Brust und das liegt definitiv nicht am drückenden Wetter.

Ich bin gerade mal vier Tage hier und schon jetzt scheint mein Leben in anderen Bahnen zu verlaufen, als ich es gewohnt bin. Von der geregelten Ordnung, die sich normalerweise in meinem Kopf – und meinem Herzen – befindet, scheint nichts mehr übrig. Was ist nur los mit mir?

14. Telefonterror

Vince

Tessa. Nachdem sie in der ersten Zeit gefühlt ständig angerufen hat, habe ich die letzten Wochen gar nichts von ihr gehört. Ich dachte, sie hätte akzeptiert, dass sie und ich keine Zukunft haben. Dass ihre Vorstellung der Zukunft nicht der meinen entspricht.

»Hallo, Vincent.« Tessa ist eine der wenigen Personen, die sich weigern, mich bei meinem Spitznamen zu nennen. Ich werfe einen kurzen Blick zu Elsa, die mit aufgestützten Armen am Geländer lehnt.

Einzelne Haare haben sich aus ihrem Zopf gelöst und wehen im seichten Wind. Ihre hellbraunen Augen sind nachdenklich in die Ferne gerichtet. Nur widerstrebend wende ich mich ab, um mich auf Tessas Worte konzentrieren zu können. »Meinst du nicht, du willst langsam mal zurückkommen? Ich verstehe ja, dass du diese Phase hattest und meintest, du müsstest noch mal was erleben, eben gerade, weil du damals das Studium abgebrochen hast, aber lange kann ich dir die Stelle in der Klinik nicht mehr freihalten.«

Ich schnaube. Sie denkt also immer noch, es ist eine Phase. Dabei passe ich als Studienabbrecher, der dann auch noch eine minderwertige Ausbildung gemacht hat, eh nicht in ihre glattgebügelte Welt.

Denkt sie etwa ernsthaft, sie kann mich mit ihren verletzenden, harten Worten, die ohne Pause aus ihr heraussprudeln, zum

Zurückkommen bewegen?

»Ehrlich, Vincent, ich warte nicht ewig auf dich. Werd endlich erwachsen und benimm dich wie ein Mann.«

Pah, wie konnte ich mit dieser Frau, die offensichtlich so wenig von mir hält, nur so lange zusammen sein? Und wie kommt sie darauf, dass sie auf mich warten soll? Ich war ziemlich eindeutig, als ich unsere Beziehung beendet habe.

Ich hole tief Luft, um nicht in den Hörer zu brüllen. Diese Genugtuung möchte ich Tessa nicht geben. »Ich möchte gar nicht, dass du auf mich wartest. Ich bin nämlich endlich erwachsen und entscheide nach meinen Vorstellungen, wie mein Leben weitergeht. Und das geht in Gießen gar nicht. Ich bleibe hier, Tessa.«

Sie kreischt irgendetwas Unverständliches ins Telefon, doch ich drücke einfach auf den roten Knopf.

Ich bleibe hier. Hier in Thailand bei meinen Fellnasen. Endlich habe ich meine Entscheidung laut ausgesprochen, die ich innerlich schon längst getroffen hatte.

Ich bleibe hier. Und es fühlt sich fabelhaft an. Fast. Bis mir Elsas Blick begegnet und sie schüchtern lächelnd die Augen niederschlägt. Ich könnte jetzt wirklich etwas zu trinken gebrauchen. Auch wenn mir natürlich klar ist, dass das nicht die Lösung sämtlicher Probleme ist.

Vince lässt das Smartphone sinken. Seine eh schon völlig verstrubbelten dunklen Haare stehen ihm wortwörtlich zu Berge. Seine Lippen sind zu einer schmalen Linie zusammengepresst. Seine mandelförmigen dunklen Augen haben sich zu Schlitzen verengt und es sieht aus, als würde er jeden Moment explodieren.

Am liebsten würde ich zu ihm gehen, meinen Arm um ihn legen, sagen, dass alles gut wird, was ihn auch gerade beschäftigen mag. Aber ich halte das für keine gute Idee. Erst als sein Blick den meinen trifft, scheint er sich wieder an meine Anwesenheit zu erinnern.

Das zaghafte Lächeln, das er mir schenkt, bringt mein Herz so laut zum Klopfen, dass ich Angst habe, er könnte es trotz der Entfernung hören. Unschlüssig stehe ich da, doch er nimmt mir die Entscheidung ab, als er auf mich zukommt.

»Lust auf einen frühabendlichen Aperitif?« Seine Stimme klingt immer noch aufgewühlt, auch wenn er deutlich erleichterter als noch wenige Minuten zuvor wirkt. »Ja, ich könnte auch was Kaltes zum Trinken vertragen«, probiere ich es mit einer unverfänglichen Antwort. Er wird mir wohl erzählen, was los war, wenn er so weit ist. Das hoffe ich zumindest.

Wir lassen uns auf zwei hölzernen Hochbänken vor ebenso hohen Tischen nieder, die vor einer Art Cocktailbar stehen. Direkt daneben befindet sich ein unscheinbares Schaufenster, hinter dem sich doch tatsächlich ein kleines Tattoostudio zu befinden scheint.

Ein Mädchen, etwas jünger als ich, liegt direkt hinter der Scheibe auf einer Liege, während der Tätowierer ihre Wade bearbeitet. Das Blumenmuster, das nach und nach zum Vorschein kommt, sieht hübsch aus, trotzdem finde ich die Situation echt seltsam und das Studio nicht gerade vertrauenswürdig.

Nachdem Vince ein Singha-Bier bestellt hat und ich mich mal wieder für einen Mango-Mojito entschieden habe – manchmal ist es halt auch sinnvoll, bei dem zu bleiben, was man schon kennt –, deute ich auf das Tattoostudio. »Ganz schön mutig das Mädel! Hat die keine Angst vor Hepatitis?«

Vince lacht, doch das Lachen erreicht seine Augen nicht wirklich. »Das ist Ganja, ich habe alle meine Tattoos bei ihm machen lassen.« Er streicht über seinen Oberarm mit den feinen Mustern und ein angenehmer Schauer durchzuckt meinen Körper. »Und ich bin mir sicher, er arbeitet hygienischer und kompetenter als der Laden, wo du dein Tattoo herhast.«

Im ersten Moment ärgere ich mich, dass ich mal wieder geklungen haben muss wie eine kleine versnobte Medizinstudentin. Im zweiten Moment wird mein Schamgefühl jedoch von Verwunderung durchbrochen. Woher weiß er von meinem Tattoo? Eben noch verärgert, schaut Vince nun plötzlich ertappt zu Boden.

»Wo ... woher weißt du von meinem Tattoo? Niemand weiß davon, außer Susan, meine beste Freundin ...« Bilde ich mir das nur ein, oder wird er gerade tatsächlich leicht rosa trotz seiner gebräunten Haut?

»Ehhhm, das habe ich neulich irgendwie zufällig gesehen ... als du dich gebückt hast.« Seinem Blick nach zu urteilen ist das nur die halbe Wahrheit und seinem beschämten Gestammel nach auch. Anscheinend findet er mich interessanter, als er zugibt!

Ohne groß zu überlegen, lupfe ich mein T-Shirt ein Stück und offenbare das kleine Stethoskop. »Um ehrlich zu sein, ich hatte schon ordentlich einen im Tee, als Susan mich dazu überredet hat ... Nicht gerade sinnvoll bei einer Entscheidung für die Ewigkeit. Aber bis jetzt habe ich das Tattoo noch nicht bereut, denn ich liebe die Medizin. Das Tattoo erinnert mich daran.«

Kurz schaue ich nachdenklich ins Licht und der Kellner stellt unsere Getränke ab. Ich nehme einen Schluck des eiskalten fruchtigen Cocktails und betrachte Vince' Tattoos. »Was haben deine denn für eine Bedeutung?«

Er lacht. Mit einem Finger fährt er über die fremden Buchstaben und raffinierten Muster, die mich an ein Mandala erinnern. »Die Motive sind an ein Sak Yant angelehnt, ein traditionelles buddhistisches Tattoo, welches nur von Mönchen gestochen werden darf. Sie sollen den Träger beschützen und ihm Glück bringen. Ich habe mir die Tattoos von Ganja stechen lassen, kurz nachdem ich hier angekommen bin und in der Hundestation angefangen habe. Ich wollte zeigen, dass ich hierhergehöre. Dass Thailand ein Teil von mir ist, auch wenn ich nicht hier aufgewachsen bin. Aber ich fühle mich jetzt schon heimischer hier, als ich es in den letzten Jahren in Gießen getan habe.«

Kurz sieht es so aus, als würde er noch nach den richtigen Worten suchen. Ich trinke einen weiteren Schluck und warte darauf, dass er weiterspricht. Ich habe Angst, dass er sich wieder vor mir verschließt, wenn ich ihn jetzt unterbreche, denn eigentlich weiß ich nicht viel über den jungen Mann, der mir in den letzten Tagen doch schon so ans Herz gewachsen ist.

»Bevor ich die Ausbildung als Tierpfleger begonnen habe, habe ich Tiermedizin studiert, wie du weißt. Doch es war einfach nicht das Richtige für mich. Ich wollte Tieren die Liebe schenken, die sie verdient haben und dennoch nicht bekommen. Ich wollte meinen Tag nicht in einer Praxis verbringen. Eigentlich geht es mir da wie dir.«

Zunächst will ich widersprechen, doch eigentlich hat er recht, deswegen nicke ich stumm. »Ich wollte den Tieren helfen, die meine Hilfe wirklich brauchen. Die Ausbildung habe ich zwar an der Uniklinik gemacht, aber danach habe ich mich auf eine Stelle im Tierheim beworben. Das hat meiner Ex aber so gar nicht gefallen.«

Mein Herz schlägt mir bis zum Halse, spricht er gerade von Tessa?

»Sie ... sie hat sich, glaube ich, für mich geschämt – sie ist Tierärztin, ich bin nur ein gewöhnlicher Tierpfleger. Vor Kurzem hat sie ihr Studium beendet, hat in einer Privatklinik ihre Assistenzzeit begonnen und wollte mich dort als Pfleger unterbringen, damit ich wenigstens ansatzweise erfolgreich bin. Es hat sie gar nicht interessiert, dass ich das überhaupt nicht will.«

Er holt tief Luft, Schmerz ist in seinem Blick. »Und da Oma auch nicht mehr ewig weitermachen kann ... nun ja ... bin ich nach Thailand. Tessa denkt immer noch, ich käme zurück. Lebe mein Leben nach ihren Vorstellungen.«

114

Er schlägt die Augen nieder, wuschelt sich verlegen durch die Haare. »Ich dachte am Anfang, du wärst wie sie. Tut mir leid, da habe ich wohl auch mal in Schubladen gedacht.«

Ich zucke mit den Schultern, bevor ich nonchalant antworte: »Na ja, Schwamm drüber, vielleicht hatte ich auch ein paar Vorurteile zu Beginn.«

Wie dass Vince' Vater seine Frau gekauft haben könnte, aber das binde ich ihm – auch wenn anscheinend gerade die Stunde der Wahrheit ist – wohl lieber nicht auf die Nase.

Vince trinkt in einem Zug seine Flasche leer und mustert mich. »Ich denke, darauf sollten wir anstoßen. Auf Vorurteile. Auf uns.«

Bevor ich widersprechen kann, hat er schon zwei Whiskey-Cola geordert, also das, was man hier unter Whiskey-Cola versteht. Während ich auch meinen Cocktail leer schlürfe, denke ich noch mal über seine Worte nach – dass er hierbleiben will. Ob er es wohl wirklich so gemeint hat, wie er es gesagt hat? Das finde ich wohl nur heraus, wenn ich ihn frage.

Der Kellner kommt mit zwei Longdrink-Gläsern zurück und wir lassen sie mit einem »Chok dee« aneinander klirren. Trotz der Eiswürfel wärmt mich das Getränk sofort von innen. Ich hole einmal tief Luft und schaue Vince in die dunkel funkelnden Augen.

»Willst ... Wirst du denn in Thailand bleiben?« Kurz sieht er nachdenklich aus. Er dreht das Glas auf dem Tisch von links nach rechts, als würde er die Antwort im Mekhong suchen. Als er mir antwortet, finde ich, dass seine Stimme fast ein wenig traurig klingt.

»Ja ... ja, ich denke schon.« Ein schweres Gewicht senkt sich auf meine Brust. Ich glaube, so fühlt sich Wehmut an.

Nach einer zweiten Runde Whiskey-Cola verschwimmt mir schon leicht die Sicht. Es ist immer noch entsetzlich warm, auch wenn der Himmel sich immer mehr zuzieht. Wir ordern eine weitere Runde sowie verschiedene Snacks, die die Bar anbietet. Frühlingsrollen und kleine frittierte Gemüsehäppchen, die ich als Bohnen, Ananas und Zwiebeln identifiziere. Um mir über den Fettgehalt der Speisen Gedanken zu machen, bin ich schon zu benebelt.

Während wir an den heißen frittierten Köstlichkeiten knabbern, erzähle ich Vince von meiner besten Freundin Susan und dass sie mich dazu gebracht hat, nach Thailand zu fahren. Dass sie mich schon zu so einigem gebracht hat, was ich mich sonst nicht getraut hätte.

Vince hingegen erzählt mir von seinem kleinen Bruder Louis, der nächstes Jahr sein Abitur macht. Seinen Worten entnehme ich, dass er zwar superglücklich hier in Thailand ist, aber seine Familie ihm trotzdem fehlt.

»Louis will nach dem Abi nach Australien. Aber ich hoffe, dass es ihn vielleicht doch noch hierher verschlägt – wenigstens auf dem Rückweg.«

Ich nicke knapp. Geschwister habe ich leider keine, die anstatt mir Mamas und Papas Praxis übernehmen könnten, aber so etwas scheint in Vince' Familie eh keine Rolle zu spielen. So liebevoll, wie er von seinen Eltern und seinem kleinen Bruder erzählt, werde ich fast ein wenig neidisch. Beinahe steigen mir die Tränen in die Augen, wenn ich daran denke, dass es für Mama und Papa immer nur um die Praxis geht.

Anstatt mir zu meinem guten bestandenen Abitur damals zu gratulieren, ging es einzig und alleine darum, dass der Schnitt nicht ausreichte, um sofort Medizin zu studieren. Dank des

Wartesemesters und eines Teilstudienplatzes konnte ich dann immerhin im folgenden Sommersemester anfangen.

Anstatt stolz darüber zu sein, wie sehr ich mich im Studium bemühte, ging es dann nur darum, wann ich in der Praxis aushelfen könnte und wie ich schnellstmöglich fertig werden würde. Ein Auslandssemester? Verschwendete Zeit. Ein Freisemester fürs Hammerexamen? Überflüssig.

Zumindest habe ich mich hierbei durchgesetzt. Ich schnaube. Enttäuschung brennt in meinen Lungen, als ich tief durchatme, um nicht anzufangen, zu heulen. Der Alkohol macht mich weinerlich und meine eben noch ekstatisch gute Laune hat sich verabschiedet.

Ehe ich jedoch noch weiter grübeln kann, steht plötzlich ein junger Mann vor uns. Er hat dunkle Haare, die ihm in die Augen hängen. Sein Schnurrbart, der normalerweise ein absolutes No-Go für mich wäre, sieht an ihm jedoch seltsamerweise gar nicht seltsam aus, eher verwegen. Verwegen und sexy.

Seine Arme und auch seine Beine sind tätowiert, nein bis zu den Fingerspitzen zieren seinen Körper die verschiedensten Motive. Wenn das mal nicht der Tätowierer von nebenan ist. Vince bestätigt mit seiner Begrüßung meine Vermutung. »Hey, Ganja, magst du dich zu uns setzen?«

Er spricht Englisch, sodass ich den beiden mühelos folgen kann. Auch wenn Ganjas Akzent ganz schön ulkig für mich klingt und ich mich darüber kaputtlachen könnte, dass er in der Tat kein »r« aussprechen kann, verstehen wir uns einwandfrei.

Ich strecke ihm meine Hand hin, die schon deutlich gebräunter als noch heute Vormittag zu sein scheint. »Hey, Ganja, ich bin Elsa, Vince' Kollegin, und du bist also der örtliche Tätowierer?«

Ganja lacht, während Vince' Gesicht auf einmal sauertöpfisch wirkt, ob des strahlenden Lächelns seines Kumpels. Er hält meine Hand etwas länger als nötig. Sie ist warm, der Druck fest. Unbekannte Symbole zieren seine Hände. Die Vorstellung, wie ich Ganja meinen Eltern vorstelle, zaubert ein verschmitztes Grinsen auf meine Lippen.

Vince wirkt alles andere als erfreut. Er schaut auf unsere verschlungenen Hände, als hätte Ganja mir gerade einen Antrag gemacht. Mein Herz rast und ich bringe ein verhaltenes Lächeln zustande, als mir klar wird, dass Vince' Blick – ja, ich bin mir ziemlich sicher – eifersüchtig ist. Mein Lächeln wird unweigerlich breiter, als mir bewusst wird, dass mir der eifersüchtige Vince gefällt.

Die Jungs bestellen noch eine Runde Mekhong-Cola und ich steige wieder auf meinen geliebten Mango-Mojito um. Gebannt lausche ich den Geschichten, die Ganja täglich in seinem Studio erlebt.

Vince ist etwas stiller geworden, doch ich schiebe es auf den Alkohol. Dem einen wird die Zunge schwer, bei mir ist es eher das Gegenteil. Ich brabbele wie ein Wasserfall und nicht alles davon ergibt Sinn. Aber weder Ganja noch mein Mitbewohner scheinen sich daran zu stören.

Es ist bereits einundzwanzig Uhr und ich frage mich, wo die Zeit geblieben ist. Ich habe schon lange aufgehört zu zählen, wie viel wir bereits getrunken haben. Es ist immer noch drückend heiß und mein Kopf dröhnt. Keine Ahnung, ob wegen der ausgelassenen Atmosphäre und dem Stimmenwirrwarr um uns herum oder weil ich vielleicht doch einen Mojito zu viel hatte.

Kurz verabschiede ich mich von den beiden Jungs, um die Toilette aufzusuchen. Der schmale Gang schwankt bereits beachtlich und nur mit Müh und Not, treffe ich mit dem Wassereimer zum Nachspülen die Kloschüssel. Ich kichere. Wenn Susan mich sehen könnte, würde ihr Hören und Sehen vergehen.

Mich an den Wänden entlang schiebend, laufe ich zurück zu unserem Tisch. Der Himmel ist plötzlich ziemlich düster, als auch schon das erste Grollen ertönt. Vince schaut mich an, sein Blick wirkt ebenfalls leicht glasig. »Ich denke, wir sollten uns auf den Weg nach Hause machen. Ich glaube, es fängt gleich richtig an zu schütten.«

Ganja nickt. »Ich mach jetzt auch ›nen Abflug, hab keinen Bock, nass zu werden.« Er gibt Vince einen kumpelhaften Check und macht Anstalten, mich zu umarmen. Bevor ich mich jedoch richtig verabschieden kann, hat Vince bereits seine Hand auf meinen Rücken gelegt und schiebt mich durch die Einkaufsstraße.

Das nächste Grollen ertönt und ich zucke erschrocken zusammen. Vince schaut besorgt gen Himmel und legt dann seinen Arm um mich. Es fühlt sich verdammt gut an. Ich rieche sein Duschgel, das eine leicht minzige Note hat. Sein Aftershave duftet süßlich, aber nicht aufdringlich, ein bisschen wie ein frisch gebackener Cupcake. Ich würde ihn am liebsten sofort vernaschen. *Ehhhm, Elsa? Du hast eindeutig zu viel getrunken.*

Wir eilen am Fluss entlang, als der Himmel plötzlich seine Schleusen öffnet. Es beginnt nicht nur zu tröpfeln, es kommen ganze Wassermassen vom Himmel gestürzt. Die Luft um uns herum ist immer noch erhitzt, genau wie mein Gemüt.

Im ersten Moment kreische ich erschrocken auf, doch dann merke ich, wie angenehm das kühle Nass eigentlich ist. Jauchzend springe ich in die Höhe und auch Vince hat sein Lächeln wiedergefunden. Kopfschüttelnd folgt er mir durch die dicken Regentropfen und zieht mich schließlich am Flussufer unter das Dach eines kleinen Schuppens.

Vom Rennen rast mein Puls. Mein Herz klopft laut. Vince steht nur wenige Zentimeter neben mir, Wasser tropft aus seinen Haaren. Er hebt seine Hand, wischt einen Tropfen von meiner Wange. Von meinen Lippen. Ich schaue mitten in das Schwarz seiner Pupillen, sein Blick flackert.

Trotz des tosenden Regens ist es plötzlich ganz still. Ich höre nur unseren Atem, spüre den seinen auf meinem Gesicht, als er immer näher kommt. Für einen kurzen Moment hört mein Herz auf zu schlagen, als seine Lippen auf die meinen treffen.

Sie sind ein bisschen rau und trotzdem ganz weich. Hitze schießt durch meine Mitte und ich öffne vorsichtig den Mund und streiche mit meiner Zunge über seinen. Meine Hand vergräbt sich in seinem nassen Haar, seine wandert an meinem Rücken hinab, umschlingt mich, hält mich ganz fest, während wir uns küssen. Wir küssen uns wie zwei Menschen, die seit Ewigkeiten nur auf diesen Moment gewartet haben.

Kalte Wassertropfen fallen auf meine Schulter, mein Shirt klebt an mir, mein Kopf pocht immer noch schmerzhaft. Und trotzdem ist dieser Kuss perfekt. So perfekt, dass mein Herz schmerzhaft in sich zusammensinkt, als ich daran denke, dass es nur ein Kuss ist. Der perfekteste, den ich jemals erlebt habe. Aber nur ein Kuss.

Ein Kuss mit einem Mann, den ich noch nicht mal eine Woche kenne und den ich in ein paar Wochen wahrscheinlich nie wieder sehen werde. Ich wische die Gedanken fort und dränge mich näher an Vince. An seinen warmen Körper, seine spielende Zunge. Ich will nicht, dass es endet.

15. Erinnerungslücken

Eine kalte – oder sagen wir mal eher lauwarme Brise – weht um meine Nase. Vorsichtig öffne ich erst das rechte, dann das linke Auge. Ein heller Sonnenstrahl – wir haben gestern wohl die Fensterläden nicht geschlossen – kitzelt meine Nase und mir entfährt ein herzhaftes Hatschi.

»Gesundheit«, kommt es von der anderen Ecke des Raumes und ich drehe mich irritiert in die Richtung, aus der ich die Stimme vernommen habe. Vince. Nur sein Kopf lugt unter der Bettdecke hervor und er schaut mir mit noch halbgeschlossenen Augen und einem verlegenen Grinsen entgegen.

Vince. Wir haben uns geküsst. Gestern im Regen. Die Erinnerungen fluten meinen Kopf und das »Guten Morgen« bleibt mir im Hals stecken. Vince und ich haben uns geküsst, um genau zu sein, wir haben uns beide halb verschlungen, bevor wir glückstrunken durch den Regen nach Hause gerannt sind. Und ab dann wird es dunkel.

Ich werfe einen vorsichtigen Blick unter die Bettdecke und stelle fest, dass ich immer noch mein Kleid von gestern trage. Puh. Doch was ist mit Vince? Forschend starre ich zurück und bringe nun doch einen gegrummelten Gruß über die Lippen.

Erinnert er sich an unseren Kuss? Oder hat er ihn am Ende

vergessen, weil er definitiv ähnlich angetrunken war wie ich. Oder noch schlimmer, bereut er ihn am Ende? Schließlich sind wir nur Kollegen und werden wohl nie mehr sein.

Ich klettere aus dem Bett und mache Anstalten, ins Bad zu gehen. Vince hat sich inzwischen ebenfalls von seiner Decke befreit und liegt lang ausgestreckt da. Auch er trägt die Shorts von gestern, allerdings hat er sein T-Shirt ausgezogen. Ich werfe einen verstohlenen Blick auf seine gebräunte Brust. Ein paar dunkle Haare zieren die feste Haut. Männlich ist das erste Wort, das mir in den Sinn kommt, als ich ihn mustere.

Er fängt meinen Blick auf und grinst anzüglich. Schnell drehe ich mich weg und springe in Richtung Bad. »Ich ... ich geh dann mal duschen ... habe wohl gestern etwas viel getrunken.« Sein eben noch anzügliches Grinsen wirkt auf einmal gezwungen, als er nickt.

»Das haben wir wohl beide.« Aber ob er sich an den Kuss erinnert, weiß ich noch immer nicht.

Als Elsa aus dem Bad kommt, habe ich mich an die Wand gedreht und tue so, als wäre ich noch mal weggenickt. Sie bereut den Kuss ganz bestimmt. Ihre gestotterten Worte und ihr hastiger Abgang lassen es mich zumindest vermuten. Es sei denn ... erinnert sie sich am Ende gar nicht?

Ich starre in den dunklen Schlitz zwischen Bett und Wand und komme mir furchtbar bescheuert vor. Wir sind doch erwachsene Menschen, wir könnten doch über unseren Kuss reden und trotzdem benehmen wir uns beide alles andere als reif.

Elsa ist so schnell in ihre Klamotten geschlüpft und aus dem Zimmer gestürmt, als würde sie vor mir fliehen wollen. Ja und ich, ich gehe derweil auf Tuchfühlung mit der kalten Betonwand, obwohl ich lieber mit jemand ganz anderem auf Tuchfühlung gehen würde.

Als die Schritte auf der Treppe verhallt sind und ich mir sicher bin, dass Elsa auch wirklich weg ist, schwinge ich mich ebenfalls aus dem Bett. Heute ist es mein Kopf, der unaufhörlich dröhnt. Egal. Der gestrige Abend ist das Überfahren-worden-sein-Gefühl definitiv wert. Wir sind zwei erwachsene Menschen, die sich geküsst haben und Spaß dabei hatten, mehr nicht. Wir waren die ganze Zeit vollständig bekleidet. Alles ganz harmlos, alles ganz unschuldig.

Trotzdem ist da ein ungutes Gefühl in meiner Brust bei dem Gedanken, dass Elsa den gestrigen Abend bereuen könnte. Ihre Lippen, so weich. Ihr zarter Körper in meinen Armen. Es hat sich so gut angefühlt. Zu gut, um es dabei zu belassen. Auch wenn ich das zwangsläufig tun muss. Denn in ein paar Wochen ist sie wieder weg. Und ich bleibe hier.

Ich sollte mein neu gewonnenes Leben nicht durch ein paar Gefühle aufs Spiel setzen, die eh nicht von Dauer oder von Belang sind. Ich bin glücklich alleine mit meinen Fellnasen. Für eine Frau ist gerade sowieso kein Platz in meinem Leben. Das rede ich mir zumindest ein, während ich mich unter das eiskalte Wasser in der Dusche stelle, um endlich wieder einen klaren Kopf zu bekommen.

Als ich wenig später frisch geduscht und rasiert nach unten komme, wartet ein gut gelaunter, schwanzwedelnder Siggi auf mich. Ich kraule sein struppiges Fell und zaubere ein Leckerli aus meiner Hosentasche, das er mir freudig bellend aus der Hand schlabbert. Elsa ist in einen Tierkrimi vertieft, doch ihre Mundwinkel zucken zwischendurch immer wieder nach oben, ganz so, als würde sie sich köstlich amüsieren.

Ich räuspere mich und sie zuckt erschrocken zusammen. Da ist wieder dieser verlegene Ausdruck in ihren Augen. »Kaffee?«

Sie nickt dankbar und ich verschwinde erst im Vorratsraum und dann um die Ecke in unserer Freiluftküche, um uns je einen Milchkaffee zuzubereiten. Während das aromatisch duftende Pulver in der French Press zieht, koche ich ein wenig Milch auf, die ich gleich aufschäumen werde – mit dem Pürierstab wohlgemerkt.

Zunächst fülle ich die Milch, dann den Kaffee in zwei große Tassen. Zufrieden betrachte ich das herzförmige Gebilde aus Zimt, dass den Milchschaum ziert. Moment. Ein Herz? Mein Gehirn und meine Hände haben ein ungutes Eigenleben entwickelt.

Schnell rühre ich mit dem Löffel einmal vorsichtig um, sodass nur noch kunstvolle Schlieren an der Oberfläche zu sehen sind. Als ich den Becher geräuschvoll vor Elsa abstelle, klappt diese ihr Buch zusammen und schaut mich an. »Danke.«

Ich bin mir nicht sicher, ob sie wirklich das Heißgetränk meint. Sie nimmt einen genießerischen Schluck und ein kleines Schaumbärtchen hat sich auf ihrer Oberlippe gebildet. Sie blickt erneut zu mir und ich muss ein Grinsen unterdrücken.

»Was haben wir heute geplant? Ich hab eben mal etwas recherchiert und würde gern in den Nationalpark zu den Erawan-Wasserfällen.«

Komisch, dafür dass ich schon relativ lange hier bin, habe ich kaum etwas unternommen. Also warum nicht? »Das klingt nach einer guten Idee!«

Während wir unseren Kaffee trinken, beginnen wir mit der Planung unseres Ausflugs. Ich habe das Gefühl, als würde sich die Stimmung zwischen uns wieder etwas normalisieren. Vielleicht liegt es auch an der Ablenkung. Wir beschließen, uns abreisefertig zu machen und dann in Richtung Bahnhof zu marschieren, um dort einen Bus oder Minivan für die einstündige Fahrt zu nehmen.

Der Reiseführer, den Elsa dabeihat, kündigt nicht nur Wasserfälle an, die den Niagara Falls um nichts nachstehen, sondern auch atemberaubende Landschaften sowie die Möglichkeit, eine erfrischende Pärchenzeit in einer der Quellen zu verbringen. Wenn das mal kein Zeichen ist, denke ich amüsiert.

16. »Roller«-Coaster

Da wir beschlossen haben, uns ein Hostel in der Nähe der Wasserfälle zu suchen, um den Tag voll ausnutzen zu können, packe ich in meinen großen Shopper alles, was ich für eine Übernachtung brauche.

Ich schlüpfe in meine Stoffschuhe, die wohl noch am ehesten zum Wandern geeignet sind. Schnell stopfe ich noch meinen Bikini in die Tasche, da der Reiseführer Quality-Time in den Quellen verspricht. Ich bezweifle zwar, dass Vince Interesse daran hat, aber dann ist das halt so. Ich bin hier, um Neues zu erleben, nicht, um mich zu verlieben.

Bepackt wanke ich die knarzenden Holztreppen nach unten. Vince' Iriden scheinen heute beinahe schwarz und sein Blick ist unergründlich. »Wollen wir?«

Ich nicke stumm und hoffe inständig, dass die Stimmung zwischen uns sich spätestens beim Rauschen der Wasserfälle wieder völlig normalisiert hat.

Als wir verschwitzt am Bahnhof ankommen, ist weit und breit kein Reisebus zu entdecken. Und auch der letzte Minivan brettert vor unserer Nase davon. Ganz große Klasse. Da ist man eh schon völlig fertig und dann sowas.

Ich lasse die Schultern hängen. Ist unser Ausflug etwa hier

schon beendet? Enttäuschung macht sich in mir breit. Ernüchtert lasse ich mich auf die Kante des Bordsteins sinken und stütze meinen Kopf in die Hände. Vince schaut mich vielsagend an.

»Hey, wir sind hier in Thailand, nicht in Deutschland. Ich verspreche dir, wir schlafen heute Abend beim Rauschen der Wasserfälle ein.«

Während ich weiter schmolle, weil ich mich hilflos und unbrauchbar fühle, stapft Vince von dannen, um nur wenig später mit einem breiten Lächeln zurückzukehren. Er hält mir grinsend seinen Arm hin und nach kurzem Zögern hake ich mich ein. »Darf ich bitten, Mademoiselle?«

Mein Puls rast, Adrenalin schießt durch meinen Körper. Mein Shopper ist fest unter meinen Arm gepresst, während meine Umhängetasche schmerzhaft gegen meine Seite klatscht.

Ich presse mich panisch an den jungen Mann vor mir und wünsche mir, wir hätten vielleicht doch auf den nächsten Bus gewartet. Während Vince vor mir sich völlig gechillt am Sitz festhält, anstatt mit seinem Fahrer auf Tuchfühlung zu gehen, sterbe ich tausend Tode.

Der Roller fährt mindestens siebzig Stundenkilometer, also deutlich schneller, als es ein in die Jahre gekommenes Mofa normalerweise tut. Doch es kommt mir vor wie zweihundert Sachen. Der Wind saust durch meine Haare und ich verfluche die lockeren thailändischen Verkehrsregeln, als der Fahrer sich ambitioniert in die nächste Kurve lehnt. Urgh.

Es kommen uns nur noch wenige Fahrzeuge entgegen, zum Glück, und die Straße wird bergiger. Da der Fahrer dank des Anstiegs das Tempo mit seinem schweren Gepäck – mir – zwangsweise drosseln muss, traue ich mich, den Klammergriff zumindest so weit zu lösen, dass mein Gesicht nicht mehr wie eine Flunder an den Rücken des jungen Mannes gedrückt wird.

Es ist wie immer enorm heiß, doch die Luft wird deutlich angenehmer. Wir schlängeln uns über die schmalen Straßen und ich bete, dass uns kein Fahrzeug entgegenkommt. Um uns herum erstrecken sich zahlreiche grüne Wälder und ich habe das Gefühl, als würden wir mitten durch den Regenwald fahren. Es ist herrlich.

Fast bin ich versucht, meine Arme zur Seite auszustrecken und laut zu rufen »Ich bin der König der Welt.« Vielleicht ist mein Name ja doch Programm. Zum Glück entscheide ich mich dagegen, denn nur wenige Sekunden später kommt ein Minivan um die Kurve gerauscht. Scheinbar gehört es zum guten Ton der Minivan-Community, dass man wie eine gesengte Sau fahren muss.

Die Sonne scheint heiß auf uns hinab und ich bin froh, als das erste Hinweisschild auftaucht, dass den Park ankündigt. Das Hostel, welches nur unweit vom Eingang des National-parks entfernt liegt, sollte also nicht mehr weit sein. Vince hat extra zuvor angerufen und sich erkundigt, ob dort noch genü-gend Platz für uns beide ist, da es die einzige Unterbringungs-möglichkeit nahe der Wasserfälle ist.

Schließlich wollen wir morgen schon sehr früh los, um die Wasserfälle zu bewundern, ohne dass tausende andere Touris uns folgen. Heute wollen wir stattdessen eins der zahlreichen

Angebote des International Hostels wahrnehmen, wie einen echt thailändischen Kochkurs. Ich für meinen Teil liebäugle ehrlich gesagt eher mit einer Thaimassage, aber na ja, da ich zukünftig allein wohnen werde, schadet es sicher nicht, mehr zubereiten zu können als Rührei und Spaghetti Bolognese. Und falls ich auch nach der Zeit in Thailand bei einer vegetarischen Ernährung bleibe, fallen selbst die weg. Grrr.

Wir nehmen eine letzte Kurve und es fehlt nicht viel, dass ich mit meiner Wange den ruckeligen, dringend erneuerungsbedürftigen Asphalt streife. Dann biegen unsere Fahrer mitten in einen Waldweg ein und ich frage mich, ob wir vielleicht doch zu einer gruseligen Dschungelsekte gebracht werden, die uns bei einem Kult opfern werden. Würde mich bei meinem Glück nicht wundern.

Meine Oberschenkel fühlen sich auf jeden Fall in der kurzen dünnen Hose langsam so dermaßen wundgescheuert an, dass ich einfach nur froh bin, wenn wir irgendein Ziel erreichen. Der dicht bewachsene Wald lichtet sich und vor uns tauchen fünf erstaunlich gut gepflegte Holzhütten auf, die anscheinend erst vor kurzem in einem glänzenden Rotbraun gestrichen wurden.

Der Fahrer bremst abrupt und macht das Absteigen somit beinahe überflüssig, weil ich wie von selbst samt meiner Taschen vom Sitz katapultiert werde. Im Gegensatz zu Vince, der sich deutlich lässiger, man könnte es fast schon elegant nennen, vom Sitz des Zweirads schwingt.

Er schiebt seine Sonnenbrille in sein dunkles schimmerndes Haar, um das ihn wahrscheinlich jede zweite Frau beneidet, genau wie um seine dichten dunklen Wimpern, die seine mandelförmigen Augen umrahmen, aus denen er mich jetzt anschaut. »Und, gute Fahrt gehabt?«

Obwohl ich die Reise durchaus genossen habe, hat mein Magen, glaube ich, nicht begriffen, dass ich längst wieder festen Boden unter den Füßen habe. Deswegen nicke ich einfach nur matt, aus Angst, meinen Mund zu öffnen, während Vince die beiden Fahrer bezahlt. Ich nestle an meiner Tasche herum und finde schließlich nach langem Suchen mein Portemonnaie inmitten des durchgeschleuderten Inhalts.

Doch er winkt nur lässig ab und läuft wie selbstverständlich auf das mittig liegende, größte Häuschen zu. Erst jetzt fallen mir die kleinen Holztische mit passenden Korbstühlen rundherum auf. Innendrin muss dann wohl die Rezeption sein und draußen der … ähm … Speisesaal.

»Dann wollen wir mal.«

Vince öffnet die Tür und ich folge ihm unauffällig. Eine lächelnde junge Frau mit strohblondem Bubikopf sitzt vor einem improvisierten Schreibtisch, auf dem ein Laptop steht. Sie schaut hinter dem Bildschirm hervor und schenkt uns ein strahlendes Lächeln. Das Gesicht der hübschen Blondine ist über und über mit zahlreichen Sommersprossen übersät und unwillkürlich muss ich daran denken, als Mama mir vor zwei Jahren, als ich mit Susan nach Mallorca geflogen bin, eine Sonnencreme zugesteckt hat, die nicht nur einen besonders hohen Lichtschutzfaktor hatte, sondern zeitgleich neuen Sommersprossen vorbeugte.

Und ich Idiotin habe mich auch noch darüber gefreut, habe die verhassten Punkte jeden Tag dick eingecremt und zusätzlich unter einer noch dickeren Schicht Make-up verdeckt.

Natürlich ist es wichtig, bei blasser Haut eine starke Sonnenpflege zu wählen, doch wie ich mir von Mama einreden lassen konnte, die kleinen braunen Pünktchen wären nicht absolut liebenswert, ist mir auf einmal schleierhaft. Ich seufze und schaue irritiert hoch, als ich merke, dass die Rezeptionistin und Vince mich beide wartend anschauen. »Sorry, ich war gerade nicht ganz da.«

»Das haben wir gemerkt. Alles okay, Elsa? Ist dir schwindelig, zu warm?«

Peinlich berührt von der Aufmerksamkeit, die mir plötzlich zuteilwird, senke ich meinen Blick. Das sommerbesprosste Mädel lässt sich jedoch nicht irritieren, sondern lächelt mir stattdessen noch mal aufmerksam zu, bevor sie in feinstem britischem Englisch zu sprechen beginnt und sich als Amy vorstellt.
»Hier ist der Schlüssel für euren Schlafraum, den ihr euch mit drei anderen teilt. Insgesamt sind außer euch noch acht Gäste hier. Das Badezimmer ist für alle ... es ist in Haus vier.«

Moment, was hat sie da gerade gesagt? Eigentlich ist mein Englisch relativ gut, doch gerade zweifele ich an meinen sprachlichen Fertigkeiten. Überfordert schaue ich zu Vince und flüstere: »Du, ich glaube, ich habe da gerade was nicht ganz verstanden ...«

Vince mustert mich irritiert. »Sie hat da irgendwas von anderen Leuten gesagt.«

Er nickt bestätigend. »Wir sind in einem Fünferschlafsaal.«

»Wir sind was?« Meine Stimme klingt schrill und Amy verschwindet schnell mit einem pikierten Ausdruck in ihrem hübschen Gesicht hinter dem Laptop.

Ich schlafe seit knapp einer Woche mit einem mehr oder weniger völlig fremden Kerl in einem Zimmer, ich habe noch nicht mal Privatsphäre, wenn ich auf die Toilette gehe, auch wenn Vince jedes Mal den Raum verlässt, doch ein Bett im Schlafsaal? Zu fünft?

Ich bin kurz davor, wie ein kleines Mädchen loszuflennen. Ich merke bereits, wie meine Unterlippe verdächtig zu beben beginnt. Schnell beiße ich mir darauf und schaue nach unten. Einatmen, ausatmen, nicht die Contenance verlieren.

Plötzlich spüre ich, wie sich ein warmer Arm um meine Schultern legt und sanft drückt. »Hey, es sind doch nur zwei Nächte. Und wenn du es ganz schlimm findest, fahren wir einfach morgen schon zurück.«

Ich nicke, ein Kloß in meinem Hals.

»Und hey, vielleicht haben wir ja ein gemeinsames Stockbett. Dann müssen die Einbrecher erst an mir vorbei!« Er tippt sich auf den tätowierten Arm und schaut mich dabei so gewinnend an, dass mir ganz warm ums Herz wird, meine zittrigen Glieder sich entspannen und ich mich am liebsten in Vince' Arme schmiegen würde.

Wieso lade ich ihn nicht direkt dazu ein, mit mir auf der oberen Etage zu schlafen? Stattdessen mache ich einen Schritt nach hinten. »Ich bin bereit.«

Zusammen treten wir den Rückzug an. Amy winkt uns freundlich hinterher und ruft: »Vergesst den gemeinsamen Kochkurs nicht! Wenn ihr spezielle Wünsche oder Ideen habt, lasst es mich einfach wissen!«

Irgendwie wirkt Elsa ganz schön verloren, wie sie da so neben mir über den erdigen Waldboden trottet. Im ersten Moment war ich kurz davor, einfach loszupoltern, dass sie sich nicht so anstellen soll, dass sie nicht einen auf Prinzessin machen soll. Das hätte zumindest der alte Vince gesagt, der von seiner Freundin enttäuscht wurde und von da an alle Frauen mit ihr verglich.

Der neue Vince hat Prinzessin Elsa stattdessen in seine Arme gezogen und ihren süßlich-frischen Duft eingeatmet, der wie eine Mischung aus Vergissmeinnicht und Meeresrauschen riecht. Irgendwie frisch und spritzig und dennoch dezent.

Der Vince, der offensichtlich nicht mehr klardenken kann, sobald besagte Medizinstudentin in seiner Nähe ist, würde sich den Krokodilen – in Thailand eher den Riesenleguanen – zum Fraß vorwerfen, wenn er sie so beschützen könnte. Der jetzige Vince scheint ein ganz schön gefühlsduseliger Trottel zu sein, seitdem die neue Freiwillige da ist.

Der Waldboden unter unseren Füßen fühlt sich weich an und federt unsere Schritte ab. Um uns herum hört man nur einige Vögel zwitschern und zwischendurch das entfernte Rattern von Automotoren, welches der Wind zu uns herüberträgt. Die anderen Gäste sind wohl alle ausgeflogen. Meine Vermutung bestätigt sich, als ich die Tür zu unserem Dorm aufschließe.

Die Kammer ist spärlich eingerichtet, wirkt jedoch einigermaßen sauber und ordentlich. Erleichterung zeichnet sich auf Elsas Gesicht ab. Durch das diesige Licht, das in den Raum strahlt, wirkt Elsas Haut blass und zerbrechlich. Fast, wie die einer Porzellanpuppe. Eine Porzellanpuppe mit Sommersprossen.

Sie kaut auf ihrer Unterlippe, eine Angewohnheit, die mir schon mehrfach an ihr aufgefallen ist. Es ist unglaublich niedlich und gibt ihrem sonst so ernsten Gesicht Charakter. Anscheinend starre ich sie schon seit mehreren Sekunden an, denn wir stehen beide bewegungslos im Raum und haben uns, seitdem wir eingetreten sind, kaum einen Millimeter bewegt.

Ich räuspere mich und Elsa deutet verlegen auf das Hochbett neben der Tür. »Ich denke, das ist unseres, zumindest ist es noch nicht bezogen.«

Ich nicke und öffne mit dem anderen Schlüssel, den Amy mir in die Hand gedrückt hat, geschäftig den kleinen Schließschrank neben dem Bett. In Wirklichkeit will ich nur mein Gesicht verstecken, das wahrscheinlich gerade dunkelrosa angelaufen ist, weil Elsa mich beim Starren ertappt hat.

Immer noch dem Schrank zugewandt, murmle ich: »Möchtest du oben oder unten schlafen?« Verstohlen werfe ich einen Blick über meine Schulter. Sie hat wieder ihre Unterlippe eingezogen und einen Blick aufgesetzt, als würde sie angestrengt nachdenken.

Dann nuschelt sie ähnlich deutlich wie ich zuvor: »Ich fand deinen Vorschlag, dass ich oben schlafe, eigentlich ganz gut. Also, wenn das okay für dich ist.«

Das ist mehr als okay für mich. Auch wenn ich wahrscheinlich kein Auge schließen werde, wenn ich weiß, dass sie direkt über mir liegt und nicht wie sonst in ihrem eigenen Bett an der gegenüberliegenden Wand.

Elsa ist bereits in die obere Etage geklettert und macht sich an dem Bettbezug, welcher nur aus Kissen und Laken besteht, zu schaffen. Ich wühle immer noch geschäftig in meinem Rucksack.

»Bin gleich wieder da, ich geh nur mal kurz ins Bad und frag noch mal bei Amy nach, wann der Kochabend anfängt.«

Eigentlich habe ich nur eine Ausrede gesucht, um das Zimmer, das voll seltsamer Spannungen ist, kurz verlassen zu können und mein überhitztes Gehirn oder eher gesagt gewisse andere überhitzte Körperteile an der frischen Luft abzukühlen. Doch jetzt habe ich eine Idee.

Schnell laufe ich zurück zur Rezeption. Amy schaut überrascht.

»Oh, hi, Vince, was kann ich für dich tun?« Ich grabe mein schönstes britisches Vokabular aus, bevor ich ihr antworte. »Ich hätte da einen Wunsch für den Kochabend …« Verschwörerisch grinse ich meine Partnerin in Crime an.

Als ich wieder in unserer Hütte ankomme, hat Elsa die Shorts gegen ein luftiges Kleidchen ausgetauscht. Ihre Füße stecken in Flipflops und sie hält einen meiner Tierkrimis in der Hand. Mit Entzücken stelle ich fest, dass es bereits der zweite Band der Reihe ist und sie wohl dank mir ein neues Hobby entdeckt hat.

»Hast du Lust, dich ein bisschen rauszusetzen, bevor der Kochkurs beginnt?«

Sie fuchtelt mit dem Roman in ihrer Hand und grinst. »Um ehrlich zu sein, kann ich es kaum erwarten, herauszufinden, wie Yorkie Stella den Mörder überführt!«

Sie kichert und ich werfe ihr einen vielsagenden Blick zu. »Vielleicht sollten wir unseren eigenen Tierkrimi schreiben, wer weiß, was Siggi, Evoli und die anderen gerade so treiben!«

Gespielt erschrocken reißt sie den Mund auf. »Nimm doch dein Tablet mit nach draußen! Dann können wir noch ein bisschen an der Insta-Seite arbeiten, bevor wir mit den ganz großen Sachen wie einem Tierkrimi starten. Ich hätte da auch schon eine Idee!«

Zielstrebig marschiert sie vorweg und von dem verlorenen Mädchen, das sich fürchtet, im Schlafsaal zu nächtigen, ist nichts mehr übrig.

Wir machen es uns an einem der Tische bequem und Elsa bietet an, bei Amy etwas zu trinken zu organisieren. »Ich meine, ich hätte an der Rezeption einen Kühlschrank gesichtet.«

Kurze Zeit später steht sie nicht nur mit zwei Chang-Bieren vor mir, sondern auch noch mit einem Teller frisch geschnittener Shampoos. Ihr Grinsen reicht von einem Ohr bis zum anderen, als sie in das saftig-knusprige Fruchtfleisch beißt.

»Amy hat mir gerade erzählt, dass sie jetzt schon fast ein ganzes Jahr hier ist und sie sich nur schwer vorstellen kann, wieder nach England zurückzukehren.«

Ich kann kein Unverständnis in ihrer Stimme hören, es klingt viel eher wie Bewunderung. Da ich mir aber nichts einreden will, wo nichts ist, spreche ich sie nicht darauf an – genau wie auf unseren Kuss. »Dann erzähl mal, was du für eine Idee hast.«

»Also …« Ihre Augen leuchten und sie hat etwas von einem aufgeregten Kind, das in der Schule vor seinen Mitschülern ein Referat hält. »Was hältst du davon, wenn wir kleine Blogbeiträge aus Sicht der Fellnasen schreiben, wie in den Tierkrimis, nur ohne Krimi … ach, du weißt, was ich meine.«

Verlegen wischt sie eine Strähne, die sich aus ihrem provisorisch hochgesteckten Haar gelöst hat, zur Seite und nimmt einen Schluck des Bieres. Obwohl sie nicht gerade begeistert ihr Gesicht verzieht, nimmt sie tapfer einen zweiten Schluck.

»Soll ich dir etwas anderes holen?« Süß, wie sie rot anläuft und beschämt nickt.

»Ja, ich glaube, ich werde einfach kein Bierfan mehr, auch wenn mir das hier deutlich besser schmeckt als unser deutsches Pils.«

Als ich wenige Sekunden später mit einer Flasche Cola Zero für meine Freundin … ähm … Partnerin … ähm, Kollegin ... ach, fuck ... zurückkomme, lächelt Elsa versunken vor sich hin. Sie hat bereits die ersten Sätze verfasst.

»Hallo, ihr da draußen, ich bin Evoli, Mama von drei Kindern. Wenn ich nicht gerade mit Ash in der Arena kämpfe oder für das neueste Manga Modell stehe, kümmere ich mich um meine kleinen Rabauken ...« Ihre honigbraunen Iriden leuchten, während sie die putzigen Sätze niederschreibt. Diese Frau muss man einfach mögen, auch wenn sie kein Bier trinkt und auf hässliche Plastik-Designerbeutel zum Falten steht. Ihr Pokémonwissen macht diese kleinen Geschmacksverirrungen allemal wieder wett.

Nachdem wir nicht nur Evolis, sondern auch die Geschichte ihrer Welpen verfasst haben, trudeln langsam die ersten anderen Gäste ein. Da sind die Zwillinge Jonathan und Willow aus Kanada, Berit, Nina und Annemarie aus Hamburg und Daniele, Sandro und Giacomo aus Italien. Die Jungs und Mädels sind alle ungefähr in unserem Alter, teils etwas jünger, teils etwas älter, doch insgesamt macht das Hostel samt Mitarbeiterin Amy einen sehr jugendlichen Eindruck.

Ich bin gespannt, mit wem wir nachher zusammen kochen. Die drei deutschen Mädels entpuppen sich als unsere Zimmernachbarinnen und ich sehe richtig Elsas erleichterten Blick, dass es sich bei ihnen um ganz normale junge Leute wie sie und mich handelt.

Als wieder alle draußen versammelt sind, begrüßt uns ein junger Mann, der sich nicht nur als Koch, sondern auch als Besitzer des International Hostels vorstellt.

Diesmal muss ich zugeben, bin ich derjenige, dem dank seiner Vorurteile der Mund offen stehen bleibt. Tommy ist gerade mal dreiundzwanzig und hat sich mit dem Hostel, nachdem er ein Jahr auf Weltreise war, seinen Traum erfüllt.

Ich finde seine Idee sehr schön, sich die Reiselust auf diese Art im Herzen zu bewahren, ohne ständig unterwegs zu sein. Er hat sein Zuhause gefunden.

17. Dessertgefühle

Zusammen mit den anderen Mädels und Jungs stehen wir in der Küchenhütte und bereiten das Essen vor. Ich habe nicht das Gefühl, einen Kochkurs zu belegen, sondern vielmehr einen Kochabend mit meinen Freunden zu veranstalten.

Jede Gruppe hat die Leitung für ein Gericht bekommen, bei dem die anderen unter Tommys Aufsicht zuarbeiten. Als ich fragte, welches Gericht denn Vince und ich kochen würden, hat der junge Thailänder mir nur verschwörerisch zugezwinkert und in einer Mixtur aus Englisch, Deutsch und Französisch erklärt, dass ich das noch früh genug erfahren würde.

Amy ist inzwischen auch zu uns gestoßen. Sie und Tommy sind das perfekte Team und unwillkürlich frage ich mich, ob sie wirklich nur das sind. Was die anderen wohl von Vince und mir denken?

Ich verdränge den Gedanken, als Amy mir strahlend entgegenkommt und einen großen Topf in die Hand drückt. Vorsichtig hebe ich den Deckel. Sie zwinkert mir zu.

»Zum Glück haben wir immer ein wenig fertigen Klebreis in petto, den werdet ihr nämlich für den Nachtisch brauchen.«

Als Tommy mir nun auch noch jeweils eine Mango in die Hände drückt – ich fühle mich ein bisschen wie Baby aus *Dirty*

Dancing mit ihrer Wassermelone unterm Arm – habe ich eine ganz klitzekleine Vorahnung.

Vince neigt den Kopf leicht zur Seite und sein etwas zu langes Haar fällt ihm ins Gesicht, als er fast schüchtern fragt: »Und, freust du dich?«

»Ob ich mich freue?« Ich schaue ihn entgeistert an. »Ich bin hin und weg! Scheiß auf das Hauptgericht und die Vorspeise, wer braucht das schon, wenn es Sticky Rice gibt!« Ich könnte ihn glatt küssen für diese Idee.

Einige Zeit später sitzen wir am Tisch und warten auf die Vorspeise, die Jonathan und Willow vorbereitet haben. Am Tisch sind inzwischen die ersten Gespräche im Gange, größtenteils auf Englisch, doch zwischendurch brechen auch einzelne thailändische und deutsche Ausdrücke durch. Ich mag dieses internationale Flair irgendwie, welches man hier dank der Reisenden täglich erlebt. Auch wenn es in Marburg natürlich immer wieder Erasmus-Studierende gibt, ist das einfach nicht mit den Vibes hier vor Ort zu vergleichen.

Als endlich die Suppe auf dem Tisch steht, erzählen die drei Hamburger Mädels schließlich, dass sie sich während ihrer Erzieherinnenausbildung kennengelernt haben. Sie haben bereits einige Wochen Englisch an einer Schule in Ayutthaya unterrichtet und wollen nun die restliche Zeit in Thailand zum Reisen nutzen, bevor sie in Deutschland in ihre Jobs und damit in den Ernst des Lebens starten.

Wie gut ich das verstehen kann. Ich habe zwar noch drei Wochen vor mir, aber schon jetzt zieht sich mein Magen zu einem dicken, verhedderten Knoten zusammen, wenn ich nur an die Zukunft denke.

Die köstlichen Gerüche der Tom-Kha-Gai-Suppe, die mir in die Nase steigen, lenken mich jedoch glücklicherweise zunächst von meinen düsteren Gedanken ab und ich muss mich stattdessen entscheiden, ob ich die klassische Variante mit Hühnchen oder eine vegetarische mit knusprig frittiertem Tofu wähle.

Da ich sonst in letzter Zeit schon ziemlich sprunghaft bin, will ich wenigstens mal versuchen, die vegetarische Ernährung durchzuziehen. Auch wenn Vince nicht der Typ ist, der anderen Leuten belehrende Vorträge hält, so wirkt er trotzdem positiv überrascht, als die vegetarische Suppe in meinem Teller landet.

Sie ist gleichzeitig süß und cremig, dank der fettigen Kokosmilch und trotzdem scharf und würzig. Der Tofu ist knusprig und ich bin wenig verwundert, dass ich dem deutschen Äquivalent bisher nichts abgewinnen konnte.

Wie Vince neulich bereits festgestellt hat, kann man das hiesige Sojaprodukt nicht mit dem bei uns zu Hause vergleichen. Gedanklich mache ich mir eine Notiz, dass ich dringend einen asiatischen Supermarkt in Marburg ausfindig machen muss, wenn ich wieder zurück bin. *Wenn ich wieder zurück bin …* Erneut wallt eine mir bis dato unbekannte Schwermütigkeit in meinem Körper auf.

Ich atme gepresst. Es fühlt sich an, als läge ein tonnenschweres Gewicht auf meiner Brust, das immer schwerer wird, je mehr ich an meine Rückkehr denke.

Schon seltsam. Bis vor Kurzem wusste ich nicht mal, dass ich meine Heimat für mehr als einen Urlaub in der Sonne verlassen würde, und jetzt gruselt es mich davor, irgendwann wieder nach Hause zu müssen.

Während die anderen beiden Gruppen die Hauptgerichte präsentieren, ein Pad Thai mit leicht italienischer Note dank frischer Tomaten und Thaibasilikum, fällt das Gespräch ausgerechnet auf mich. »Und du, Elsa?«, will Amy wissen. »Was machst du in deinem normalen Leben?«

Wie das klingt, *dein normales Leben,* doch irgendwie weiß ich trotzdem ganz genau, was sie meint. »Ich studiere Medizin und mache bald mein Examen, danach dann noch das Praktische Jahr und wenn ich irgendwann den Facharzt habe, werde ich wohl früher oder später die Praxis meiner Eltern übernehmen.«

Die letzten Worte presse ich nur mühsam hervor. Amy kratzt durch ihren strubbeligen Kurzhaarschnitt und schaut mich aufmerksam mit ihren offenen, blau schimmernden Augen an. Sie erinnern mich an einen See im Sommer.

»Du wirst oder du willst die Praxis übernehmen?« Amy sieht also nicht nur hübsch aus, ist lustig und kommunikativ, sie scheint auch äußerst scharfsinnig zu sein.

Vince' Blick hat sich verdunkelt. Seine braunen Iriden funkeln düster und wieder einmal schnürt sich mir die Kehle zu. Aber wem soll ich etwas vormachen? Auch wenn ich neulich große Reden geschwungen habe, weiß ich doch, dass wahrscheinlich kein Weg an der Praxis meiner Eltern vorbeiführt.

Ich schiebe mir noch eine Gabel des süßlichen Pad Thais in den Mund, ehe ich die Kraft finde zu antworten. »Ich weiß es nicht«, zum ersten Mal bin ich wirklich ehrlich. »Es war schon immer so geplant und ich dachte, es ist das, was ich will, aber in den letzten Monaten, in den letzten Tagen, eigentlich werde ich mir immer sicherer, dass es nicht das ist, was ich will.«

Amy schaut mich mit ihren meerblauen Augen an und ein Grübchen bildet sich auf ihrer Wange, als ihr linker Mundwinkel leicht nach oben zuckt. »Dann lass es einfach, Elsa.«

Wenn das so einfach wäre, wie es aus ihrem Mund klingt. Nicht jeder lässt alles stehen und liegen, um mitten im Nirgendwo in einem Hostel zu arbeiten – oder in meinem Fall eine gut laufende Praxis auszuschlagen. Auch wenn ich mich in letzter Zeit verändert habe, ich bin immer noch Elsa.

Wir stehen in der Küche und verpassen unserem Nachtisch den letzten Schliff. Elsa filetiert die Mangos, während ich kleine Klebreishäufchen mit der süß-salzigen Kokosmilch auf Desserttellern anrichte.

Seitdem Amy Elsa auf ihre Berufswahl angesprochen hat, wirkt die sonst so fröhliche Studentin plötzlich in sich gekehrt. Sie zerschneidet mit einem solch abwesenden Ausdruck in ihrem blässlichen Gesicht die Mangos, dass ich Angst habe, dass diese gleich einen weniger vegetarischen Zusatz bekommen.

Ich kratze einen Rest Sticky Rice mit Soße aus den Töpfen und trete an Elsa heran, die immer noch mehr oder weniger konzentriert auf die Mango einhackt. Vorsichtig greife ich nach ihrem Handgelenk und sie lässt das Messer sinken.

Da ich nicht weiß, was die richtigen Worte sind, um sie –

und vielleicht auch mich – aufzumuntern, halte ich ihr stattdessen den Löffel mit der süßen Speise hin. »Hier probier mal, was wir Leckeres gezaubert haben.«

Vorsichtig schiebe ich ihr den Löffel in den Mund. Sie hat die Augen geschlossen und ihr Gesicht verzieht sich zu einem seligen Grinsen. Als sie die Augen wieder öffnet, schaue ich mitten in ihre leuchtenden Iriden. Die Luft beginnt zu flimmern und ich halte den Atem an. Es ist wie gestern Abend, als wir uns geküsst haben. Erinnert sie sich doch und es ist ihre Art der Aufforderung, es wieder zu tun?

Ganz, ganz langsam nähere ich mich ihrem Gesicht, das inzwischen wieder etwas Farbe bekommen hat. Ihre Sommersprossen funkeln und sie öffnet ganz leicht ihre glänzenden rosigen Lippen. Ich komme immer näher. Ich rieche ihren süßen Atem, die Erwartung darin …

»Wo bleibt denn der Nachtisch?« Erschrocken weichen wir auseinander und ich lache seltsam auf. Wir hätten uns fast geküsst. Wieder. Das glaube ich zumindest. Wäre da draußen nicht diese verdammte ausgehungerte Horde, die nach Süßem verlangt!

Hektisch drapiert Elsa die Mangoscheibchen auf dem Dessert und ich beginne, die Tellerchen nach draußen zu tragen. Als ich noch einmal ihren Blick suche, meine ich, Enttäuschung darin zu erkennen.

Der restliche Abend endet in einer lockeren Plauderrunde über die verbleibenden Tage vom Wochenende. Elsa und ich sind die Einzigen, die noch zu den Wasserfällen wollen und wenn ich ehrlich bin, bin ich sogar ziemlich froh darüber, dass die anderen bereits dort waren und sich nicht anschließen möchten.

Die Mädels aus Deutschland wollen morgen ein Elefantenreservat besuchen, in dem verletzte Tiere aufgepäppelt werden. Ich sehe Elsas interessierten Blick, als Berit erzählt, dass man nach einem Spaziergang in der Natur mit den riesigen Dickhäutern noch gemeinsam im See planscht.

Von der Elsa, die letzten Sonntag in Kanchanaburi angekommen ist, kann ich mir nicht vorstellen, dass sie inmitten von Elefantenkacke in einem schmuddeligen Tümpel steht. Die Elsa, die innerhalb weniger Tage vom typischen Thailand-Feeling verzaubert worden ist, ist hingegen entzückt.

»Was hältst du davon, wenn wir das für eines der nächsten Wochenenden einplanen?«, locke ich sie.

Ihre Augen glitzern erfreut und sie nickt begeistert und klatscht in die Hände.

»Dieses Wochenende«, erkläre ich, »wird es leider etwas knapp, da wir am Sonntag pünktlich zurück sein müssen, um zwei neue Freiwillige zu begrüßen.«

Ihr Gesichtsausdruck wandelt sich von gelöst zu missmutig. Frauen, die soll noch einer verstehen. »Zwei neue Freiwillige?«

»Ja, am Sonntag kommen zwei Jungs aus Leipzig zu uns. Ich dachte, das hätte ich schon erwähnt.«

Sie schüttelt unmerklich mit dem Kopf, gibt ein fast stummes »Nein« von sich und grummelt noch etwas vor sich hin, was wie »Na toll« klingt. Könnte es vielleicht sein ... Ist sie etwa genervt, dass jemand unsere traute Zweisamkeit stört? Ihrem eingeschnappten Blick nach zu urteilen, liege ich da vielleicht gar nicht so falsch ...

18. Gedankenkarussell

Aus den Betten neben und unter mir dringen bereits leise Schlafgeräusche, doch ich liege wach und starre ins Dunkle. Ich bin müde und erschöpft, doch die Gedanken in meinem Kopf sind es nicht.

Erst war da vorhin in der Küche dieser Moment ... Vince und ich hätten uns fast geküsst, erneut, und diesmal waren wir definitiv beide nüchtern. Keine Ausreden, kein Vergessen. Und dann erfahre ich, dass am Sonntag zwei neue Freiwillige ankommen. Nicht dass das etwas miteinander zu tun hätte ... aber warum erfahre ich das erst jetzt? Auf der anderen Seite, war es nicht klar, dass ich die nächsten drei Wochen nicht alleine mit Vince verbringen werde? Aber was noch viel wichtiger ist, warum stört es mich so?

Ja, ich gebe es zu, Vince ist mir innerhalb der wenigen Tage ziemlich ans Herz gewachsen. Er ist einfach so ganz anders als die Jungs, die ich bisher kennengelernt habe. Er ist nicht nur darauf bedacht, Karriere zu machen, sondern er will wirklich helfen, etwas verändern, im Gegensatz zu den meisten Jungärzten und Medizinstudenten, die ich bisher kennengelernt habe, was irgendwie verwunderlich ist.

Entweder redeten sie nur von sich selbst und prahlten mit

ihrem Erfolg, oder sie konnten es nicht ertragen, wenn ich im Studium besser abschnitt, als sie es taten. In zwei, drei Fällen fanden sie auch die Praxis meiner Eltern interessanter als mich. Kurzum, meine Beziehungen der letzten Jahre waren kurz und dementsprechend nicht gerade von Erfolg gekrönt.

Doch Vince – er zieht sein Ding durch. Obwohl er Tierarzt hätte werden können, hat er sich dagegen entschieden. Zum Unmut seiner Ex, die mit diesem Statusverlust anscheinend weniger gut umgehen konnte als er selbst.

Wenn ich mir nur vorstelle, das Studium zu canceln, werde ich wahrscheinlich verbannt und enterbt. Und ich frage mich, ob dies ebenso passieren wird, wenn ich nicht in der Praxis meiner Eltern arbeite. Auch wenn ich auf mein Erbe gut und gerne verzichten kann, so möchte ich doch nicht auf Mama und Papa verzichten. Aber bin ich immer noch ihre Tochter, wenn ich den Einstieg in die Praxis ablehne? Ich habe mich durchgebissen, einen Studienplatz bekommen und meine Examina erfolgreich gemeistert. Doch was ist, wenn das nicht reicht? Bin ich es ihnen schuldig, meine Wünsche hintanzustellen, um ihren gerecht zu werden?

Ich merke ja, was passiert ist, seitdem ich dies getan habe. Seit meinem Trip nach Thailand strafen sie mich mit Nichtachtung, doch was ist, wenn sie mich danach ganz aus ihrem Leben streichen? Will ich das und vor allem, kann ich das ertragen? Und wenn ja, wofür?

Bisher gab es nicht die Option, einen anderen Weg einzuschlagen. Doch seitdem ich Vince kennengelernt habe, scheint alles möglich. Die Stimme in mir, die herausfinden will, was das Richtige für mich ist, ist lauter geworden. So laut, dass ich sie langsam nicht mehr überhören kann. So, wie ich es die letzten Jahre getan habe …

Etwas kitzelt auf meiner Stirn und ich fahre mir mit der Hand darüber. Moment. Es bewegt sich. Panisch reiße ich die Augen auf und schrecke nach oben. Ich habe vergessen, dass ich in einem Hochbett liege und sich die Decke nur wenige Zentimeter über mir befindet. Ein lautes Klong ertönt, gefolgt von einem knirschenden Geräusch. Das Nächste, was ich höre, ist mein eigener Schrei, als eine tote Kakerlake auf meiner Brust landet, die den Zusammenstoß mit der Decke wohl etwas weniger gut verkraftet hat, als ich es getan habe. Ich kreische, als würde ich einen Horrorfilm synchronisieren und wedele mit meinen Armen und Händen, um das eklige Vieh von mir zu befördern.

»Was ist denn hier los?« Berit steht neben meinem Bett, von dem ich gerade panisch hinunter kraxele. Bibbernd deute ich auf die angematschte braune Kreatur, die sich irgendwo in meinem Bettzeug befindet. »Kakerlake, i… in m… meinem Bett!«

Inzwischen sind wahrscheinlich auch alle anderen wach, denn ich höre aus Ninas und Annemaries Bett ein lautes Lachen. Denen würde das Lachen wahrscheinlich auch vergehen, wären sie von einer Monsterkreatur wie dieser geweckt worden. Nur von Vince höre ich nichts.

Vorsichtig werfe ich einen Blick in sein Bett, während inzwischen auch Nina aufgestanden ist und zusammen mit Berit mein Bett unter die Lupe nimmt. Vince' Bett ist leer, doch im gleichen Moment fliegt die Tür auf. Er steht schwer atmend davor, sein Körper ist nass, genau wie die Boxershorts, die er anscheinend hastig übergezogen hat. Sie ist falsch herum. Und würde ich mich nicht immer noch so furchtbar ekeln, würde ich wahrscheinlich loslachen. Stattdessen breche ich in Tränen aus.

»Elsa, was ist denn los?« Ich werfe mich einfach in seine Arme und flenne wie ein Baby. Vince legt seine Arme um mich und streichelt über meinen Kopf. »Kann mir einer mal erklären, was los ist?«

Triumphierend hält Berit mit bloßen Fingern den Übeltäter in die Höhe »Das ist los.«

Ich rutsche noch näher an Vince heran und vergrabe mein Gesicht an seiner Brust. Auch als ich höre, wie Annemarie, Nina und Berit den Raum verlassen, stehen wir immer noch da.

Verdammt, es fühlt sich so gut an! Seine Haut duftet nach Minze und die feinen Haare auf seiner Brust kitzeln meine Wange. Ich atme tief ein und versuche, diesen Moment für immer in meinem Herzen festzuhalten, bevor er wahrscheinlich viel zu schnell vorbei sein wird.

Ich will nicht behaupten, dass ich Kakerlaken bisher besonders gerne mochte, aber ich glaube, seit gerade sind sie mit Abstand meine Lieblingstierchen.

Ich atme den süßen Duft nach Rose und Vanille ein, der von Elsas strubbeligen Haaren direkt in meine Nase strömt. Ich vergrabe meine Wange tiefer in ihrem Schopf und schlinge meine Arme enger um sie, um dem Beben, das immer noch ihren Körper durchfährt, entgegenzuwirken. Ihre Haut ist noch warm vom Schlaf und ich kann ihre Brustwarzen an meiner nackten Haut durch den dünnen Stoff ihres Shirts spüren.

Doch ich genieße es nicht nur, ihren Körper so nah an meinem zu spüren, ich genieße es auch, für sie da zu sein. Und wenn es nur wegen einer fiesen Kakerlake ist.

Ich kann mich nicht erinnern, dass Tessa jemals Schwäche gezeigt hat. Ihre einzige Schwäche, die sie hatte, war ich. Doch anstatt damit zu leben, hat sie versucht, mich zu verbiegen – probiert es immer noch. Elsa lässt mich sein, wie ich bin.

Am liebsten würde ich den ganzen restlichen Tag so dastehen, die Wasserfälle sind auch in ein paar Wochen noch da – im Gegensatz zu Elsa, wie mir schmerzlich bewusst wird. Ich streiche vorsichtig über ihren Rücken, wünsche mir, dass der Moment nie vergeht, obwohl ich sie von mir stoßen sollte, weil wir keine Zukunft haben. Doch ich kann nicht. Deswegen wiege ich sie weiter sanft hin und her und beschließe, das Hier und Jetzt zu genießen.

»Frühstück!« Amys lebensfrohe Stimme hallt über das Gelände. Auch wenn mir mein Magen eigentlich schon in den Kniekehlen hängt, verfluche ich sie für diese Information, oder viel mehr dafür, dass sie die vertraute Intimität zwischen uns unterbricht.

Ich seufze, als ich meine Arme vorsichtig sinken lasse, jedoch nicht ohne noch einen Blick in Elsas Haselnussaugen zu erhaschen, die hoffnungsvoll aufblitzen.

Obwohl in der Buchungsbeschreibung nichts von einem Frühstück stand, haben Amy und Tommy sich selbst übertroffen. Für jeden von uns steht ein Smoothie bereit sowie ein riesiger Teller voller goldbrauner, fluffiger Pancakes, von denen zähflüssiger Sirup hinunter tropft, der verdächtig nach Karamell riecht.

Noch ehe mein Magen anfangen kann, begeistert zu knurren, schiebt sich das Bild meiner Mutter vor mein Gesicht, die angewidert ihre Nase rümpft. »Elsa, dieses zuckrige Zeug, weißt du eigentlich, wie viele leere Kalorien das hat? Und schlecht für die Zähne ist es auch.«

Ich beiße eben diese zusammen und versuche, den missmutigen Blick meiner Mutter vor meinem inneren Auge zu vertreiben. Doch so ganz gelingt es mir nicht, obwohl ich es im Laufe der Jahre so mehr oder weniger erfolgreich geschafft habe, mich von den verqueren Körpervorstellungen meiner Mutter zu lösen.

Die letzten Tage war ich so glücklich, dass ich kaum einen Gedanken an meine Ernährung verschwendet habe. Ich hatte Wichtigeres im Kopf. Eine mir völlig fremde Kultur, heimatlose Hunde, Vince. Doch gerade habe ich auf einmal das Gefühl, dass der Gummibund meiner neuen Hose kneift, meine Oberschenkel sich wabbelig anfühlen und meine Waden aussehen wie die Stampfer eines untersetzten Dackels.

Der schöne Moment von eben existiert nicht mehr. Ich sehe nur noch das Gesicht meiner Mutter, höre ihre Stimme. Missmutig stochere ich in den eben noch so verführerischen Pancakes herum. Stattdessen nehme ich einen großen Schluck des frischen Smoothies, der wunderbar fruchtig und auch wirklich lecker ist, aber eben keine Pancakes. Doch ich habe Angst, dass wenn ich jetzt auch nur einen Happs der Pancakes esse, ich nicht mehr aufhören können werde.

Es reicht doch schon, dass meine Eltern nicht mehr mit mir reden, weil ich nach Thailand geflogen bin, anstatt von morgens bis abends zu lernen. Wenn ich jetzt auch noch doppelt so schwer wie vorher zurückkomme, werde ich mir zusätzlich noch anhören dürfen, wie unbeherrscht ich bin und dass das definitiv keine Eigenschaft ist, die ich von meinen Eltern gelernt haben kann.

Diese Aussage, die meine Mutter nur allzu gerne tätigt, fühlt sich jedes Mal wie ein Tritt in die Magengrube an. Eigentlich bin ich mir sicher, dass sie es zwar nicht so meint, wie es klingt, aber das ändert nichts an der Tatsache, dass es mich unglaublich verletzt.

Vince schaut mich alarmiert an, da ich nicht wie die anderen voller Elan meine Pfannkuchen spachtele, sondern nur zögerlich an meinem Smoothie nippe. Sein besorgter Blick ist mir unangenehm und seine Augen brennen sich in mein dünnes besticktes Top. »Elsa, alles in Ordnung?«

Ich winke ab und antworte betont locker auf seine Frage: »Ja, alles gut, mir sitzt nur noch der Kakerlakenschreck«, die anderen lachen, »im Nacken. Das hat mir doch ein wenig den Appetit verdorben.«

Er zieht skeptisch die Augenbrauen zusammen und mustert mich nochmals voller Mitgefühl. »Okay, aber wenn es dir nicht gut geht, sag Bescheid, dann verschieben wir unsere Wanderung.«

»Es ist alles gut, ich hab einfach nur keinen Appetit!« Meine Stimme ist lauter als beabsichtigt und die letzten Worte gleichen beinahe einem Fauchen. Vince schaut mich nun so besorgt an, dass ich es kaum noch aushalten kann. Er soll sich keine Gedanken machen, er soll sich am besten gar nicht für meinen Gemütszustand interessieren. Hektisch springe ich auf.

»Ich muss noch mal ins Bad.« Fast stoße ich den Stuhl um. Zum Glück nimmt keiner Notiz davon, wie ich von dannen hechte. Außer Vince. Seine Augen brennen sich in meinen Rücken, als würden sie dort ein dickes Mahnmal erzeugen, welches jeden darauf hinweist, dass ich mein Frühstück habe ausfallen lassen. Nicht dass sich wahrscheinlich auch nur irgendwer etwas dabei denkt, aber es reicht, dass ich es tue.

Ich würde es gerne leugnen, aber ich mache mir Sorgen um Elsa. Erst hat sie in den unfassbar leckeren fluffigen Pfannkuchen herumgestochert, als würde es sich um Kaninchenfutter handeln, und dann ist sie so plötzlich vom Tisch aufgesprungen, dass sie beinahe den massiven Holzstuhl umgeschmissen hätte.

Sie wirkt völlig in Gedanken versunken, als sie mit wehendem Haar davoneilt, und am liebsten würde ich ihr hinterherrennen. Doch irgendwie habe ich das Gefühl, dass sie ein klitzekleines bisschen Zeit für sich braucht.

Ich bin mir immer noch nicht sicher, was es an ihr ist, dass dieses Gefühl in mir auslöst, welches man ganz klassischerweise Beschützerinstinkt nennen würde. Ich reibe mir über meine von der Hitze trockenen Augen und schlucke schwer. Wüsste ich es nicht besser, würde ich angesichts meines schnell und wild klopfenden Herzens behaupten, dass ich mich wohl ein bisschen in Elsa verliebt habe.

Der Kuss, unsere Gespräche und gestern der Moment in der Küche. Egal, ob sie direkt neben mir liegt oder wie gerade vor mir wegläuft. Sie geht mir einfach nicht mehr aus dem Kopf. Und das geht definitiv nicht gut, weil wir noch genau drei Wochen zusammen verbringen werden, während ich vorerst in Thailand bleibe und sie nach Deutschland zurückkehren wird, um ihr Examen zu absolvieren und das Praktische Jahr anzutreten.

Vielleicht würde sie länger in Thailand bleiben, wenn sie erst einmal merkt, dass ihr wie füreinander geschaffen seid ... Hallo? Kann diese nervtötende Stimme, die so ein dermaßen unrealistisches Zeug von sich gibt, vielleicht mal bitte ihren Mund halten? Doch ich muss offen gestanden zugeben, es ist nicht eine fremde Stimme, die diese Idee hat, sondern einzig und allein Ausgeburt meiner Fantasie.

Ich kann mich nicht erinnern, dass ich mich jemals mit einem Mädchen so wohl gefühlt hab, wie ich es mit Elsa tue. Sie verurteilt mich nicht dafür, dass ich mein Studium abgebrochen habe, und sie definiert mich auch nicht danach.

Dank ihr platzt unser Instagram-Account aus allen Nähten – ja, wir haben anstatt der stetigen vierhundert Follower beinahe die achthundert geknackt – und ich weiß endlich, dass das, was ich hier tue, einen Sinn hat und meine Versuche, den Straßenhunden

Thailands ein besseres Leben zu ermöglichen, nicht nur ins Leere schießen. Und das alles, obwohl sie nicht mal vorhatte, in einer Hundestation zu arbeiten.

Trotzdem hat sie so viele tolle Ideen mitgebracht, mir so unfassbar viel Mut gemacht, dass ich weiß, der Cut in meinem Leben war es wert, gemacht zu werden. Allerdings wünschte ich, ich würde diesen Cut nicht alleine durchstehen müssen. Doch dass Elsa, nachdem wir uns gerade mal eine Woche kennen und uns genau einmal geküsst haben, woran sie sich offensichtlich nicht mal mehr erinnert, ihr Leben und ihr Studium hinschmeißt, um mich in Thailand zu unterstützen, ist, glaube ich, genauso realistisch, wie dass ich Oma im Stich lasse und zurück nach Deutschland gehe. Es ist zum Haareraufen.

19. Vertrauensverlust

Nur wenig später brechen wir auf und marschieren die paar Meter durch den Wald bis zum Eingang des National Parks. Die Stimmung zwischen Vince und mir ist ähnlich drückend wie die schwüle Luft um uns herum. Immer wieder mustert er mich unauffällig zwischen seinen zu langen Haarsträhnen hindurch, die ihm wirr in die Stirn fallen und in der Herbstsonne leuchten.

Trotz des Smoothies fühle ich mich kraftlos. Mein Magen fühlt sich flau an und zieht sich schmerzhaft vor Leere zusammen. Es ist die gleiche Leere, die ich dank des Zwiespalts in meinem Inneren verspüre. Ich hätte das Frühstück nicht ausfallen lassen sollen, auf der anderen Seite höre ich immer wieder die Stimme meiner Mutter, die mir predigt, dass ich gut daran getan habe, die zuckrigen Pfannkuchen nicht anzurühren, erst recht, wenn ich an die mehrgängige Schlemmerei des gestrigen Abends zurückdenke ...

Wann hat es angefangen, dass ich ihr mehr vertraue als den Wünschen meines Körpers? Ich war schon immer schlank, wenn auch nie spindeldürr, im Gegensatz zu meiner Mutter. Mit ihrem hellblonden Haar und dem selbstbewussten, beinahe elitären Auftreten ist meine Mutter der Inbegriff eines skandinavischen Royals, was sie natürlich nicht ist, sondern nur gerne wäre, sie aber in meiner Namenswahl bestärkt hat.

Doch auch wenn ich den Namen einer Prinzessin trage, so bin ich mit meinen hellbräunlich schimmernden Haaren und dem Bäuchlein, das trotz weniger Kilos nicht verschwindet, nicht so, wie sie sich ihre Tochter vorgestellt hat.

Anstatt mir weiter anzuhören, dass ich mehr Sport treiben und mich gesünder ernähren sollte, habe ich von selbst mein Essverhalten angepasst, um ihre zwar vielleicht gut gemeinten, aber dennoch verletzenden Kommentare zu umgehen.

Ich würde nicht so weit gehen zu behaupten, dass ich ein ernsthaftes Problem hätte, aber unbefangen essen kann ich nur, wenn sie nicht da ist. Und selbst hier hat sie es geschafft, dass ich mich ihren Worten nicht entziehen kann.

Obwohl wir erst wenige Meter gegangen sind, habe ich jetzt schon das Gefühl, dass mir meine ungeföhnten Haare feuchter in die Stirn hängen. Mein dünnes weißes Top und die Khakishorts kleben an meinem Körper und mein Puls geht schneller. Ich habe Durst. So schrecklichen Durst und ich schwitze, während mein Herz rast und ich mich Schritt für Schritt weiterquäle, in der Hoffnung, dass das seltsame Gefühl, das von meinem Körper Besitz ergriffen hat, wieder verschwindet.

Die beinah dschungelhafte Natur um mich herum ist einmalig. Das saftige Grün der Mangrove, die rosigen Blätter der Calliandra. Ich glaube sogar zwischen den Kronen der dichten Bäume, das putzige Gesichtchen eines Äffchens erblickt zu haben, was nicht häufig der Fall ist.

Und trotzdem. Ich kann den einzigartigen Anblick, der sich um mich herum ausbreitet, nicht genießen. Mein einziger Blick gilt Elsa. Sie tapst kraftlos neben mir her, ihre Schritte sind seltsam stolpernd und ich bin überfordert damit, was ich tun soll.

Mir ist schon vorher aufgefallen, dass sie bei jeder Mahlzeit nachdenklich wirkt und trotzdem hat sie bisher mit Appetit die thailändischen Köstlichkeiten verschlungen. Doch heute Morgen war es, als wäre ein Schalter in ihr umgelegt worden. Ich bin mir jedoch nicht sicher, ob es an den leckeren Pfannkuchen lag, die in meinem Mund zu trockener Pappe wurden bei Elsas sorgenvoller Miene oder ob etwas anders dafür der Grund war.

Auch wenn ich selten um Worte verlegen bin, so weiß ich heute nicht, wie ich sie auf meine Beobachtung ansprechen soll. Ich weiß nur, dass ich etwas unternehmen muss.

Gerade als ich noch überlege, wie ich Elsa auf ihr Essverhalten von heute Morgen ansprechen soll – ich will sie a) nicht bedrängen und b) auch nicht etwas hineininterpretieren, wo nichts ist –, als ich neben mir nur noch ein schwaches »Vin…« höre. Fuck. Und dann geht alles ganz schnell und Elsa sinkt neben mir auf dem Boden zusammen.

Mein Herz gerät in Panik. »Elsa! Elsa!«, wiederhole ich lauter und knie mich neben meine Freundin, die die Augen zwar geöffnet hat, aber apathisch ins Leere starrt. Ich hebe ihre Beine an und krame mit der anderen Hand in meinem Rucksack, nach der pappsüßen Limo, die sich dort zum Glück noch von der gestrigen Fahrt befindet. Zucker. Elsa braucht Zucker.

Irgendwie schaffe ich es, die Flasche zu öffnen. Meine

Stimme klingt besonnener, als ich mich fühle. »Elsa, du musst das hier trinken.« Ich halte ihr die Flasche vorsichtig an den Mund. Ihr Gesicht ist so blass, dass die zarten Sommersprossen plötzlich überdeutlich hervortreten, genau wie ihre Augen, die farblos durch mich hindurchschauen.

Gierig nimmt sie einen Schluck. Und noch einen. Und langsam kehrt wieder Leben in sie. Erst jetzt bemerke ich, dass ich hektisch atme. Tief hole ich Luft und versuche, bei Verstand zu bleiben. Immerhin einer von uns muss funktionieren.

Elsa richtet sich langsam auf, ich gebe ihr jedoch zu verstehen, dass sie liegen bleiben soll. Nachdem ich auch noch meinen Müsliriegelvorrat aus dem Rucksack befreit habe, schiebe ich diesen unter Elsas Rücken. Eine stille Träne läuft aus ihrem Augenwinkel.

Im Normalfall ängstigen mich Tränen. Ich bin kein Mann der großen Worte oder der offenen Gefühle, aber jetzt, jetzt ist es mein einziger Wunsch, Elsa ihren Kummer zu nehmen und sie ihr schiefes Lächeln lächeln zu sehen, bei dem sich ein winziges Grübchen auf der linken Wange bildet.

Elsa setzt die Flasche von ihrem Mund ab, doch ich lasse keinen Widerspruch zu. »So, du trinkst noch mindestens drei Schlucke. Und danach isst du noch diesen wunderbar leckeren Erdnusskrokantriegel, keine Widerworte.«

Elsa beäugt den Riegel skeptisch und ich bin mir nicht sicher, ob sie vielleicht erneut beginnt zu weinen, deswegen versuche ich es etwas sanfter. »Bitte, Süße.« *Süße, hallo? Was rede ich denn da?* »Du musst etwas essen, es ist warm, wir werden uns viel bewegen heute und du bist völlig unterzuckert, weil du nichts gefrühstückt hast.«

Ihr Blick wechselt von erschöpft zu beschämt, doch ich

lasse mich nicht beirren. »Es ist okay, wenn man mal keinen Hunger hat oder auch mal eine Mahlzeit ausfallen lässt. Aber glaub mir, du hast es definitiv nicht nötig! Niemand hat das! Du bist wunderschön, das asiatische Essen ist mehr als gesund und man darf auch ruhig mal Pancakes mit etwas mehr Zucker als gewöhnlich essen.«

Ich sehe, wie Elsa schluckt, sehe an ihrem Blick, dass sie die Situation runterspielen will, doch ich rede einfach weiter. Ich muss das jetzt einfach loswerden. »Ich sage ja nicht, dass du dir jeden Tag Berge an Pfannkuchen reinziehen sollst, aber du kannst sie ruhig essen, ohne dass etwas passiert. Dein Körper ist darauf ausgelegt, auch mal Zucker in seiner pursten Form zu verarbeiten. Und er ist dir dankbar, wenn du ihn hegst und pflegst, und dazu gehört auch, regelmäßig zu essen. Und vielleicht … vielleicht mache ich mich gerade zum Deppen der Nation und rede mich um Kopf und Kragen, aber du kannst alles essen, was du willst. Hör auf dein Gefühl. Und nicht darauf, was andere dir vorschreiben. Du definierst dich nicht durch dein Gewicht. Du bist Elsa, eine schöne starke kluge und mutige junge Frau, egal ob du fünf Kilo mehr oder weniger wiegst. Quatsch, zwanzig Kilo!«

Ich habe wie ein Wasserfall geredet, doch jetzt bin ich fertig. Mein Mund ist trocken, aber ich habe alles haargenau so gemeint, wie ich es gesagt habe. Ich weiß nicht, wann es angefangen hat, dass man Menschen durch ihr Gewicht, anstatt über ihren Charakter zu definieren versucht.

Aber ich weiß definitiv, dass es falsch ist. Und in Elsas Blick sehe ich, dass sie es auch weiß. Und trotzdem bin ich mir sicher, ins Schwarze getroffen zu haben, als ich ein ersticktes Seufzen höre und sie ihre langen Finger vors Gesicht schlägt.

20. Limonadenprickeln

»Meine Mum …« Ich nehme noch einen Schluck von der nach künstlicher Orange schmeckenden Limonade, die wohltuend durch meinen Körper rauscht und suche nach Worten, die ausgesprochen weniger verrückt klingen als in meinen Gedanken.

Vince lässt sich neben mich fallen und hält mir immer noch den Nussriegel entgegen, den ich nun doch nehme und zögerlich hineinbeiße. So kann ich zumindest etwas Zeit schinden, während ich an dem Riegel herumknabbere.

»Ich kann ihr einfach nie etwas recht machen, nichts ist gut genug.« So jetzt ist es raus. Doch Vince schaut mich einfach nur aufmerksam an. Seine dunklen wunderschönen Augen blicken verständnisvoll in die meinen.

»Mal esse ich zu ungesund, dann lerne ich nicht genug, meine Freunde sind die falschen, zu bunt, zu tätowiert.« Erschrocken schlage ich mir die Hand vor den Mund, als mir klar wird, was ich gesagt habe, doch Vince schüttelt einfach nur seinen rot-braun glänzenden Schopf und lacht kehlig.

»Es ist erst gut genug, wenn ich so bin wie sie, doch das werde ich nie sein! Egal, wie ich mich bemühe, egal, wie dünn ich bin und egal, wie hart ich arbeite. Ich werde niemals sein wie sie! Ich bin nicht genug!«

Ich schlage die Augen nieder, als mir die Bedeutung meiner Worte bewusst wird. Vince legt vorsichtig seinen gebräunten Arm um mich und drückt meine Schulter zögerlich, ermutigt mich, weiterzusprechen.

»Ich weiß, dass meine Eltern mich lieben, ich bin mir sicher, dass sie es tun. Trotzdem habe ich immer das Gefühl, dass ich ihre Ziele niemals erreichen werde. Niemals erreichen kann.«

Die letzten Worte verlassen meinen Mund nur wie ein Flüstern, doch Vince scheint sie dennoch gehört zu haben. »Weißt du Elsa, du musst ihre Ziele auch gar nie erreichen. Du musst nur deine eigenen Ziele erreichen. Wenn es die gleichen sind, die deine Eltern für dich aufgestellt haben, ist das in Ordnung, aber wenn deine Ziele völlig andere sind, ist das auch okay. Du bist niemandem etwas schuldig. Außer dir selbst. Du bist genug. Lebe so, wie du es möchtest. Und ich bin mir sicher, deine Eltern werden dich darin unterstützen. Gib ihnen die Chance, zu verstehen, dass ihr Leben nicht das Richtige für dich ist. Dass du du bist. Egal ob als spindeldürre Ärztin oder übergewichtige Schauspielerin. Egal ob tätowiert mit Kurzhaarfrisur oder im Hosenanzug mit langen Haaren. Du hast das Recht, du selbst zu sein. Genau wie jeder andere Mensch auch. Und du bist niemandem etwas schuldig.«

Da bin ich mir eben manchmal nicht so sicher, so schön seine Worte auch klingen mögen …

Eine Zeit lang sitzen wir einfach nur still da. Der Schweiß auf meinem Körper trocknet und die Wärme, die von Vince' Körper ausgeht, hüllt mich in angenehmes Wohlbefinden.

Ich trinke brav das zuckersüße Fruchtgetränk und knabbere an dem Nussriegel herum und ich muss sagen, es geht mir besser. Allein das sollte eigentlich Zeichen genug sein, dass ich mich mehr auf meinen Körper als die Worte meiner Mutter verlassen sollte.

Der leichte Wind raschelt in den großen Blättern der Bäume und eine stille Zufriedenheit senkt sich auf mich herab. Ich rapple mich hoch und klopfe mir ein bisschen Erde von meiner Hand. Hoffnungsvoll strecke ich meine Hand nach Vince bemalten Fingern aus. »Sollen wir?«

Meine Finger, die deutlich kleiner sind als die seinen, passen genau in seine Handfläche. Er nickt und zieht mich mit einem Ruck nach oben. Neuen Mutes fühle ich mich nicht nur bereit, den Weg in den Nationalpark anzutreten. Vince mustert mich noch einmal forschend. »Schaffen wir das?«

Ich nicke, auch wenn ich mir eigentlich nicht sicher bin, ob er nur den Aufstieg zu den Wasserfällen meint.

Der Eingang des Parks ist durch einen Zaun und eine kleine Holzhütte gekennzeichnet, die zum Erwerb der Eintrittskarten dient.

Nachdem wir bezahlt haben, betreten wir eine nahezu eigene Welt. Zwar sind weit entfernte Stimmen zu vernehmen, doch wir scheinen einen guten Tag erwischt zu haben, da wir sonst keine Menschenseele erblicken können. Ich bin mir nicht sicher, ob ich wirklich noch in Thailand bin oder vielleicht ein verstecktes Tor durchquert habe, das auf direktem Wege zu den Niagara-Fällen führt.

Schon von Weitem höre ich das verheißungsvolle Rauschen des Wassers und ich kann es kaum abwarten, die Erawan Waterfalls mit eigenem Auge zu sehen. Ich halte immer noch Vince' Hand und ich habe nicht vor, sie loszulassen.

Das Dickicht des Waldes lichtet sich, der Weg wird steiniger und ich halte den Atem an. Neben uns erhebt sich majestätisch die erste Ebene der Wasserfälle. Das Wasser ist beinahe türkis und leuchtet mit Vince um die Wette. Es ist genauso lebendig wie er, genau so faszinierend und gleichzeitig ist es beängstigend, wie es in das darunterliegende Becken donnert.

Hunderte an Fischen schwimmen durch das kühle Nass und ich kann nicht anders, als einfach laut loszujauchzen. Vince lächelt mich an, seine Augen bewegt wie das Wasser. »Bereit?«

Mal laufen wir, mal klettern wir halb, doch der Weg ist wunderschön. Zwischen großen Steinen, rosafarbenen Blüten und grünen Palmblättern bahnen wir uns den Weg Stufe um Stufe nach oben. Mit jeder Ebene, die wir überwinden, fühle ich mich freier. Mit jedem Meter, den wir vorankommen, fühle ich mich Vince näher.

Sobald der Weg uns etwas tiefer in den Dschungel hineingeführt hat, nutzen wir die Zeit und reden über alles und nichts. Während Vince mir alles von seinem kleinen Bruder berichtet, erzähle ich ihm von meiner besten Freundin Susan.

Außerdem schmieden wir Pläne, wie wir die Instagram-Seite weiter auf Vordermann bringen können und überlegen, wie wir noch mehr Fellnasen vermitteln können.

Laut überlege ich: »Würde es Sinn machen, mit einer festen Vermittlungsstelle, vielleicht sogar in Deutschland, zu arbeiten?«

Vince zuckt mit den Schultern und zwirbelt den Saum seines wildgeblümten T-Shirts zwischen den Fingern. »Oma ist der Meinung, dass Deutschland zu weit weg ist und dadurch mit zu großem Aufwand und hohen Kosten verbunden wäre, aber es ist sicherlich keine schlechte Idee, nochmals verschiedene Organisationen anzufragen, die die Tiere vielleicht dann an Pflegestellen weitervermitteln.«

Ich nicke. »Ja, es gibt immer mehr Leute, die Tierschutztiere kaufen. Wie war das noch mal: *Adopt don't shop?* Und ich könnte mir vorstellen, dass je breiter wir aufgestellt sind, umso besser die Vermittlungschancen stehen. Vielleicht müssen wir alles mitnehmen, was geht, egal, wie klein die Chance. Vielleicht sollten wir auch Hilfestellung geben, wenn jemand den Hund sofort adoptieren möchte.«

»Einen Versuch ist es bestimmt wert!« Vince' Stimme klingt anerkennend und ich bin selbst beinahe verwundert über mein Engagement. Doch ich muss zugeben, genauso wenig wie mich das Schicksal von Menschen kalt lässt, genauso wenig kann ich das Schicksal unserer Fellnasen ignorieren. Ich bin Ärztin.

Na ja – beinahe. Und ich will helfen. Und je länger ich hier bin, umso mehr kriege ich vor Augen geführt, dass wir alle das Recht auf ein schönes Leben haben.

Vince

Ich genieße den Blick auf das kristallklare Wasser, doch noch mehr genieße ich die Gespräche mit Elsa. Ihr scheint es deutlich besser zu gehen und ich hoffe, dass meine Ansprache vielleicht doch etwas bewirkt hat.

Nur wenige Wandersleute kommen uns entgegen und ich bin glücklich über die Einsamkeit, die uns umgibt. Als wir endlich unser erstes Ziel erreichen, einen kleinen Aussichtspunkt fast am Ursprung der Wasserfälle, strahlt bereits die Nachmittagssonne vom Himmel. Wir laufen einen schmalen Pfad hinauf, der etwas von den rauschenden Wassermassen wegführt und stehen plötzlich auf einer kleinen Plattform.

Nun ja, es ist keine richtige Plattform, viel mehr ein abgeflachter Hügel inmitten des Waldes. Beide stehen wir da und halten unwillkürlich die Luft an, ich will nach Elsas Hand greifen, so überwältigend ist der Ausblick, doch ich lasse meinen Arm wieder sinken. Es kommt mir auf einmal zu intim, zu aufdringlich vor.

Ja, wir haben uns geküsst, aber ich bin mir immer noch nicht sicher, ob Elsa sich überhaupt erinnert, beziehungsweise, wenn sie es tut, ob sie es nicht lieber vergessen will. Denn wahrscheinlich passe ich nicht in ihr gewöhnliches Beuteschema, das wird ihr wohl im nüchternen Zustand auch bewusst sein.

Ich seufze laut und Elsa schaut mich fragend zwischen ihren langen Ponysträhnen an. Ihre honigfarbenen Augen glitzern in der Sonne und ich würde ihr am liebsten die Haare hinters Ohr streichen. Tue ich aber nicht. Stattdessen mache ich Anstalten, weiterzulaufen.

»Sollen wir uns dann mal an die letzte Etappe wagen?«
Kurz öffnet sie ihren Mund, es sieht so aus, als wolle sie etwas
sagen. Dann klappt sie ihn aber wieder zu wie ein Fisch auf
dem Trockenen und nickt nur stumm.

Wir laufen die andere Seite des Hügels hinab, bis das Plät-
schern des Wassers schließlich wieder lauter wird. Auf einmal
kann ich es kaum erwarten, unser Ziel zu erreichen und mich
in dem klaren Wasser abzukühlen. Meinen erhitzten Körper
abzukühlen, meinen Schwanz, der völlig unpassend und fast
schmerzhaft gegen meine Bermudas drückt.

Die kurzen Khakishorts, das dünne weiße Top, unter dem
sie nur ihren Bikini trägt. Mein Kopf spielt verrückt und
spinnt ganz von alleine Szenarien zusammen, die so definitiv
nicht stattgefunden haben und wahrscheinlich niemals statt-
finden werden, da ich in den letzten Tagen vielleicht zu einem
guten Bekannten, vielleicht sogar Freund geworden bin, aber
ich glaube, Elsa ist weit davon entfernt, sich auf jemanden ein-
zulassen, der am anderen Ende der Welt wohnt.

Vor uns donnern die rauschenden Wellen in den See, der
am Ufer klar und ruhig ist. Wir haben wirklich den perfekten
Tag erwischt. Außer einem Pärchen, das gerade händchenhal-
tend aus dem Wasser steigt, sind wir alleine.

Ich schlüpfe aus meinem T-Shirt und entledige mich meiner Shorts. Elsa schaut mich überrascht an, doch ich werfe
ihr nur einen auffordernden Blick zu. Als ich mich schließlich
auch von meinen Schuhen befreit habe, hänge ich meine Klamotten über meinen Rucksack.

Unauffällig werfe ich einen Blick nach unten, ob die Flamingos auf dem dünnen Stoff meiner Badeshorts das ver-

decken, was sie sollen. Als ich meinen Blick nach oben wende, sehe ich gerade noch, wie Elsa mich fasziniert anschaut. Schnell wendet sie peinlich berührt den Blick ab. Läuft sie etwa rot an? Wie niedlich.

Ich wate ins Wasser, lasse mich gegen die Uferkante sinken und schaue auf die Weite der türkisblauen Flüssigkeit. Hinter mir höre ich jedoch ein Rascheln und ich muss unwillkürlich grinsen, als ich das Öffnen eines Reißverschlusses vernehme. Nur wenig später tauchen zwei blasse Beine neben mir im Wasser auf. Ich schaue nach oben.

»Also irgendwie hätte ich mir das wärmer vorgestellt.« Elsa bibbert beinahe, obwohl das Wasser bestimmt über zwanzig Grad misst. Ich lache, als mir plötzlich eine Idee kommt, der ich einfach nicht widerstehen kann. Während Elsa immer noch vorsichtig Fuß um Fuß ins Wasser setzt, richte ich mich langsam auf, forme mit meinen Händen eine Art Schaufel und spritze ihr eine Riesenladung Wasser entgegen.

Elsa quietscht und funkelt mich böse an. Na ja, sagen wir es so, sie versucht es zumindest, doch ihr zartes, filigranes Gesicht vermag es einfach nicht, wütend auszusehen.

»Na warte, du.« Vergessen ist das kalte Wasser, als sie sich mit einem satten Platscher neben mir ins kühle Nass plumpsen lässt, sodass das Wasser wie eine Fontäne nach oben schießt und mein Kopf, der bis gerade noch trocken war, nicht verschont bleibt.

Sie streckt mir die Zunge raus, da ich nun ebenso nass wie sie selbst bin. Ohne Vorwarnung stürze ich mich lachend auf sie und versuche, sie unter Wasser zu drücken. »Damit hast du nicht gerechnet!«

Ihre Haut fühlt sich glatt und erhitzt an und beinahe habe

ich das Gefühl, dass meine Finger zu brennen beginnen, als ich sie an den Schultern berühre. Doch Elsa ist weniger arglos als vermutet und hält meinem Angriff stand. Im Gegensatz zu mir – sie stürzt sich auf mich, womit ich wiederum nicht gerechnet habe.

Ich taumele nach hinten ob ihres hinterhältigen Angriffs und verliere das Gleichgewicht. Ich rudere noch wie wild mit den Armen, aber da ist es schon zu spät und ich lande unsanft rücklings im Wasser, während Elsa sich halb totlacht.

Noch einmal versuche ich, mich auf sie zu stürzen, doch sie hält mich fest. So fest, dass ich überrascht bin, woher diese zierliche Person ihre Kräfte nimmt. Unsere Blicke begegnen sich. Das einzige Geräusch ist das leise Schwappen des Wassers gegen unsere Körper.

Ich hänge an ihren Augen und kann meinen Blick nicht von ihren abwenden, in denen sich die türkisfarbenen Wasserfälle spiegeln. Das Lodern in ihren Augen verbrennt meine Haut. Mir ist so warm. So unendlich warm und selbst das eben noch erfrischende Wasser vermag meinen Körper nicht abzukühlen. Und mein Verstand ist sowieso verloren. Oder vielleicht ist es auch mein Herz.

Ich schlucke schwer. Zentimeter um Zentimeter bewege ich meinen Kopf nach vorne. Millimeter um Millimeter kommen Elsas Lippen näher, die noch feucht von unserer Wasserschlacht glänzen. Sie beißt sich unwillkürlich auf die rosige Haut, doch sie schreckt nicht zurück.

Mein Mund ist so nah an ihrem, dass vielleicht gerade noch ein Blatt Papier dazwischen passt. Ich spüre ihren Atem auf meiner Haut und gehe den letzten Schritt. Ich schmecke noch die Süße der Limonade auf ihren Lippen und mein Herz pocht so wild, dass ich das Gefühl habe, sie muss es bemerken, so nah wie ihre Brust an der meinen ist. Ihre erregten Nippel streifen durch den dünnen Stoff ihres Bikinis meine glühende Haut.

Ich küsse sie, so als gäbe es kein Morgen. Als wäre es der letzte Kuss, den ich jemals küssen würde. Vorsichtig teile ich mit meiner Zunge ihre flatternden Lippen, versinke in ihrem Mund. Ich ziehe sie noch näher an mich, spüre ihre Hände ganz zart auf meinem Rücken. Sie gehen auf Wanderschaft. Ihre Finger streichen zitternd meine Wirbelsäule entlang bis zu meinem Po.

Ich ziehe sie mit mir, bis wir schließlich im Wasser sitzen, ich ans Ufer gelehnt sie auf meinem Schoß. Ich lasse meine Lippen langsam über ihre Wange bis zu ihrem schlanken Hals hinabgleiten. Mit der einen Hand umarme ich sie weiter, meine andere Hand gleitet zu ihren Brüsten, ihren harten Spitzen und sie gibt ein leises Keuchen von sich, als ich ihre Brustwarzen sanft drücke. Kurz schaue ich sie um Verständnis bittend an, doch ihr dunkler Blick sagt alles. Ich schiebe ihr Bikinitop zur Seite und streiche vorsichtig über die zusammengezogene Haut ihrer Brüste. Hungrig presst sie ihren Mund auf meinen, erregt, mutig.

Nun sind es ihre Hände, die auf Forschungsreise gehen. Sie zieht träge Kreise über meine nasse Haut. Ihre Hand wandert tiefer, umrundet den schmalen Pfad aus Haaren, streicht über die Enge in meiner Hose, die nach ihren Berührungen lechzt. Meine Lippen sehnen sich nach ihren Küssen, mein Herz nach ihrem erregten Keuchen.

Ich streiche mit meiner Hand über ihren Bauch. Mit unnachgiebigen Bewegungen verfolge ich mein Ziel. Ich stoße auf den Bund ihres Höschens. Vorsichtig schiebe ich meine

Hand darunter und merke, wie sie kurz innehält. Langsam wandere ich tiefer. Sie atmet laut auf und lässt ihren Kopf auf meine Schulter sinken.

Vorsichtig küsse ich ihren Nacken, während meine Hand zu ihrer empfindlichsten Stelle vordringt. Trotz des Wassers spüre ich ihre feuchte Hitze, die sich um meine Finger legt.

Mit einem Finger dringe ich in sie ein, mit dem anderen streiche ich immer, immer wieder um die empfindsame kleine Erhebung, die unter meinen Fingern pocht. Unaufhörlich umkreise ich ihre empfindlichste Stelle, necke sie von innen, während das Wasser uns sanft umspült.

Ihre Brüste drücken sich gegen mich, ich spüre, wie die Spannung aus ihrem Körper nach unten fließt. Und dann, dann ist es so weit. Ihr Arm ist immer noch um mich geschlungen und ihre Finger krallen sich in meine nackte Haut. Erst zaghaft, dann immer fester. Sie zerfließt unter meinen Fingern und mein Herz zerfließt mit ihr. Ich habe noch nie etwas Schöneres erlebt, als dieses sonst so ernste Mädchen voller Sorgen völlig gelöst zu erleben.

21. Diebesgut

Ermattet hocke ich immer noch auf Vince' Schoß, meine Arme um seinen Hals geschlungen, mein Kopf an seiner Schulter. Ich schäme mich nicht für das, was wir getan haben, was er getan hat und doch weiß ich nicht, wie ich ihn anschauen soll.

Obwohl wir schon seit gefühlten Ewigkeiten im Wasser sitzen, friere ich nicht. Niemals hätte ich gedacht, dass ich so empfinden könnte. Pure Erregung, grenzenlose Lust, aber da ist auch noch etwas anderes als die körperliche Anziehung zwischen uns.

Ich glaube, ich habe mich in Vince verliebt. Nein. Ich glaube es nicht, ich bin mir sicher. Ich habe in der Vergangenheit nie leichtfertig mein Herz verschenkt, vielleicht auch, weil einfach nicht der Richtige dabei war. Dafür musste ich erst in ein neuntausend Kilometer entferntes Land reisen, um herauszufinden, dass es mehr gibt in dieser Welt, dass es mehr Menschen gibt, die es wert sind, dass man hinter ihre Fassade schaut, die es wert sind, dass ich mich in sie verliebe. Und Vince ist definitiv einer dieser Menschen.

Ganz, ganz langsam hebe ich meinen Kopf und drehe mich ihm zu. Zum ersten Mal sehe ich so etwas wie Unsicherheit in seinem Blick, eine unausgesprochene Frage auf den Lippen.

Ich beantworte seine Frage, indem ich einfach meinen Mund auf den seinen presse. Wasser perlt von seiner Oberlippe und fällt als eiskalter Tropfen in mein Dekolleté.

Vorsichtig öffne ich meine Augen. Das lodernde Schwarz in den seinen ist verschwunden und stattdessen schaue ich in tiefwarmes Dunkelbraun, wie das Holz eines kostbaren Baumes. Langsam atme ich die angehaltene Luft aus. »Das war … Wunderschön erklärt nicht mal ansatzweise, wie es war.«

Das Lächeln kehrt zurück auf Vince' Gesicht und die Sonne erhellt sein eh schon rötlich schimmerndes Haar. Spitzbübisch zwinkert er mir zu. »Wir können das gerne wiederholen.«

Ich kann nicht verhindern, dass ich rot anlaufe. Doch Vince lacht einfach nur lauthals und zwickt mir in den Po, als ich mich aus dem Wasser hieve. Quietschend stolpere ich ans Ufer, schaue mich noch einmal um, in der Hoffnung, dass wirklich niemand die Geschehnisse von eben mitbekommen hat. Doch weit und breit ist kein Mensch zu sehen. Aber, verdammt noch mal …

»Viiiiiiince.« Meine Stimme ist schrill, mein Blick panisch und Vincent springt animiert aus dem Wasser. Unsere Sachen sind verschwunden. Dort, wo eben noch unsere Klamotten gelegen haben, ist nur noch ein großes Nichts.

Panisch hüpfe ich im Kreis und auch Vince steht inzwischen sichtlich ungläubig neben mir. »Haben wir unsere Sachen wirklich hier abgelegt?«

Er kratzt sich am Kopf, sodass ihm einzelne Haare wirr vom Kopf abstehen. Zum Beweis hebe ich eine getupfte Socke nach oben, die ich bei meinem Herumgehopse nur wenige Meter entfernt entdeckt habe.

Ich werfe sie meinem Kumpel, Geliebten, Mitreisenden –

ja, was sind wir jetzt eigentlich? – zu und antworte bestürzt. »Anscheinend waren wir wohl doch nicht so allein, wie wir gedacht haben.«

Während ich mich zu Tode schäme und am liebsten auf der Stelle im Boden versinken würde, bricht Vince plötzlich in lautes Gelächter aus. »Was ist so lustig? Irgendein Voyeur hat uns beobachtet!«, fauche ich, doch anstatt aufzuhören, lacht er immer lauter und deutet hinter sich in einen Baum. »Da sitzen die Voyeure!«

Ich folge seinem Blick und … ich weiß nicht, ob ich weinen oder lachen soll. Schließlich entscheide ich mich für Letzteres und breche ebenfalls in Gekicher aus. Oben im Baum schaut uns ein kleines putziges pelziges Köpfchen entgegen und leckt an Vince' Turnschuh. Dahinter sitzen ein paar Affenkinder, die fasziniert mit unseren Klamotten spielen. Immer noch nass, nur in unserem Badezeug, stehen wir einfach nur da und lachen. Wir lachen, lachen und lachen, bis uns der Bauch wehtut und mit einem lauten Klatsch ein blauer Turnschuh auf den Boden knallt, sodass ich sogleich wieder in Gelächter ausbreche.

Was ein Tag. Erst habe ich den besten Orgasmus meines Lebens, den ich nicht mir selbst zu verdanken habe, und dann klaut eine Affenfamilie unsere Anziehsachen. Das glaubt doch kein Mensch. Nicht dass ich es irgendwem erzählen würde.

Ungläubig stehe ich da und schüttle den Kopf, bis schließlich das nächste Kleidungsstück vor uns zu Boden segelt.

Da mein Bikinioberteil nicht gerade viel meiner hellen Haut bedeckt, ist Vince so nett und überlässt mir sein T-Shirt, da meines leider nicht wieder aufgetaucht ist. Es hat wohl eine neue Besitzerin gefunden. Der Stoff schmiegt sich weich an meine Haut und fast fühle ich mich zurück auf Vince' Schoß befördert, als ich tief den Duft aus Minze und Zitrusfrüchten einatme.

Zusammen steigen wir den Weg hinab, aber nicht ohne zwischendurch stehen zu bleiben und den rauschenden Wasserfällen, den exotischen Pflanzen und den zwitschernden Vögeln unsere Aufmerksamkeit zu schenken. Mit dem Wasser im Hintergrund knipsen wir etliche Selfies, bis wir endlich eins haben, auf dem keiner von uns beiden die Augen geschlossen hat. Beim letzten Foto drückt mir Vince überraschend die Lippen auf den Mund und ich reiße erschrocken die Augen auf. Trotzdem beschreibt es den unglaublichen Tag heute wohl am besten.

Auf dem letzten Stück des Weges verspeisen wir die restlichen Müsliriegel und mein Herz schafft es, meinem Kopf zu versichern, dass ich eine begehrenswerte junge Frau bin.

Als wir schließlich wieder beim Hostel ankommen, wird es bereits dämmrig und die anderen sitzen schon schwatzend draußen vor den Hütten. Leider haben wir die drei Mädels verpasst, da diese schon vor etwa einer Stunde abgereist sind. Schade.

Amy stellt eine dampfende Schüssel Curry vor uns, aus der ein fruchtig würziger Duft aufsteigt. »Ich nehm an, ihr habt nichts dagegen, ein paar Reste zu vertilgen.« Unsere ausgehungerten Blicke und die Geschwindigkeit, mit der wir uns auf die Teller stürzen, ist wohl Aussage genug. Kokosmilch gepaart mit süßer pürierter Mango, knackigem Gemüse und klebrigem Reis – ich schwebe im siebten Himmel und verschwende keinen einzigen Gedanken an Kalorien oder Nährwerte. Ich schmecke und genieße.

Vince liegt schon eingekuschelt in den Laken, während ich noch unschlüssig vor dem Hochbett stehe. Ich bin mir nicht sicher, ob es mehr Mut kostet, mich nach oben ins Bett zu legen und erneut von einer Kakerlake angegriffen zu werden, oder sein Angebot von heute Morgen anzunehmen, welches er wahrscheinlich nur spaßeshalber gemacht hat. Egal. Ich bin mutig. »Du … »

Vince schaut unter der Decke hervor, sein dunkles rötlich schimmerndes Haar fällt ihm wie so häufig in die Stirn. Er mustert mich mit funkelndem Blick, den ich nicht zu deuten weiß. »Ja?«

»Darf ich bei dir im Bett schlafen?«

Mir wird warm ums Herz, als ich die Decke hebe, damit Elsa darunter krabbeln kann. Ihre nackten Füße sind kalt, obwohl es immer noch warm draußen ist. »Machst du das Licht aus?«

Sie streckt ihren Arm aus, um an den Schalter der Lampe zu kommen, die am Bettgestell befestigt ist. Dann wird es dunkel. Ich kuschle mich an sie und genieße einfach nur, dass sie da ist. Ihre Eisfüße, die weichen Haare, die mein Gesicht kitzeln und ihr Körper, der sich an mich schmiegt. So muss sich Glück anfühlen.

Eine Hand streicht sachte über meine Wange. Unter mir ein Bett aus Zuckerwatte. »Guten Morgen, Schlafmütze.« Zaghaft öffne ich die Augen und schaue in schimmernde Bernsteine. Ich grummele irgendetwas Unverständliches, doch Elsa lässt sich nicht irritieren. Sie streichelt weiter über meine Wange und ihre Hand wandert langsam, aber sicher, tiefer.

Heiliger Bimbam, was geht hier vor sich? Jetzt bin ich doch hellwach. Aber ich lasse die Augen geschlossen. Probiere einfach nur ihre Berührungen zu fühlen, zu atmen und nicht durchzudrehen, weil ich die Kontrolle abgebe. Aber verdammt, es fühlt sich gut an.

Ich merke, wie meine Boxershorts immer enger wird und der Stoff beginnt zu spannen. Meine Atmung beginnt zu zittern. Genau wie meine Hände, die sich klammernd im Laken verkrampfen. Ich glaube, ich habe Elsa unterschätzt.

Sie küsst eine zarte Spur bis zu meinem Bauchnabel hinunter. Dann wandern ihre Lippen tiefer. Als ich im See gesagt habe, dass wir das Ganze gerne wiederholen können, hatte ich nicht davon gesprochen. Aber ich könnte nicht behaupten, dass ich ein Problem damit hätte, an der Reihe zu sein.

Ich bin kein Kind von Traurigkeit. Und ich habe schon viel und verdammt guten Sex in meinem Leben gehabt. Aber ihre vorsichtigen Berührungen sind anders. Sie sind voller Gefühl und mein Herz klopft ebenso verheißungsvoll.

22. Urlaubswehmut

Irgendwie fühle ich mich heute anders. Reifer, selbstbewusster, vielleicht auch glücklicher. Mein Herz ist zum ersten Mal seit Monaten federleicht, als ich in den fluffigsten aller Pancakes beiße, den Amy vor mich gestellt hat. Weil ich eh schon begonnen habe mutig zu sein, habe ich einfach beschlossen, dort weiterzumachen, wo ich aufgehört habe.

Ich habe Amy gebeten, mir eine etwas kleinere Portion mit ein bisschen weniger Sirup zu geben. Und siehe da, sie hat weder komisch geguckt, noch war es ein Problem und für mich ist es ein Anfang.

Als ich das letzte Zipfelchen meines Eierkuchens verspeist habe, fühle ich mich wunderbar. Nicht zu vollgefressen, nicht zu hungrig. Und selbst das gewohnte schlechte Gewissen bleibt aus. Jeder fängt mal klein an. Und Vince' Blick, der ein bisschen wie der einer stolzen Mami ist, macht mich wiederum ein wenig stolz.

Unsere Taschen sind bereits gepackt und fast habe ich das Gefühl, als ginge ein Urlaub zu Ende. Nun ja, es ist ja auch so etwas wie ein Urlaub vom Urlaub. Denn wie Arbeit empfinde ich den Freiwilligenjob in der Hundestation definitiv nicht.

Auch wenn ich ein bisschen traurig bin, dass wir heute wieder nach Kanchanaburi zurückkehren, freue ich mich auch ein bisschen, als Evoli samt Welpen vor meinem Geiste herumtollt. Ich glaube, ich vermisse die Fellnasen ein bisschen. Seltsam, dass ich mein ganzes Leben zuvor nie über Haustiere nachgedacht habe, vielleicht sollte ich das tun, wenn ich wieder zurück in Marburg bin.

Zurück. Das Wort fühlt sich seltsam auf meiner Zunge an und schnell verdränge ich es aus meinen Gedanken und widme meine Aufmerksamkeit lieber Amy, die wissen möchte, ob wir unseren Aufenthalt genossen haben. Oh ja, das haben wir definitiv. Zumindest kann ich hier für mich sprechen und ich bin mir ziemlich sicher, dass Vince durchaus auch seine Freude an unserem kleinen Kurztrip hatte.

Wir schlendern mit Amy, die heute einen hübschen geblümten Jumpsuit trägt, an die Rezeption, um unseren Aufenthalt zu begleichen. »Das wären dann einmal eintausendvierhundert Baht für jeden von euch.«

Fast schäme ich mich, der hübschen Engländerin nur rund fünfunddreißig Euro für unseren traumhaften Aufenthalt – trotz Kakerlake – inklusive Kochkurs und superleckerem Frühstück, von dem nicht einmal die Rede war, zu bezahlen. Vince scheint es ähnlich wie mir zu gehen, als er der freundlich lächelnden Amy das Geld auf den Tisch legt. »Was hältst du davon, wenn du uns mal in Kanchanaburi besuchen kommst, oder Elsa?«

Ich nicke begeistert, hoffend, dass ich dann noch da bin.

»Dann bekoche ich dich auch gerne mal, ich bin zwar nicht ganz so ein guter Küchenchef wie Tommy, aber meine Kochkünste können sich durchaus sehen lassen.« Amy ist ganz aus dem Häuschen. »Wie lieb, Vince, so nice!«

Ich bin plötzlich nicht mehr ganz so begeistert von der Aussicht, dass Amy zu Besuch kommt. Noch weniger, wenn ich vielleicht dann schon weg bin. Ich grinse, auch wenn mein Mund sich wahrscheinlich eher zu einer verkniffenen Grimasse verzieht.

Wir umarmen Amy noch einmal, bevor wir schließlich winkend in den Minivan steigen, den die Gute uns auch noch organisiert hat. Auf einmal kann ich gar nicht schnell genug wieder in unser Häuschen kommen. Denn früher oder später wird Vince feststellen, dass ich nur eine langweilige Medizinstudentin ohne Selbstbewusstsein bin, die sich von ihren Eltern herumkommandieren lässt, anstatt ihre eigene Meinung zu vertreten. Eine langweilige Vierundzwanzigjährige mit hellbraunen Haaren und einem versteckten Tattoo. Ohne großartigen Erfahrungsschatz auf bestimmten Gebieten.

Anscheinend habe ich, ohne es zu merken, ziemlich das Gesicht verzogen, denn Vince schaut mich besorgt an. »Alles in Ordnung, Elsa?«

Ich nicke knapp. »Ja, ich bin nur gespannt auf die beiden Jungs, die heute ankommen.« Und das ist nicht mal gelogen. Jetzt ist es Vince, der seltsam schaut.

Zu Hause haben wir noch gerade genug Zeit, um Siggi zu kämmen und zu füttern und das Zimmer für die beiden neuen Freiwilligen herzurichten, als auch schon ein gelbes Taxi heranrollt. Nervös stehen wir wie das Empfangskomitee der Queen da, gespannt, was uns erwartet.

Vince

Ich kann mir nicht helfen, aber der Kerl, der als Erstes aus dem Auto springt, ist mir auf Anhieb nicht sonderlich sympathisch. Er trägt ein enges Shirt und ein selbstgefälliges Grinsen auf den Lippen und mustert mich – meine tätowierten Arme, meine etwas zu langen Haare sowie die Holzplugs in meinen Ohrläppchen – eine Spur zu abfällig. Elsa hingegen wirft er ein *charmantes* Grinsen zu.

Bevor ich mich jedoch weiter über den ungehobelten Typen aufregen kann, klettert nun auch der zweite neue Freiwillige aus dem Taxi. Auch wenn ich es mir schon anhand der Namen gedacht habe, die Narisara mir durchgegeben hat, sind die beiden Jungs in unserem Alter unverkennbar Brüder. Die Familienähnlichkeit ist nicht zu übersehen, obwohl der schüchternere, deutlich sympathischer wirkende junge Mann sich ganz anders gibt, als sein Bruder es tut. Das schlabbrige T-Shirt eines Games sowie die ausgebeulte Jogginghose entlarven ihn als Zocker. Ist mir definitiv lieber als sein blondierter Bruder, der sich als Elias vorstellt.

Mit wachen Augen blickt er uns an. »Hi, ich bin Sammy, also eigentlich Samuel, aber … aber …«

Ich lächle ihm ermutigend zu. »Hey, ich bin Vince, also eigentlich Vincent, aber … » Das Eis ist gebrochen und er stimmt in mein gutgelauntes Lachen ein, bevor ich Elsas Vorstellung lausche. Ich kann von ihrer warmen, sanften Stimme einfach nicht genug kriegen. »Und was macht ihr beide so?«

Sammy öffnet den Mund, um zu antworten, und irritiert

beobachte ich, wie Elias einfach das Wort an sich reißt. »Lehramt, ich Bio und Chemie für Gymnasien und Sammy Chemie und Deutsch für Realschulen.«

Ich blicke mit hochgezogenen Brauen zu Elsa, während die Brüder ihr Gepäck aus dem Kofferraum holen, doch sie schaut mich nur fragend an. Hmpf.

Während wir die beiden nach oben zu ihrem Zimmer begleiten, plappert Elias schon weiter. Oh Mann, müsste der Typ nicht müde von der anstrengenden Anreise sein?

»Wann lernen wir die Fellnasen kennen?«

Elsa lacht beeindruckt und Elias schenkt ihr ein beinahe gruseliges Lächeln. Ein unschöner Stich durchzuckt mein Herz, auch wenn ich mich bemühe, absolut lässig zu wirken. »Immer mit der Ruhe, Jungs, kommt erst mal an.« Doch irgendwie habe ich im Gefühl, dass es mit der Ruhe ab jetzt vorbei ist.

23. Revierabsteckung

»Och, die beiden Jungs scheinen doch ganz nett zu sein.« Wir haben es uns auf der Terrasse gemütlich gemacht, Siggi döst in der Sonne und Elsa bereitet einen Text für den neuen Instagram-Beitrag vor, während ich an einer neuen Zeichnung arbeite. »Hmm …« Meine Antwort klingt skeptisch und Elsa reagiert nun ähnlich wortgewandt wie ich. »Mh?«

»Joa, scheinen beide ganz in Ordnung zu sein. Sammy wirkt recht nett, aber so als würde er sich ziemlich von seinem Bruder unterbuttern lassen.«

Elsa guckt mich mit großen fragenden Augen an, ihre Stimme überrascht. »Findest du? Der war doch auch ganz freundlich.«

Ich schnaube. »Zu dir – ja.« Ich weiß selbst nicht, warum ich auf einmal so pienzig bin.

Elsa weiß es anscheinend schon, denn sie guckt mich von unten nach oben von der Seite an. »Sag mal, Vince, nicht, dass ich da zu viel rein interpretiere, aber bist du vielleicht – ähhm – eifersüchtig?«

»Eifersüchtig? Auf diese Knalltüte?« Ein übertriebenes Schnauben befreit sich aus meiner Kehle. »Bestimmt nicht.« *Aber sowas von,* wettert die kleine fiese Stimme in mir.

Zusammen stellen wir den Instagram-Post über Samson fertig und lesen uns die Spendennachrichten durch, die uns via Social Media erreicht haben. Zwischen den zahlreichen Nachrichten, denen nicht zu trauen ist, befindet sich auch eine, die auf den ersten Blick seriös wirkt. Und auch der zweite und dritte lässt keine Zweifel offen. Auch wenn es sich nur um einen kleinen Betrag handelt, mit dem Freelancerin Marie aus Amsterdam uns unterstützen möchte, es ist ein Anfang. Im Gegenzug verspreche ich, ihr schnellstmöglich das Porträt von Hundedame Evoli zuzusenden, die es ihr besonders angetan hat.

Wir bräuchten einfach dringend mehr Kontakte nach Westeuropa, um unsere Tierkinder auch dort vermitteln zu können. Aber was nicht ist, kann ja noch werden.

Abends beschließen wir, in der Stadt essen zu gehen, da die Jungs gerne direkt die Umgebung kennenlernen möchten. Wir entscheiden uns für ein kleines authentisches Lokal, das nicht nur eine schwimmende Terrasse auf dem Fluss, sondern auch eine große Auswahl an vegetarischen Speisen hat.

Sammy und ich ordern beide ein Chang, wohingegen Elias einwilligt, sich mit Elsa eine kleine Flasche Wein zu teilen. Während wir auf das Essen warten, plaudern wir über das Studium und die Heimat der Jungs. Obwohl die beiden gebürtige Sachsen sind, können sie wie auf Kommando den Akzent abstellen und im reinsten Hochdeutsch sprechen, was für einige Lacher sorgt. »Was steht denn für nächste Woche auf dem Plan?« Auch wenn mir Elias nur mäßig sympathisch ist, so scheint er zumindest supermotiviert und will mitanpacken.

Ich überlasse es Elsa, die Jungs über den Tagesablauf in der Station aufzuklären, um kurz auf die Toilette zu verschwinden. Bevor ich gehe, drücke ich ihr kurzerhand einen Kuss auf die Backe, auch wenn wir nicht darüber gesprochen haben, wie wir in der Öffentlichkeit zueinanderstehen. Ihre Wangen färben sich zwar unter den Blicken der Jungs leicht rosa, doch ihr Blick ist freudig überrascht.

Tja, Elias, so gut eure Namen auch zusammenpassen würden – Elsa ist leider nicht mehr zu haben. Oder?

Im Gegensatz zu mir scheinen die Jungs vorbereitet auf ihren Einsatz in der Hundestation. Sammy trägt eine kurze bequeme Sweathose, ein Shirt mit einem Pikachu vorne drauf – er wird ausrasten, wenn er Evoli sieht, und Susan wird wahrscheinlich ausrasten, wenn ich ihr erzähle, wie pokémonverrückt hier alle sind – und eine Basecap auf seinen etwas zu langen rotblonden Haaren.

Sein Bruder hingegen trägt auf den Hüften sitzende Jeansshorts, zu denen er ein graues V-Shirt kombiniert hat. Seine dunkelblonden Haare, in denen der Rotstich fehlt, sind kunstvoll zerstrubbelt, sodass ich mir nicht sicher bin, ob er gerade eben aufgestanden ist oder vielleicht doch eine halbe Ewigkeit damit zugebracht hat, sie so zu frisieren.

Er sieht gut aus. Ziemlich gut. Nicht so überpflegt, wie die Männer, die Mama mir üblicherweise vorstellt, aber doch etwas stylischer als sein kleiner Zwillingsbruder, der mir dann doch etwas zu nerdig herumläuft.

Trotzdem, wäre ich ein Mann, würde ich sagen – es bewegt

sich rein gar nichts in meiner Hose. Dabei scheint er ein wirklich intelligenter und humorvoller Kerl zu sein, aber vielleicht auch ein bisschen arrogant. Trotzdem, mein Interesse an ihm ist, wenn überhaupt, rein freundschaftlicher Natur.

Während Elias gerade eindrucksvoll vorspielt, wie er sich auf das steinharte Bett hat fallen lassen – das passiert hier glaube ich jedem – kommt Vince die Treppe hinuntergetrabt, einen schwanzwedelnden Siggi im Schlepptau. Ich glaube, er hat die ganze Nacht vor unserer Tür verbracht, ganz so, als würde er uns vor den Neuankömmlingen beschützen wollen. Meine Theorie bestätigt sich, als er ein kleines Knurren von sich gibt, als Elias die Hand nach seinem struppigen Fell ausstreckt. Stattdessen macht er auf dem Absatz kehrt, streckt Elias seinen zerrupften Hintern entgegen und läuft schnurstracks zu Sammy hinüber, um sich von diesem ausführlich hinter den Ohren kraulen zu lassen.

Nun ja, kein Kommentar. Doch ich sehe an Vince' Mundwinkel, die kaum merklich minimal nach oben zucken, dass er sich diebisch freut.

Bereits gestern Abend, als wir in unseren Betten lagen, oder eher gesagt in Vince' Bett und den Tag haben Revue passieren lassen, hat er kein gutes Haar an Elias gelassen. »Versnobt«, »besserwisserisch«, »überheblich«, sind nur einige der Worte, die Vince benutzte, um den zukünftigen Lehrer zu beschreiben. Wenn ich so darüber nachdenke, will ich nicht wissen, ob er über mich das Gleiche gedacht hat …

Während wir durch die schwüle Hitze laufen, berichten wir den Jungs von unserem neuen Instagram-Feed und den ersten Erfolgen, die wir bereits verbuchen konnten.

»Wie wäre es, eine Art Ratgeber zum Beispiel einmal wöchentlich im Feed einzubauen, der die Leute über Möglichkeiten außerhalb des Kaufs beim Züchter informiert oder die Menschen auch darüber aufklärt, dass nicht alle Tierschutzhunde einen an der Waffel haben und welche Vorteile es bietet, einen Vierbeiner zu adoptieren?«

Ich nicke begeistert über Elias' Vorschlag und auch Vince ist – er kann es nicht verbergen – überzeugt von der Idee. Auch wenn er nur zaghaft nickt, und mit einem »Das könnte man überlegen« antwortet.

»Ja, so könnten wir die Reichweite erhöhen und auch diverse Spendenaktionen direkt über Insta starten.« Eben war Sammy noch relativ still, doch nun blüht er sichtlich auf. »Vince' gezeichnete Porträts könnte man immer wieder zwischendurch einstreuen und möglicherweise könnten wir auch in Betracht ziehen, die Fellnasen direkt zu vermitteln ohne Zwischenstopp in eine Pflegefamilie.«

Vince nickt und seine Gesichtszüge erhellen sich. »Ja, ja, das könnte klappen, auch wenn Pflegestellen natürlich den Vorteil haben, dass die Mäuse sich erst einmal richtig in ihrer neuen Heimat eingewöhnen und ihr Verhalten besser eingeschätzt werden kann. Aber es ist auf jeden Fall eine Idee, damit die Pflege- und Vermittlungsstellen überhaupt erst einmal auf uns aufmerksam werden. Erstmal müssen wir allerdings die Schnipp-Schnapp-Aktion diese Woche überstehen.«

Sammys graublauen Augen werden groß und Elias guckt so dermaßen bedeppert, dass ich nicht weiß, ob ich mehr über Vincents Worte oder den debilen Gesichtsausdruck meines neuen Kollegen lachen soll.

»Schnipp-Schnapp-Aktion?« Sammys Stimme hat einen

kieksenden Ton angenommen.

»Ja, Schnipp-Schnapp Eier ab, also die der Hunde nicht eure, keine Sorge.«

Vince tätschelt beruhigend Sammys Schulter und dieser schaut so erleichtert, dass ich mich unwillkürlich frage, was er wohl gedacht hat. Elias hat immer noch den Gesichtsausdruck eines Rehs, das in viel zu helle Scheinwerfer glotzt, sodass ich beschließe, ihn mal großzügigerweise aufzuklären.

»Ab morgen gibt es wieder eine große Kastrationsaktion, die dazu dient, die Population von Straßenhunden zu verringern. Die Heimtierklinik stellt uns drei Kastrationsbusse zur Verfügung sowie eine Ärztin, die das Ganze überwacht. Dank der Busse können wir den Eingriff direkt lokal durchführen, sodass wir mehr Kastrationen schaffen, als wenn wir alle Tiere erst in die Auffangstation bringen würden.«

Elias erschrockener Gesichtsausdruck ist einem geschockten gewichen, als er nur ganz, ganz leise dazwischen fragt: »Drei Busse, aber nur ein Arzt?«

Vince nickt knapp und schaut Elias starr an. »Ja, drei Busse, einer für die Ärztin und einer für Elsa und mich, bleibt noch einer für Sammy und dich übrig.«

»Waaaas … What the fuck?« Sammy schreit erschrocken auf und Elias hat sichtlich Mühe, die Fassung zu bewahren. Er sieht so aus, als würde er sich jeden Moment in seine kunstvoll zerschlissenen Jeansshorts pieseln. Und ich … ich schaue Elsa an und wir haben Mühe, nicht laut loszulachen.

Die Zwillinge sind mitten am Weg stehengeblieben und wirken so, als wollten sie keinen Schritt mehr weiter gehen, als Elsa noch einen obendrauf setzt. »Mhh, so ein bisschen Kastrationserfahrung kann auch sicher später fürs Schulleben nicht schaden.«

Ich kann nicht mehr. Definitiv. Ich breche in schrilles Lachen aus und kriege kaum noch Luft, sodass Elsa mir auf den Rücken klopfen muss, damit ich nicht an den schluckaufmäßigen Geräuschen, die ich von mir gebe, ersticke. Die beiden Jungs stehen stattdessen immer noch völlig verunsichert da. Ich hickse und lache und kriege einfach keinen Satz zustande.

Elsa blickt amüsiert zwischen uns dreien hin und her und ergreift schließlich das Wort, ebenfalls mühsam beherrscht, nicht sofort wieder loszukichern. »Spaß, Jungs, Spaß.«

Man kann förmlich sehen, wie Sammy ein tonnenschwerer Fels vom Herzen fällt, während Elias nahezu hysterisch auflacht.

»Elsa und ich übernehmen je die Leitung eines Busses. Ich als Tierpfleger und sie als zukünftige Ärztin haben bereits einige Kastrationen hinter uns.«

Eine, um genau zu sein, aber die Jungs müssen ja nicht unbedingt wissen, dass meine Freundin ähnlich viel Erfahrung wie sie hat. *Meine Freundin?* Doch ich habe keine Zeit, darüber nachzudenken, da Elias mit wenig überzeugter Stimme meine Gedankengänge unterbricht: »Aber wir sind doch keine Tierärzte!«

Ein wenig zu ruppig antworte ich: »Die Tierklinik kann es sich nicht leisten, noch mehr Personal zu stellen, und an sich ist die Kastration eines Rüden kein besonders schwieriger Eingriff. Und falls es doch zu Komplikationen kommen sollte, ist ja auch Frau Sukkasem da.«

Elsa schlägt einen deutlich milderen Tonfall an, als ich es getan habe: »Keine Sorge.« Sie legt ihre Arme um Sammys und Elias' Schultern, wobei sich Ersterer eher versteift, während Zweiterer kurz zusammenzuckt. »Und ihr, ihr assistiert uns einfach. Glaubt mir, so eine Erfahrung sammelt ihr nicht alle Tage und wer weiß, wozu ihr es mal noch brauchen könnt.« Diesmal sind es die Zwillinge, die lauthals loslachen.

Als wir in der Auffangstation ankommen, tigert Narisara bereits im Flur auf und ab, ganz so, als hätte sie nur auf die Ankunft der Neuankömmlinge gewartet. Ihr Gesicht, das normalerweise mit jeder einzelnen Falte Gelassenheit ausstrahlt, ist heute von Aufregung gezeichnet. Sie hat ihre schmal und rundlich tätowierten Augenbrauen nach oben gezogen, die ihrem eh schon aufgeregten Gesichtsausdruck etwas Erstauntes verleihen.

Anstatt Elias und Sammy vorzustellen, stürmt Vince auf seine Oma zu und legt ihr die Hand an die Wange. Er sagt etwas auf Thai, was dem Klang seiner Stimme nach zu urteilen, wahrscheinlich so viel bedeutet wie *»Alles in Ordnung?«*

Plötzlich bricht ein Strahlen aus Oma Narisaras Gesicht hervor, was ihn jedoch nur noch mehr zu irritieren scheint. Er nimmt die eigentlich noch sehr fitte Dame bei der Hand und zieht sie ins Wohnzimmer auf die Couch. Ich werfe den beiden Jungs einen unwissenden Blick zu, zucke mit den Schultern und bedeute ihnen, mir zu folgen.

Samson und Summi, denen es draußen wohl zu warm geworden ist, springen wie auf Kommando neben Narisara aufs Sofa und sie krault abwesend über das wuschelige Fell unserer beiden größten Fellnasen. »Jetzt erzähl schon, Oma, was ist los?«

Wir anderen recken gespannt unsere Köpfe, auch wenn wir nicht wirklich etwas verstehen von der Mischung aus Englisch und Thai, die Vince samt Oma von sich geben. Es sind nur einzelne Worte wie *junge Frauen, Hund* und *kaufen* zu verstehen.

Unruhig tripple ich auf der Stelle hin und her. Ich will endlich wissen, was passiert ist. Vince' Gesichtsausdruck erhellt sich langsam und ich kann es kaum erwarten, zu erfahren, was sich wohl zugetragen hat. Statt eine Antwort zu bekommen, fällt Vince mir um den Hals und zieht anschließend Sammy und sogar Elias in eine Gruppenumarmung. Es muss also wirklich etwas Wunderbares geschehen sein.

Bestimmt, obwohl ich die Nähe seines warmen Körpers genieße, schiebe ich Vince von uns. »So, Monsieur, jetzt erzählst du uns aber erstmal, was los ist!« Ich schaue ihn tadelnd an, doch er grinst einfach nur, wobei er die kleine Zahnlücke zwischen seinen Vorderzähnen entblößt, welche sein eh schon hübsches Gesicht noch liebenswerter macht.

»Ihr glaubt nicht, was passiert ist!«

»Offensichtlich«, grient Sammy, »sonst würden wohl nicht mehr diese überdimensionalen Fragezeichen über unseren Köpfen schweben!«

Aufgeregt beginnt Vince zu sprechen, und ich muss aufpassen, dass ich ihn nicht wie ein liebeskranker Teenager anstarre.

»Gerade waren zwei Mädels hier, die durch Insta auf uns aufmerksam geworden sind und während ihrer Rundreise durch Thailand einen Stopp in Kanchanaburi eingelegt haben!«

»Oookaaay«, entgegne ich gedehnt. »Ja, aber das ist noch nicht alles. Die beiden wünschen sich seit Ewigkeiten einen Hund und haben sich schon auf den Fotos im Feed in Samson verliebt, da wollten sie mal vorbeischauen.«

Ich habe bereits eine Vorahnung, wage jedoch nicht, sie auszusprechen, aus Angst, doch falsch zu liegen.

»Sie wollen Samson adoptieren! Und in Summi haben sie sich auch sofort verliebt, als sie festgestellt haben, dass die beiden unzertrennlich sind!«

Vince hüpft aufgeregt auf und ab und ich muss lächeln, weil ich ihn noch nie so aufgedreht und beinahe irgendwie niedlich, wie jetzt, erlebt habe. Im Normalfall gehört er eher zu der Sorte Menschen, die so cool sind, dass man sich einen Eiswürfelspender sparen könnte.

Bei Sammy scheinen die guten Nachrichten hingegen noch nicht angekommen zu sein, denn er blickt skeptisch zwischen Vince, Narisara und mir hin und her. Elias hat sich inzwischen vollkommen ausgeklinkt und kuschelt stattdessen mit den beiden Hunden, die soeben ein neues Zuhause gefunden zu haben scheinen.

»Und wo ist der Haken?« Eigentlich spricht Sammy nur das aus, was ich denke, trotzdem würde ich ihn gerade gerne vor die Tür schicken, weil er diesen fröhlichen Moment zerstört. Vince seufzt und guckt sich nach Worten suchend in dem spärlich eingerichteten Raum um.

»Also ... » Oha, wenn ein Satz schon mit *also* beginnt ... »So einen richtigen Haken gibt es eigentlich nicht, es gibt nur ein paar Bedingungen zu erfüllen, damit Samson und Summi ausreisen dürfen.«

»Mensch, Vince«, interveniere ich ungeduldig, »lass dir doch nicht alles aus der Nase ziehen!«

Er wackelt vielsagend mit seinen Augenbrauen. »Also, die beiden brauchen verschiedene Impfungen und einen negativen Tollwutantigentest, der jedoch in Deutschland gemacht werden muss. Anschließend müssen sie noch drei Monate hierbleiben, bevor sie ausreisen dürfen. Am Flughafen werden sie noch dem Amtstierarzt vorgestellt, das ist jedoch nur Formsache.«

»Und wo ist jetzt das Problem?« Elias hat sich wieder in das Gespräch eingeklinkt, blickt jedoch verständnislos zu Vince. »Das Prozedere ist einfach neu für uns und schon mit einigem Papierkram verbunden. Ganz günstig ist es natürlich auch nicht und es besteht die Frage, ob zwei Studentinnen diese Kosten tragen können und wollen.«

Elias klatscht in die Hände und ich würde ihn am liebsten für seinen Pragmatismus abknutschen. Also nur wörtlich. »Na dann, finden wir es doch einfach raus! Aber erst lernen wir jetzt mal alle kennen.«

Er streckt Narisara seine Hand hin und schenkt ihr sein charmantestes Lächeln, woraufhin ihre gebräunte Haut sanft errötet. Dem feschen Elias können wohl die wenigsten Frauen standhalten, denke ich, als mein Blick einzig und allein an Vince hängen bleibt und ein Kribbeln durch meine Magengegend wandert.

24. Schnipp-Schnapp

Der nächste Tag beginnt früher, als mir lieb ist. Zu lange haben wir noch bei Pad-Thai – das geht einfach immer – und Whiskey-Cola auf der Terrasse gesessen und über einer Kostenaufstellung für Samsons und Summis Adoption gebrütet.

Zum Glück hatten wir bereits die meisten Antworten der zuständigen Ämter und Einrichtungen am selben Nachmittag einholen können, sodass wir eine Art Kostenvoranschlag für Anna und Louisa erstellen konnten, den die beiden im besten Falle bei einem gemütlichen Abendessen absegnen werden.

Ich krabble aus meinem Bett und schleiche hinüber zu Vince, um ihm einen zärtlichen Kuss auf die Schläfe zu hauchen, bekomme als Reaktion jedoch nur ein schmatzendes Grummeln. Im Gegensatz zu mir ist Vince definitiv kein früher Vogel und seitdem, seitdem wir – was sind wir eigentlich – nun ja, seitdem wir mehr füreinander sind, als nur Mitbewohner und Kollegen, versucht er mich auch nicht mehr vom Gegenteil zu überzeugen, sondern bleibt einfach liegen, während ich schon ins Bad gehe.

Und auch wenn ich nicht damit gerechnet hätte, dass gerade ich so etwas einmal von mir geben würde, mit der Zeit stumpft man doch gewaltig ab, während man auf der Toilette sitzt und nur eine dünne Wand entfernt der Crush liegt.

Ich putze mir die Zähne, bevor ich aus meinem hauchzarten Nachthemdchen schlüpfe und unter das warme Prasseln – ja, ich gebe es zu, es ist immer noch ein deprimierendes Tröpfeln – steige. Egal wie heiß es ist, ich kann einfach nicht kalt duschen. Denn auch wenn ich mich die letzte Woche ganz schön verändert habe, manche Angewohnheiten wird man doch nicht so schnell los.

Ich schäume meinen Körper ein, der beinahe zartgebräunt ist, meine Brüste, die etwas voller als sonst sind und meinen Po, der etwas knackiger wirkt. Zu Hause wäre ich wahrscheinlich angesichts dieser Erkenntnis längst in Panik ausgebrochen, doch hier unter dem warmen Wasser stelle ich das erste Mal seit langer Zeit fest, dass ich gut aussehe.

Vielleicht liegt es auch daran, dass Vince plötzlich im Bad steht und mich unverhohlen mit hungrigem Blick mustert, als er sich selbst seine Boxershorts abstreift. Seine Stimme ist rau vom Schlaf und trotzdem voller Verlangen. »Darf ich zu dir kommen?«

Es ist das erste Mal, seitdem ich hier bin, dass ich wirklich spät dran bin – dass wir spät dran sind. Als wir lachend die Treppe hinunterlaufen, stehen Sammy und Elias bereits unten und warten ungeduldig auf uns.

Während Sammy nur wissend grinst und mir zuzwinkert, ist Elias' Blick eher abfällig, als er meine Hand auf Elsas Hüfte bemerkt. Wobei das ist eigentlich nicht so ganz der richtige Ausdruck. Vielleicht bilde ich mir das Ganze auch nur ein oder vielleicht will ich es mir auch einbilden, weil ich einfach nicht der größte Fan des zukünftigen Gymnasial-Lehrers bin, was er so gerne betont.

Während wir schnellen Schrittes Richtung Flussufer marschieren, wo man die Kastrationsbusse für uns aufgestellt hat, da zum einen genügend Platz dort ist und die Klinik im Notfall nicht allzu weit entfernt liegt, überlegen wir uns die heutige Einteilung.

»Ich würde dann mit Elsa zusammenarbeiten.« War ja klar, dass Elias sich direkt auf sie stürzt. Elsa lächelt ihn freundschaftlich an und eigentlich bin ich ganz froh, dass ich heute die Gesellschaft von Sammy haben werde. Trotzdem habe ich ein komisches Gefühl dabei, dass meine Freundin und er den ganzen Tag auf kleinstem Raum zusammenarbeiten werden. *Das nennt man Eifersucht,* wispert die nervtötende kleine Stimme in mir, der ich jedoch beschließe, keine weitere Beachtung zu schenken.

Stattdessen mime ich ganz den Profi und gehe nochmal mit den anderen, die weniger erfahren sind, als ich es bin, den Ablauf durch. Zunächst werden Sammy und ich auf »die Jagd gehen« und Elsa wird mit Elias im Kastrationsbus arbeiten. Nach der Mittagspause tauschen wir dann.

Wir haben genügend Leckerlis und Futter parat, um die Tiere anzulocken. Die medizinischen Notwendigkeiten sowie Arbeitskleidung stellt die Tierklinik. Es werden nur männliche Tiere kastriert, da die Kastration bei weiblichen Tieren einen größeren Eingriff darstellt, der definitiv nachversorgt werden muss.

Frau Sukkasem, die sich uns als die zuständige Tierärztin vorstellt, ist bereits mit einer Helferin und den Bussen vor Ort. Sie ist nicht viel älter als dreißig und spricht perfektes Englisch. Ich werfe Elias einen bösen Blick zu, da dieser kurz davor ist, in Lachen auszubrechen, da die junge Ärztin immer *Kastlation* sagt.

Dank meiner Herkunft ist dies für mich nichts Neues, doch ich muss zugeben, dass es in der Tat witzig erscheint, da es eins der wenig wahren Klischees ist und viele asiatische Menschen wirklich das R nicht aussprechen können.

Aber trotzdem – Frau Sukkasems Englisch ist definitiv besser als das von uns allen zusammen genommen und Elias' überhebliches Gehabe macht mich ein wenig wütend, weil es einfach wieder meine Vermutung bestätigt, dass er sich für etwas Besseres hält. Idiot.

Die kompetente Ärztin zeigt uns zunächst die Busse von innen und macht uns mit den Gerätschaften vertraut. Es ist schon seltsam. So gerne die Menschen immer mehr in ihre felligen Lieblinge investieren, seien es kostspielige Accessoires, nobles Futter oder eben auch die Behandlung in der Tierklinik, für das Leid der Straßentiere fehlt vielen jedoch das Verständnis. Anstatt einen Hund zu adoptieren, kaufen sie lieber das für sie perfekte Tier beim Züchter, obwohl diese oft mit viel mehr Problemen zu kämpfen haben als ein robuster Mischling.

Dementsprechend kräht auch kein Hahn danach – oder sollte ich eher sagen, es bellt kein Hund danach –, dass es nicht nur ausgebildete Tierärzte sind, die sich bei Kastrationsaktionen engagieren. Und ich denke, es ist allemal besser, wir helfen den Tieren auch ohne passendes Studium, als dass es keiner tut. Auch wenn wir schon viel durch Aufklärungsarbeit erreichen konnten und es auch hier immer mehr Menschen gibt, die einem Straßenhund eine Chance auf ein Zuhause geben, haben wir es noch lange nicht geschafft.

Da ich meinen Mitstreitern ihre Nervosität sichtlich ansehe, beschließen wir, dass es das Beste ist, zunächst zu viert in einem

Bus zu arbeiten, bis Elias und Elsa sich alleine sicher genug fühlen. Dank der Leckereien, die wir dabeihaben, haben wir auch bald unseren ersten Patienten an Bord.

Elsa sieht in ihrem mintgrünen Kasak und dem hellbraunen Haar, welches zu einem kompliziert wirkenden Zopf geflochten ist, einfach umwerfend aus. Und so ungern ich es zugebe, auch Elias macht mit seinem gut geformten Körper und der Out-of-Bed Frisur eine gute Figur. *Nicht eifersüchtig sein,* ermahne ich mich.

Nachdem wir schließlich auch den zweiten Patienten in die Aufwachstation im dritten Bus gebracht haben und den ersten Patienten wieder in die Freiheit entlassen haben, fühlen Elsa und Elias – ahhh, wie ich den Klang dieser beiden Namen zusammen hasse – sich sicher genug, um den nächsten Eingriff alleine vorzunehmen.

Ich fühle mich wie eine richtige Ärztin, als wir den dritten Patienten unter dem Messer haben. Und ich muss zugeben, ich habe irgendwie Spaß daran, auch wenn das vielleicht ein wenig creepy klingen mag.

Elias hat sich auch schnell in seiner Rolle eingefunden und verzieht nicht einmal ansatzweise das Gesicht beim Anblick des OP-Geschehens. Als Biologielehrer wäre es wohl auch eher schlecht, wenn er beim Sezieren eines Fisches vor seinen

Schülern und Schülerinnen in Ohnmacht fallen würde.

»Und, in welche medizinische Richtung möchtest du nach dem Studium gehen?« Er blickt mich wirklich interessiert an, während er fachmännisch den Hodensack des kleinen braunen, dackelähnlichen Hundes vor uns hält. Ich seufze. Aber sein verständnisvoller Blick zeigt mir, dass die Problematik meiner beruflichen Zukunft wohl bei ihm in den richtigen Händen ist.

»Puh. Nicht gerade meine Lieblingsfrage.« Ich lache auf, wobei mein Lachen eher gekünstelt klingt, ehe ich schließlich zu einer weiteren Erklärung ansetze. Elias schaut mich mitfühlend an. »Du musst nicht darüber sprechen, wenn du nicht magst, es hat mich einfach nur interessiert, was du später machen möchtest. Du hast mich interessiert.«

Ich quetsche den Samenstrang aus dem Hodensack und reiße mit geübten Bewegungen durch die Haut, um diesen vom restlichen Teil zu trennen. »Das ist es nicht … die Antwort ist bloß nicht so einfach.«

Ich lasse das Kügelchen in eine Schale fallen und widme mich nun dem Abbinden des Samenleiters. »Also eigentlich war es immer klar, dass ich einmal die Praxis meiner Eltern übernehme. Sie haben eine Hausarztpraxis. Aber seitdem ich hier bin … eigentlich schon vorher, bin ich mir ziemlich sicher, dass das nicht das Richtige für mich ist. Den halben Tag nur Erkältungskrankheiten oder Menschen, die einfach jemanden zum Quatschen brauchen – das heißt nicht, dass ich die Arbeit meiner Eltern oder Kollegen schmälern will, aber ich weiß einfach nicht mehr, ob ich mir das für meine Zukunft vorstellen kann.«

»Aber es ist auch beruhigend, so eine Praxis in der Hinterhand zu haben, oder nicht?« Ich verstehe Elias Bedenken und sein wahrscheinlich darin verborgenes Bedürfnis nach Sicherheit. »Und du müsstest die Praxis ja wahrscheinlich nicht sofort übernehmen. Oder du könntest ihr sogar eine andere Richtung geben, solltest du dich bei deinem Facharzt anders spezialisieren.«

Ich nicke, da hat er sicherlich recht. »Mir fällt es einfach unheimlich schwer, mich jetzt schon zu entscheiden ... und wer weiß, vielleicht will ich auch noch mal im Ausland arbeiten, wenn das Praktische Jahr geschafft ist.«

Er zieht seine Augenbrauen nach oben, sein Kiefer wirkt angespannt, weil er so konzentriert auf seine Arbeit ist. »Mit anderen Worten, du meinst, du willst nach dem Praktischen Jahr wieder zu Vince?«

Elias hat das ausgesprochen, was die ganze Zeit in mir schlummert. Auch wenn ich es selbst noch nicht ganz realisiert habe und es ein langer steiniger Weg sein wird, der vor uns liegt, sagt mein Grinsen wohl mehr als tausend Worte. Und Elias lacht mit mir. Auch wenn es mir so vorkommt, als würde er lediglich die Mundwinkel nach oben ziehen, ohne dabei wirklich zu lächeln.

Gerade als ich die letzte Naht vor der Mittagspause gesetzt habe und Elias schon dabei ist, unseren provisorischen OP aufzuräumen und zu desinfizieren, vibriert mein Handy. Es ist jedoch keine Nachricht von Vince, sondern eine E-Mail, die sich auf meinem Display ankündigt.

Mit offenem Mund starre ich auf die Nachricht. Vor einer Woche hätte ich mich wahrscheinlich über diese gefreut, doch jetzt, jetzt fühle ich gar nichts oder höchstens Unbehagen. Elias legt mir besorgt seine Hand auf den Arm. »Alles in Ordnung? Ist dir schwindelig, Elsa?«

Kurz starre ich ins Leere, bevor ich vehement mit dem Kopf schüttle. »Nein, alles gut, ich habe nur Hunger, aber wir haben ja auch gleich Pause.«

Diesmal bin ich es, die sich ein Grinsen abringt, was mehr einer seltsamen Grimasse gleicht.

Diesen Abend bin ich derjenige, der in Elsas Arm liegt. Trotz der dauerhaften Schwüle kuscheln wir uns in meinem Bett eng aneinander. Die Vorstellung, dass ich bald wieder alleine einschlafen und alleine aufwachen werde, tut weh.

Verdammt weh.

Und auch wenn wir uns seit nicht einmal vierzehn Tagen kennen, so habe ich das Gefühl, als wäre es schon viel länger her, dass sie mit ihren schicken Klamotten und ihrem noblen Designershopper aus dem Minivan gestiegen ist.

Kummer frisst sich in mein Herz und ich habe das Gefühl, wenn ich nicht sofort ausspreche, was mir auf der Seele liegt, werde ich es nie tun. Ich drehe mich ein Stück, sodass ich direkt in ihre honigbraunen Augen blicken kann, die mir warm entgegen leuchten, sodass ich fast den Grund für meinen Schmerz vergesse.

Der Grund, der auf der einen Seite so wunderschön ist, dass ich am liebsten Luftsprünge machen würde und der ganzen Welt berichten würde, wie glücklich ich bin, aber am liebsten gleichzeitig laut losschreien würde, weil er mich auch so unglücklich macht. Ich suche nach den richtigen Worten, überlege, wie ich ihr mitteilen kann, was mich beschäftigt. Doch sie kommt mir zuvor.

»Vince?« Ihre Stimme zittert leicht und sie beißt sich nervös auf die Lippe.

»Ja, Elsa?« Wachsam schaue ich sie an und Wärme durchflutet mich, als ich in ihre großen Kulleraugen blicke.

»Ich … ich muss dir etwas sagen.«

Ermutigend schaue ich sie an, nur noch ein kleines unsicheres Blitzen in ihren Augen erinnert mich daran, was für eine ängstliche unsichere Person sie am Anfang war und wie stark, selbstbewusst und initiativ sie nun ist.

»Ich habe vorhin einen Anruf bekommen, von Voluntary United. Anscheinend gab es ein riesiges Missverständnis und ich habe doch noch die Möglichkeit, die letzten zwei Wochen meines Aufenthalts wie geplant im Krankenhaus zu verbringen.«

Jetzt ist es raus. Vince' entsetzter Blick, den er nicht zu verbergen vermag, spiegelt das wider, was in meinem Inneren vor sich geht. »Du solltest die Möglichkeit annehmen, deswegen bist du hergekommen.«

Auch wenn er versucht, tapfer zu sein, gelingt es ihm nicht wirklich. Ich krabbele näher an ihn heran und flüstere. »Ja, vielleicht sollte ich das, aber ich will es nicht. Du bist das Erste, was ich will. Mit dir zusammen zu sein ist das Erste, was ICH wirklich will. Ich habe mich bei keinem Jungen, bei keinem Mann bisher, nein, überhaupt bei niemandem so wohl gefühlt, wie ich mich bei dir fühle. Und ich habe noch für keinen Menschen so empfunden, wie ich für dich empfinde.«

Vince streicht sachte mit seinen Fingerspitzen über meine Wange, seine Hände sind ungewohnt kalt und ich drehe mich, um sie mit meinem Atem zu wärmen. Im Schein der Nachttischlampe schimmern seine Augen heute beinahe hellgrau, wie dunkle Wolken, die sich unermüdlich am Himmel auftürmen und langsam verdunkeln.

»Ich weiß, wir haben nur noch zwei Wochen und danach fliege ich wieder zurück nach Deutschland, ich habe Examensprüfungen und dann starte ich ins Praktische Jahr. Aber wenn wir es beide wollen, dann gibt es eine Möglichkeit für uns. Ich weiß zwar noch nicht welche, aber irgendwie schaffen wir das. Ich will nicht, dass unsere Geschichte in zwei Wochen schon endet. Und wenn wir uns nur alle paar Monate besuchen und schauen, was aus uns wird.«

Ich will ihm sagen, dass wir das schaffen, sagen, dass ich an uns glaube, doch er verschließt meinen Mund mit einem Kuss. Ich schmecke das Salz meiner Tränen, die Verzweiflung, dass eine Lösung in immer weitere Ferne zu rücken scheint.

»Elsa, ich denke, du solltest das tun, was du für richtig hältst, weil du es sonst hinterher bereuen wirst. Aber egal, ob du bleibst oder gehst«, er holt tief Luft, »genieß die Zeit mit mir, die wir noch haben. Egal ob es nun eine halbe Woche oder zweieinhalb Wochen sind. Aber verschwende nicht die Zeit, die wir haben, indem du jetzt schon an unseren Abschied denkst.«

Nein. Und ich werde definitiv unseren Abschied noch um zwei Wochen hinauszögern, indem ich morgen der Freiwilligenorganisation schreibe, dass meine Hilfe hier dringender gebraucht wird. In einem Krankenhaus arbeiten werde ich noch ein ganzes Jahr. Was sind dagegen schon zwei Wochen mit dem Mann, in den ich mich verliebt habe? Die Realität wird mich noch früh genug wieder einholen. Ich spüre die Sehnsucht in Vince' gehauchten Küssen auf meiner erhitzten Haut, doch er bleibt mir eine Antwort schuldig.

25. Serienpraxis

Ich fühle mich seltsam leicht, als wir zum zweiten Kastrations-Tag aufbrechen. Zwar habe ich nicht vergessen, dass unsere gemeinsame Zeit begrenzt ist, aber ich habe es verdrängt. Vielleicht sollte ich mit mehr Zuversicht in die Zukunft blicken, wie Elsa es tut, und daran glauben, dass sich ein Weg finden wird, wenn es so sein soll. Ich hätte nicht gedacht, dass der Tag kommt, aber ich kann mir wohl von ihrer Positivität eine Scheibe abschneiden.

Elsa haucht mir sogar vor den Zwillingen einen Kuss auf die Lippen, sodass ich selbst noch dümmlich grinse, als wir den ersten Patienten, einen relativ großen und schweren labradorähnlichen Rüden, auf dem Tisch haben.

Zum Glück verkneift sich Sammy jeglichen Kommentar über meine offensichtliche Verliebtheit, da es mir fast unangenehm ist, dass ich innerhalb weniger Tage von einem toughen Kerl zu einem liebeskranken Trottel mutiert bin, der auf Zuckerwatte schwebt.

Stattdessen unterhalten wir uns über die Helden unserer Kindheit, die den Weg in die Hundeauffangstation gefunden haben. Sammy verrät mir, dass er in seiner Freizeit leidenschaftlich gerne Pokémon auf der Switch zockt, wofür sein Bruder, der die Nase lieber in Büchern vergräbt, nur wenig Verständnis hat. Sofort denke ich an Elsa, die einen Tierkrimi nach dem anderen verschlingt, während ich es bis jetzt noch nicht geschafft habe, auch nur einen einzigen davon zu beginnen.

Mir wird ein bisschen flau im Magen, doch ich schaffe es nicht, mir weitere Gedanken über unsere ungleichen Hobbys zu machen, weil es plötzlich laut vor unserer Tür poltert. Alarmiert nähe ich schnell die letzten Stiche, als auch schon die Tür auffliegt.

Elsa trägt nur noch einen fliederfarbenen Sport-BH, wobei mir das wohl gerade nicht die meisten Sorgen bereiten sollte. Sie schiebt einen taumelnden Elias nach drinnen, dessen Gesicht die gleiche weiße Farbe wie die Wände angenommen hat. Elsas Shirt, welches um seinen Arm gewickelt ist, ist bereits blutdurchtränkt. Ich habe ja wirklich kein Problem mit Blut, aber in diesem Moment wird selbst mir anders zumute und ich habe das Gefühl, mich gleich übergeben zu müssen.

Während Sammy den viel zu großen, schweren Hund vom Tisch wuchtet, drückt Elsa Elias auf einen der Stühle. Im Gegensatz zu meinem, funktioniert ihr Gehirn wohl noch völlig klar und sie redet beschwichtigend auf Elias ein, während sie versucht die Blutung zu stoppen, bei der es sich eindeutig um eine Bisswunde handelt. Diese wirkt zwar auf den ersten Blick nicht groß, scheint aber der Masse des Bluts nach zu urteilen, recht tief zu sein.

Schweiß läuft über Elias' Stirn und er sieht aus, als wäre er einer Ohnmacht nahe. Selbst ich habe gerade Mitleid mit ihm, doch während Sammy und ich irgendwie nur völlig überfordert dastehen und panisch glotzen, ist in Elsa das Leben erwacht.

»Sammy, ist dein Bruder gegen Tollwut und Tetanus geimpft? Vince, wir müssen die Wunde spülen. Außerdem brauchen wir Verband und sterile Tücher!«

Sammy nickt nur, während ich versuche, mich aus meiner Starre zu lösen. »Vince, schneller.« Ich kneife einmal fest die Augen zusammen, bevor ich lossprinte, beziehungsweise, bevor ich zum Schrank mir gegenüber springe. Während ich alle benötigten Dinge heraussuche, schlüpft Elsa in einen Kasak und desinfiziert ihre

Hände und Arme.

Fachmännisch reinigt sie die Wunde und verbindet diese. Sammy rennt los, um Frau Sukkasem zu holen.

Nachdem wir Elias mehrere Ibus samt Wasser und Schokoriegel eingeflößt haben, kommt langsam wieder Farbe in sein Gesicht. Sammy, der mit der Ärztin im Schlepptau zurückgekehrt ist, fällt seinem Bruder erleichtert um den Hals und Elsa beginnt zu lachen, während ihr ganzer Körper zitternd bebt. Ich glaube, wir sind alle durch für heute.

Frau Sukkasem tätschelt ihren Arm, bevor sie sich am Medizinschrank zu schaffen macht und kurz darauf triumphierend ein kleines Päckchen hervorholt. »Auch wenn Elias gegen Tetanus geimpft ist, muss seine Immunisierung nichtsdestotrotz aufgefrischt werden. Willst du das übernehmen, Elsa?«

Zögerlich nickt sie und bittet Elias, seinen Oberarm frei zu machen. Er verzieht keine Miene, wobei ich hoffe, dass es an ihren Fertigkeiten liegt, und nicht daran, dass ihn heute nichts mehr schocken kann. Anschließend drückt die Ärztin Elsa höchstpersönlich den Schlüssel für ihr Auto in die Hand, welches nur unweit von hier bei der Tierklinik geparkt ist. »So, und jetzt fahrt ihr ins Krankenhaus. Denn auch, wenn ich beeindruckt von Elsas Arbeit bin, denke ich, ist es nötig, dass noch einmal jemand auf die Wunde schaut und ihm vielleicht noch vorsorglich ein Antibiotikum mitgibt.«

Wir haben Glück. Die Notaufnahme ist nicht besonders voll und an der Anmeldung werden wir herzlich empfangen. So herzlich, wie es eben in einem kleinen staatlichen Krankenhaus möglich ist.

Der junge Arzt, der uns schließlich zur Untersuchung abholt, schaut zwar etwas verwundert, als wir alle hinter Elias hertrotten, sagt aber nichts. Während Sammy nicht von Elias' Seite weicht und ihm immer wieder brüderlich auf die Schulter klopft, schaut Elsa sich fasziniert in der kleinen Behandlungskabine um, die wahrscheinlich ganz anders als in deutschen Krankenhäusern aussieht.

Ich erkläre, was sich zugetragen hat und dass Elias' Tetanus-Impfung bereits aufgefrischt wurde, wobei selbst meine Thai-Kenntnisse hier an ihre Grenzen stoßen. Der freundliche Arzt hört geduldig zu und sein Gesicht erhellt sich. Fachmännisch untersucht er die Wunde und schneidet vorsichtig ein wenig Haut zurück, doch nach einiger Zeit beginnt er vehement den Kopf zu schütteln. Elsa, die eben noch selbstsicher den Raum inspiziert hat, sinkt nun auf ihren Stuhl zusammen, als Dr. Saeli sein Wort an mich richtet.

Im Normalfall würde ich jetzt einen dummen Witz machen und behaupten, dass Elias' Hand amputiert werden muss, doch das käme heute, denke ich, nicht so gut an. Deswegen sage ich einfach nur schlicht: »Dr. Saeli hat gerade deinen Einsatz gelobt. Er fragt, wo du so viel praktische Erfahrungen gesammelt hast.«

Ein Grinsen stiehlt sich auf Elsas Lippen. »Bei Grey's Anatomy.« Das hat sogar der junge Doktor verstanden und gemeinsam brechen wir in Gelächter aus, während der sympathische Arzt überschwänglich Elsas Hand schüttelt.

Nur Elias und Sammy scheinen sich diesmal einig, als Elias stöhnt »Weiber und ihr Doktor McDreamy« und Sammy sich daraufhin glucksend die Hand vor den Mund hält. Na, dem scheint es ja wieder ganz gut zu gehen, doch ich bin ehrlich erleichtert.

Diesen Abend liegen wir alle früh im Bett, obwohl wir nur halb so lange gearbeitet haben wie gestern. Doch der Schreck sitzt noch tiefer in unseren Knochen als erwartet. Elias soll morgen zu

Hause bleiben und sich erholen. Dr. Sukkasem hat extra eine weitere Tierärztin rekrutiert, die unsere Station unterstützen möchte, sodass Elsa assistieren wird, während ich mit Sammy unsere Probanden prüfe.

Elsa liegt mit geschlossenen Augen neben mir, doch als ich zart über ihren inzwischen sanft gebräunten Körper streichele, höre ich an ihren unregelmäßigen Atemzügen, dass sie noch wach ist. Vorsichtig küsse ich ihre glänzenden Lippen und sie öffnet hungrig ihren Mund für mich. Unsere Zungen spielen miteinander, während meine Hände zärtlich über die sanften Rundungen ihres Körpers streichen.

Ich streiche über ihren dünnen Satin-Pyjama, schiebe quälend langsam ihre Shorts hinunter und befreie ihre Brüste Knopf für Knopf von ihrem Shirt. Ich lasse meine Hände durch ihre Spalte gleiten, die nur noch von einem seidigen Spitzenhöschen bedeckt wird. Ihr gelöster Anblick lässt meine Boxershorts eng werden und ich wünsche mir in diesem Moment nichts sehnlicher, als sie glücklich zu machen. Sie stöhnt leise und ich setze meine süße folternde Tortur fort. Reibe über den Stoff an ihrer Vulva, der langsam dunkel von ihrer Feuchte wird, bevor ich sie mit einem Ruck auf mich ziehe, was ihr ein überraschtes Keuchen entlockt.

In dieser Nacht haben wir nicht nur Sex, wir schlafen das erste Mal miteinander. Richtig. In dem Wissen, dass wir dasselbe füreinander empfinden.

26. Klebreisherz

Geschafft wische ich mir mit meinem Unterarm den Schweiß von der Stirn. Seit heute Morgen stehe ich mit Dr. Sherry Wheeler, mit der ich sofort auf einer Wellenlänge war, im OP, und assistiere ihr dabei, einem Rüden nach der anderen die Männlichkeit zu nehmen.

Die aus Nevada stammende Ärztin, die kaum älter ist als ich, hat bereits praktische Erfahrung in einer Wildtierstation in Ruanda gesammelt, bevor sie in einer renommierten Klinik in Sydney gearbeitet hat. Ihr Herz hat sie jedoch an die thailändische Natur und Lebensweise verschenkt, weswegen sie jetzt nach einem kleinen Zwischenstopp auf der Insel Koh-Samui in Kanchanaburis privater Tierklinik arbeitet.

Sie erledigt ihren Job so voller Inbrunst, Sicherheit und Kompetenz, dass ich am liebsten ausrufen würde, *wenn ich mal groß bin, will ich so werden wie du.* Dies hat aber nicht nur mit ihren nicht zu übersehenden Fertigkeiten zu tun, sondern auch mit ihrem Lebensstil, der mich doch ziemlich fasziniert. Sherry grinst mich an. Ihr Englisch ist breit, ihre Stimme herzlich. »Ich finde, wir sind ein super Team. Es hat echt Spaß gemacht, mit dir zu arbeiten.«

Ihr Lob geht mir runter wie Öl und ich muss schlucken, weil ich mich gebraucht fühle – als Teil von etwas Wichtigem. »Schade, dass du Humanmedizinerin wirst. Wir könnten solch zupackende Ärztinnen wie dich gut gebrauchen!«

Doch auch wenn mich ihr Kompliment wirklich rührt, so weiß ich doch, seit gestern erst recht, dass die Humanmedizin das Richtige für mich ist. Die letzten Tage haben mir jedoch auch gezeigt, dass ich vielleicht in einem Krankenhaus besser aufgehoben wäre als in einer Hausarztpraxis. Es muss ja nicht direkt die Chirurgie sein, aber wenn ich an meinen gestrigen Einsatz zurückdenke, hätte es schon was in der Notaufnahme zu arbeiten.

Da fällt mir ein, ich habe bei dem ganzen Chaos und der Aufregung völlig vergessen, Vince Bescheid zu geben, dass ich auch die letzten zwei Wochen meines Aufenthalts in der Hundestation verbringen werde. Na ja, morgen ist auch noch ein Tag. Und die Arbeit im Krankenhaus lerne ich schließlich noch früh genug kennen.

Den letzten Arbeitstag der Woche lassen wir im *Loft* ausklingen. Wir machen es uns auf der weitläufigen Terrasse in einer Lounge gemütlich, von der man den perfekten Blick auf die rötliche Sonne hat, die schon tief über dem River Kwai steht.

Während die Zwillinge je in einem der gemütlich gepolsterten Holzsessel Platz nehmen, zieht Vince mich lächelnd neben sich auf das stylische Sofa. Zur Feier des Tages gibt es für mich und Sammy einen Mango Mojito, Vince und Elias – die Banausen – sind sich ausnahmsweise mal einig und ordern je ein Chang.

Nach langem Hin und Her entschließen wir uns, mehrere Gerichte zu bestellen und diese zu teilen. Vince und auch mir zuliebe entscheiden wir uns ausschließlich für vegetarische Gerichte.

»Vielleicht sollten wir in Zukunft auch mal unseren Fleischkonsum überdenken.« Sammy schaut seinen Bruder zwar überrascht an, aber nickt. Neben Pad Thai und Frühlingsrollen entscheiden wir uns für verschiedene Gemüsecurrys, breite Reisnudeln in würzig-süßer Hoisinsoße und eine große Portion Sticky Rice mit Mango, die wir einfach direkt zu den Hauptgerichten dazu ordern.

Vince legt seine Hand auf meinen Oberschenkel und drückt ihn leicht. Seine Berührung sagt, *ich bin bei dir,* sein Blick sagt, *du brauchst keine Angst zu haben.* Mein Herz sagt, *ich schaffe das.* Ich bin mir sicher, dass ich es schaffe. Je weiter Marburg, die Uni und meine Eltern in die Ferne rücken, desto mehr finde ich zu mir und zu meinem seelischen Gleichgewicht zurück.

Genüsslich nehme ich einen Schluck meines Mojitos, schaue auf den glitzernden Fluss, den Wald dahinter und bin unglaublich dankbar dafür, dass ich mich entschlossen habe, diese Erfahrung zu machen.

Während Sammy die Rechnung begleicht und Vince noch mal auf die Toilette verschwindet, trete ich mit Elias vor die Tür. Der Himmel ist in ein sanftes Rosarot der untergehenden Sonne getaucht. Es sieht atemberaubend aus.

Ich deute mit meinem Zeigefinger gen Himmel. »Wow, Elias, sieht das nicht wunderschön aus?« Elias nickt nur stumm, freundschaftlich legt er seinen Arm um mich und wir schauen zusammen in den immer tiefroter werdenden Nachthimmel.

Dieser Anblick, dieser Moment, ich werde ihn wohl nie vergessen. Die warme Nachtluft streichelt meine Arme und Elias drückt meine Schulter. Ich lehne meinen Kopf dagegen und seufze. Ich kann nicht genug von dem unglaublichen Bild bekommen, das sich mir bietet. Ich will nicht genug davon bekommen.

Doch da ist noch etwas anderes. Vorsichtig wendet Elias sich mir zu. Die eben noch zarte Brise auf meinem Gesicht sind plötzlich Elias' Fingerspitzen. Sein Kopf kommt dem meinen immer näher, der Mojito, den ich getrunken habe, vernebelt meinen Verstand, aber irgendetwas stimmt hier so ganz und gar nicht.

Elias Lippen sind nur wenige Zentimeter von meinem Gesicht entfernt, doch mein Kopf ist irgendwie nicht in der Lage, das Bild meinen Gedanken zuzuordnen. Elias ist doch nur ein Freund, aber warum kommt sein Mund dann immer näher? Die Alarmglocken in meinem Kopf beginnen laut und schrill zu klingeln. Er will mich küssen!

Ich will das doch gar nicht, die einzige Person, die ich küssen will, ist Vince! Als mein Verstand endlich begriffen hat, was hier gerade geschieht, drehe ich meinen Kopf zur Seite und Elias' kalte, trockene Lippen streifen meinen Mundwinkel nur Millimeter entfernt von ihrem eigentlichen Ziel. Völlig geschockt darüber, dass er wohl mehr in mir sieht als eine nette Kollegin, will ich ihn von mir stoßen, doch da ist es schon zu spät. Der Himmel hat sich auf einmal blutrot gefärbt und ich höre eine mir nur allzu vertraute Stimme. »Elsa?«

Ich schaue mitten in Vince' Gesicht, in dem sich wahrscheinlich das gleiche Entsetzen widerspiegelt, das ich in meinem Inneren empfinde. Doch nur einen kurzen Moment. Dann wird sein Gesicht hart. Die vollen Lippen presst er zu einer dünnen Linie zusammen. Seine braunen Augen erscheinen schwarz und leer.

Und ich? Ich gebe den Satz von mir, der seit Menschengedenken noch nie das bewirkt hat, was er soll. Dieser eine Satz, der es meist eher schlimmer macht als besser. Ich könnte mich dafür ohrfeigen, genauso wie ich mich dafür ohrfeigen könnte, dass ich Elias, der nur unschuldig dreinblickt, nicht sofort von mir gestoßen habe. »Vince, nun warte doch, es … es ist nicht so, wie es aussieht!«

Autsch. Sein Mund verzieht sich zu einem müden Lächeln, doch seine Stimme ist fest. Ich kann die Mauer, die er um sich herum aufbaut, beinahe sehen. Stein für Stein fügt er dem massiven Konstrukt hinzu und lässt mich außen vor. »Ach ja? Was ist es denn? Hat dir ein Abenteuer nicht gereicht? Wolltest du noch mal so richtig auf die Kacke hauen, bevor du wieder ein Leben lebst, was nicht deins ist?«

»Vince!« Meine Stimme zittert, doch er hört mir eh nicht zu. Ich kann die Wand, die er Stück für Stück hochzieht, nicht durchdringen. Unerbittlich spricht er weiter. Seine Stimme wird lauter, höher als sonst. Ich schaue nach rechts, um Elias zu bitten, die Sache klarzustellen. Doch von ihm fehlt jede Spur.

»Ich … ich dachte, ich wäre mehr für dich als nur ein kleiner Sommerflirt, aber das war wohl nur mein Wunschtraum. Hätte mir gleich klar sein müssen, dass ich für mehr nicht gut bin. Für dich nicht gut genug bin.«

Damit dreht er sich um und geht. »Vince!« Meine Stimme ist schrill, beinahe panisch. *Bitte, bitte dreh dich noch einmal um.* Aber das tut er nicht. Er läuft in die Dunkelheit und lässt mich zurück. Mit einem Herz, das sich pappig und fad anfühlt – wie Klebreis. Doch es fehlt die salzig würzige Kokosmilch, die mein Herz zusammenhält. Es fühlt sich an wie ein geschmackloser Klumpen, der in meiner Brust klebt.

27. Selbstbekenntnisse

Wie ein begossener Pudel stehe ich alleine in der Dunkelheit, unfähig, mich zu bewegen oder einen klaren Gedanken zu fassen, als Sammy nichtsahnend nach draußen tritt. Verwirrt scannt er die Umgebung. »Elsa, alles in Ordnung, ist irgendwas passiert? Wo sind die anderen?«

Ich zucke zusammen und der arme Sammy bekommt meine ganze Frustration zu spüren, die sich ihren Weg an die Oberfläche bahnt. »Wo die anderen sind? Ich weiß es nicht! Aber falls du deinen bescheuerten Bruder findest, kannst du ihm ausrichten, dass er alles kaputt gemacht hat!«

Die letzten Worte schreie ich beinahe heraus, obwohl ich eigentlich weiß, dass sie nicht stimmen. Denn Elias ist nicht derjenige, der alles zerstört hat – es war Vince, der dem wackeligen Konstrukt den letzten Stoß gegeben hat.

Verdattert schaut Sammy mich an, doch ich will nicht mehr reden. Ich drehe mich einfach um und gehe davon. Meine Schritte werden immer schneller, ich beginne zu rennen, bis ich schließlich vor unserem Haus stehe. Unser Haus. Doch ich bin hier nicht mehr zu Hause.

Meine Lunge brennt, mein Brustkorb schmerzt, doch ich bleibe nicht stehen, als ich nach oben renne und unsere Zimmertür aufreiße. Sie ist nicht abgeschlossen, doch unser Zimmer liegt dunkel vor mir. Kein Vince, der auf mich wartet, sich für seine Worte entschuldigt. Sich meine Sicht der Dinge anhört. Uns eine Chance gibt.

Glaubt er wirklich, er war nur eine kleine, schmutzige Affäre, ist nur ein Schlenker auf meinem vorgezeichneten Weg, bevor ich zurück in die Heimat fahre und dort weitermache, wo ich aufgehört habe? Ist er wirklich so blind und denkt, dass ich bereits mit uns abgeschlossen habe? Plötzlich wird mir bewusst, dass er mich wohl immer noch für die Elsa hält, die ich am Tag meiner Ankunft war, und nicht die, die ich jetzt bin. Und die neue Elsa ist wütend. So wütend, weil sie doch tatsächlich überlegt hat, wegen einem Kerl wie ihm ihren eigenen Traum hintanzustellen.

Ich tigere im Zimmer auf und ab, von draußen höre ich ein entferntes Fauchen, ein Bellen. Dann wird es still. Nur meine Gedanken, die sich immer wieder im Kreis drehen, sind unfassbar laut. Ich werfe mich aufs Bett, vergrabe meinen Kopf unter dem Kissen, schreie in die Matratze, doch die Stimme in meinem Kopf schweigt nicht. Und kein Vince ist da, der sie zum Schweigen bringt.

Ich rolle mich von links nach rechts und von rechts nach links, lausche in die Nacht, doch das verhoffte Geräusch der sich öffnenden Tür bleibt aus.

Irgendwann ist die Stille so laut, dass sie mich in den Abgrund zieht. Wirre Träume rasen an mir vorbei, doch ich bekomme keinen von ihnen zu fassen.

Vince

Ganjas dunkle Augen ruhen auf mir, doch er sagt nichts. Er lässt mich sprechen, lässt mich all das von der Seele reden, was sich dort angestaut hat, verschlossen unter einem sicheren Deckel, der sich nun geöffnet hat.

»Sie hat ihn einfach geküsst! Ausgerechnet ihn! Den perfekten, erfolgreichen Studenten. Ist ja klar, dass ich da als simpler Tierpfleger nicht mithalten kann.«

Mein Freund zieht seine Augenbrauen nach oben, geht zu dem verblichenen Vitrinenschrank, holt zwei Gläser hervor und gießt uns anschließend einen ordentlichen Schluck Mekhong ein.

Ich setze das Glas an, spüle mit der brennenden Flüssigkeit die Enttäuschung hinunter, doch der Schmerz bleibt, genau wie Ganjas wissender Blick, mit dem er mich mustert.

»Obwohl ihr Leben in Deutschland ist, habe ich doch tatsächlich geglaubt, dass da mehr zwischen uns ist, dass es einen Weg für uns gibt, dass sich alles irgendwie findet! Langsam glaube ich aber, dass ich nur ein Abenteuer für sie war, um es sich selbst zu beweisen. Mit mir konnte sie sich vorgaukeln, dass sie eben nicht die brave Tochter und Medizinstudentin ist, die alle in ihr sehen.«

Ich lasse mein Glas sinken und lehne mich in dem alten verschlissenen Ledersessel zurück, der mit Spuren von bunter Tätowierfarbe übersehen ist. Farbe, die in meiner plötzlich grauen Welt völlig fehl am Platz wirkt.

Ganja streicht gedankenverloren über den Rand seines verwaschenen Glases, ehe er mich mit seinen braunschwarzen Augen fixiert.

»Vince, bist du dir sicher, dass nicht du derjenige bist, der sich etwas vorgaukelt?«

Ich werfe ihm einen fragenden Blick zu, doch Ganja scheint nicht vorzuhaben, mich vor der Wahrheit zu verschonen.

»Bist du dir sicher, dass du ihr nicht genug bist oder bist du dir selbst nicht genug? Bist du nicht derjenige, der eurer Liebe keine Chance einräumt? Hast du je wirklich mit ihr darüber gesprochen, was du für sie empfindest oder dass du ihr eine Zukunft mit ihr wünschst? Oder bist du im Stillen die ganze Zeit eigentlich davon ausgegangen, dass eure Beziehung ein Ablaufdatum hat?«

Ich brauche nichts zu sagen, denn an Ganjas verständnisvoller Miene erkenne ich, dass er die Antwort bereits weiß. Er steht auf, wirft mir eine Wolldecke zu und beginnt, die leeren Gläser vom Tisch zu sammeln.

»Schlaf, Vince. Komm mit dir selbst klar und entscheide, ob du der Mann für deine Elsa sein kannst, den sie braucht. Oder ob vielleicht dieser Elias der Richtige für sie ist.«

Dann lässt er mich einfach mit seinen letzten Worten zurück, die ein brennendes Loch in mein Inneres fressen und mich an meiner Entscheidung zweifeln lassen. Elias und Elsa. Wut rauscht durch meine Adern, als das Bild der beiden vor mir aufflackert. Doch da ist noch etwas anderes. Ich sehe das Entsetzen in Elsas Augen, welches nicht mir, sondern Elias gilt. Fuck, was habe ich nur getan?

28. Großmutterweisheiten

Als ich wieder wach werde, dämmert es bereits. Alarmiert richte ich mich auf, mein Kopf pocht, die Erinnerungen des gestrigen Abends prasseln auf mich ein. Doch Vince' Bett ist immer noch leer und unberührt. Hat er uns wirklich aufgegeben? Was ist, wenn ihm etwas passiert ist?

Ich schaue auf mein Smartphone, doch es wartet keine Nachricht auf mich. Mit zittrigen Fingern wähle ich seine Nummer, das Freizeichen ertönt. Es klingelt und klingelt und klingelt. Doch niemand hebt ab. Ich tippe auf die Wahlwiederholung. Ein zweites Mal, ein drittes Mal, doch nichts passiert. Die Stimme in meinem Kopf ist laut und deutlich. *Geh. Entscheide dich einmal für dich. Stelle dich nicht wieder hintan. Das hast du schon viel zu oft in deinem Leben getan.*

Ich werde gehen. Jedoch nicht, ohne es noch ein letztes Mal versucht zu haben. Denn das könnte ich mir noch viel weniger verzeihen, als für mich selbst eingestanden zu sein.

Dann schleiche ich die Treppe hinunter, doch zum Glück ist noch niemand wach. Auf ein Gespräch mit Elias kann ich gut verzichten und von Vince fehlt immer noch jegliche Spur. Sicherheitshalber schaue ich erneut auf mein Handy, doch der Bildschirm ist und bleibt leer.

Ich zerre meinen schweren Koffer über den schottrigen Weg und ignoriere das ungute Knirschen unter den Rollen. Einen Koffer kann ich neu kaufen, mein Herz nicht.

Als ich bei der Hundestation ankomme, ist die Sonne bereits aufgegangen und die ersten Frühaufsteher sind unterwegs. Ich atme noch einmal tief durch, bevor ich gegen die Tür poche, in der Hoffnung, dass mich jemand hört. Endlich höre ich schlurfende Schritte, die näher kommen. Dann öffnet sich die Tür und Narisara steht mir gegenüber.

»Elsa?« Selbst beim Klang meines Namens vernehme ich ihren eigentümlichen Akzent und mir blutet das Herz bei dem Gedanken, ihn nie wieder zu hören.

»Ist Vince da?« Ich wähle die einfachsten englischen Worte, damit sie mich versteht. Sie schüttelt den Kopf, macht jedoch eine einladende Handbewegung, dass ich ihr folgen soll. Mein sperriges Gepäck hinter mir her schleifend, betrete ich das Haus. Sie wirft einen Blick auf meinen Koffer, wirkt jedoch nicht überrascht. Ihr schwarzgraues Haar fällt über ihre Schultern fast bis zum Po. Obwohl sie leicht gebeugt geht und das Alter seine Spuren hinterlassen hat, ist sie schön. Ihr ganzes Äußeres strahlt so eine innere Zufriedenheit und Ausgeglichenheit aus, dass ich sie bewundere.

Sie lotst mich in das Wohnzimmer, wo ich auch sogleich von einer Hundemeute empfangen werde. Evoli und ihre Welpen haben die Nacht drinnen verbracht und Shiggy, das kleine Dickerchen, springt unbeholfen auf meinen Schoß. Unwillkürlich muss ich grinsen, streiche durch sein weiches Fell und fühle mich stark genug, um weiterzusprechen.

»Vince und ich haben uns gestritten. Weißt du, wir waren mehr als Kollegen.« Sie nickt lächelnd, allerdings ganz so, als würde ich ihr nichts Neues erzählen. »Und jetzt ist er weg. Gibt mir nicht mal die Chance, mich zu erklären.«

Ich merke, wie sich eine einzelne Träne aus meinem Augenwinkel löst, doch ich wische sie schnell weg. Narisaras Augen strahlen so viel Güte und Wärme aus, als sie schließlich auf mein Gepäck deutet, kurz nachdenkt auf der Suche nach den richtigen englischen Worten: »Und jetzt willst du nach Bangkok ins Krankenhaus? Deine Freiwilligenorganisation hat mich informiert, dass dein ursprünglicher Platz freigeworden ist.«

Ich hebe meine Schultern, lasse sie wieder sinken. »Ich weiß es nicht.«

Sie deutet mit ihren schlanken dünnen Fingern auf meinen Koffer. »Doch du weißt. Manchmal muss man erst gehen, bevor man zurückkommen kann. Und manchmal muss man jemand Geliebten zurücklassen, damit er sich der Liebe bewusst wird.«

Ich muss schmunzeln, weil Narisaras Worte klingen, als hätte sie einen Glückskeks verschluckt, doch mein Lächeln verbirgt nur den Schmerz, den ihre Weisheit mit sich bringt.

»Ich muss es ihm sagen, aber ...« Meine Augen füllen sich erneut mit Tränen, weil ich weiß, dass das hier das Ende ist. Unausweichlich. Narisara bedenkt mich mit einem Blick, in dem sich Schmerz, aber auch Verständnis widerspiegeln.

»Manchmal gibt es einfach nicht die passenden Worte. Manchmal muss man Taten sprechen lassen.« Dann erhebt sie sich und deutet zur Tür. »Du musst deinen Minivan nach Bangkok erwischen!«

An der Haustür angelangt, schließt sie mich ein letztes Mal in ihre dünnen knochigen Arme. »Ich spreche mit ihm. Er wird es verstehen.« Damit schiebt sie mich hinaus in die warme Morgensonne.

Und ich, ich drehe mich um, ohne zurückzublicken.

Der Fluss glitzert im hellen Licht, während ich verschwitzt, müde und fertig zur Minivan-Station am Bahnhof schwanke. Ich fühle mich leer, so als hätten sämtliche Emotionen meinen Körper verlassen. Ich lasse mich auf meinen Koffer sinken und entsperre mein Smartphone. Noch immer keine neue Nachricht.

Ich öffne meinen E-Mail-Account und rufe die Mail von Voluntary United auf. Meine Antwort steht fest. Als Nächstes öffne ich meine Buchungsapp und suche ein günstiges Hotel in der Nähe des International Hospitals heraus, das noch über freie Zimmer für die kommende Woche verfügt. Von unfreiwilligen Zimmernachbarn habe ich ein für alle Mal genug!

Stöhnend rutsche ich nach vorne, bereue es aber sofort, als ich mich im letzten Moment festkralle, um nicht mit einem lauten Plumps auf dem Boden zu landen. Mein Rücken tut weh, mein Nacken tut weh, um genau zu sein, mein ganzer Körper schmerzt. Ganjas Sessel ist nicht gerade bequem und die geschlossenen Fenster sorgen dafür, dass der ganze Raum wie der gestrige Abend riecht. Schrecklich. Nach übereilten Entscheidungen und ungesagten Worten.

Meine Gedanken wandern zu Elsa, der Frau, die sich genau so sehr nach Freiheit sehnt, wie ich es tue. Nur, dass sie diese Freiheit nicht mit mir zusammen genießen wird, wenn ich nicht schleunigst mit ihr rede. Mir ihren Teil der Geschichte anhöre, ihr sage, wie es um mich steht.

Plötzlich habe ich es sehr eilig. Ich springe auf, obwohl sich kurz alles um mich dreht, weil mein Kreislauf noch nicht wieder in Schwung ist, doch ich schüttle mich nur, dann sehe ich wieder klar. Im wahrsten Sinne des Wortes. Ich galoppiere die Treppe hinunter, vorbei an den Fenstern von Ganjas Tattoostudio und winke ihm grinsend zu. Er reckt die Daumen nach oben, bevor er sich wieder der Reinigung seines Inventars zuwendet.

Ich renne und renne. Eigentlich bin ich nicht gerade untrainiert, doch heute Morgen lässt meine Kondition stark zu wünschen übrig. Schnaufend haste ich schließlich die letzten Meter über den Kiesweg, bis das türkise Holzhaus in Sicht kommt.

Außer einem jaulenden Siggi ist keine Menschenseele zu sehen und ich eile mit letzter Energie die Stufen nach oben und reiße die Tür zu unserem Zimmer auf. Eine Gestalt sitzt auf Elsas Bett. Oma. Der Raum ist bis auf meine Sachen leer. Und da weiß ich, warum sie hier ist. Was sie mir sagen wird. Ich lasse mich neben sie sinken und vergrabe das Gesicht in meinen Händen. Ich bin zu spät.

»Du bist verliebt, Vincent.« Omas Stimme ist sanft, aber bestimmt. »Aber manchmal muss man erst über sich selbst hinauswachsen, bevor man bereit für die Liebe ist.«

Bei dem Wort *rak,* das auf Thailändisch lieben bedeutet, zucke ich zusammen. Ich hätte niemals gedacht, mit meiner

Oma, die mir bis zu meiner Ankunft in Kanchanaburi immer ein wenig fremd war, jemals solche Gespräche zu führen. Nicht nur weil mir nicht klar war, dass meine Thai-Kenntnisse für derartige Gespräche ausreichen …

Doch Oma hat recht. Sie ist die zweite Person innerhalb weniger Stunden, die ausgesprochen hat, was in mir vorgeht, bevor ich es selbst erkannt habe. Ich bin verliebt in Elsa. Nein. Ich bin nicht nur verliebt, ich liebe sie. Doch anstatt mit ihr nach einer Lösung gesucht zu haben, wie das mit uns funktionieren könnte, obwohl uns ein ganzer Kontinent trennt, habe ich sie gehen lassen. Nein, ich habe sie nicht gehen lassen, ich habe sie davongejagt.

Doch jetzt werde ich über mich selbst hinauswachsen. Wie von der Tarantel gestochen springe ich auf, schließe Narisara in meine Arme, versuche dabei allerdings ihren knochigen Körper nicht zu zerquetschen, bevor ich zur Tür hinauseile und in Richtung Minivan-Station haste. Ich muss Elsa noch erwischen, bevor sie weg ist. Bevor es zu spät ist.

Erneut renne ich den River Kwai entlang, reiße beinahe eine Frau mit ihrem Obstkarren um, doch ich halte nicht an, ich renne immer weiter. Obwohl es noch Morgen ist, habe ich das Gefühl, dass sich fünfmal so viele Menschen wie sonst auf den Wegen befinden.

Als ich endlich beim Bahnhof ankomme, lichten sich die Menschenmassen, doch ich kann sie nicht finden. Panisch renne ich an der Minivan-Station auf und ab, doch ich sehe sie nicht. Ich renne zurück zum Bahnhof, doch auch hier fehlt jegliche Spur von ihr. Mein Herz klopft wie wild und ich muss stehen bleiben. Ich muss einsehen, dass ich Elsa verpasst habe. Sie ist auf und davon. Für immer.

29. Matratzenwahrheit

Völlig erschöpft lasse ich mich auf das Bett in meinem Hotelzimmer fallen. Die Matratze katapultiert mich ausnahmsweise nicht wieder nach oben und überhaupt ist das Zimmer überraschend sauber und ansprechend, auch wenn es einfach gehalten ist.

Ich habe mir ein Taxi gegönnt und wir sind unmittelbar, bevor wir beim Hotel angekommen sind, am International Hospital vorbeigefahren, welches auch zu Fuß nur einen Katzensprung von meiner Herberge entfernt liegt. Besser geht's kaum. Eine Mitarbeiterin von Voluntary United hat bereits meinen morgigen Start im Krankenhaus bestätigt, doch auch das lässt mich kalt.

Stattdessen rolle ich mich wie ein Embryo auf dem Bett zusammen, obwohl es gerade mal Mittag ist. Ich will einfach nur noch aufhören zu denken, aufhören zu fühlen, doch sobald ich die Augen schließe, taucht Vince vor meinem Geist auf. Sein enttäuschter Gesichtsausdruck, seine gemeinen, verletzenden Worte.

Die Erkenntnis, dass ich ihn niemals wiedersehen werde, trifft mich völlig unvorbereitet. Wir haben nur zwei Wochen zusammen verbracht, aber es sind die besten meines Lebens gewesen. Zum ersten Mal habe ich wirklich ich selbst sein dürfen. Doch auch wenn ich Vince verloren habe, will ich mir wenigstens die neue Elsa bewahren, auch wenn ich wieder zurück nach Deutschland fliegen werde.

Die alte Elsa bleibt in Thailand – das schwöre ich mir in dem Moment, als mich der Schlaf übermannt, und mein zerbrochenes Herz aufhört zu schlagen. Für Vince. Es tut weh, so verdammt weh, doch von jetzt an wird es in erster Linie für mich selbst schlagen. Ich werde allen da draußen beweisen, dass ich mehr bin, und wenn es das Einzige ist, was ich dieser verrückten Zeit in Thailand zu verdanken habe.

Als ich die Augen wieder aufschlage, fühle ich mich, als wäre ich von einer Horde tonnenschwerer Elefanten niedergetrampelt worden. Meine Lider fühlen sich dick und geschwollen an und meine Kehle ist trocken. Mein ganzer Körper schmerzt und ich sehne mich nach einer kalten Dusche, weil ich entsetzlich schwitze, da der Ventilator die stickige Hitze nur im Zimmer verteilt, anstatt die Luft wirklich abzukühlen.

Benommen klettere ich aus dem Bett und wanke ins Bad. Der Boden unter mir dreht sich, als ich stöhnend die Dusche andrehe und mich unter den kalten Strahl hieve. Das Wasser wäscht die Schmerzen an meinem Körper hinfort. Der Schmerz in meinem Herz bleibt. Doch auch er wird irgendwann vergehen.

Ich rubbele mich trocken, bürste meine Haare und schlüpfe in eine gemusterte kurze Hose. Eine der kurzen Hosen, die ich mit Vince gekauft habe. Vince. Selbst jetzt, wo er nicht mehr da ist, ist er überall. Der kurze Hüpfer in meiner Brust verrät mich, verrät meine Gefühle, die ich nicht einfach abstellen kann, doch ich bleibe stark. Mein Magen knurrt und mir wird bewusst, dass ich seit gestern Abend nichts mehr gegessen habe. Ich habe Hunger. Und die neue Elsa wird ihren Hunger nicht mehr ignorieren. Sie wird dann essen, wenn ihr Körper es braucht.

An der Rezeption meines Hotels schnappe ich mir einen Stadtplan und mache mich auf den Weg Richtung Suncoast Road, die nicht nur für ihre zahlreichen Restaurants und Bars, sondern als internationaler Treffpunkt bekannt ist.

Hier kommt Elsa, Ärztin aus Leidenschaft. Ich werde meine letzten zwei Wochen als Freiwillige verdammt noch mal genießen. Zielgerichteter als ich es eigentlich bin, stapfe ich los durch die riesige Stadt, in der ich nur eine von Abermillionen bin.

Ich starre an die Decke, was immer noch besser ist, als auf das leere Bett neben mir zu schauen. Das Bett, in dem vor wenigen Stunden noch Elsa gelegen und süße Schnarchlaute wie ein kleines Meerschweinchen von sich gegeben hat.

Ein vorsichtiges Klopfen an der Tür reißt mich aus meinen Gedanken. Da ich keinerlei Ambitionen habe aufzustehen, nuschle ich nur ein »Herein«. Wer auch immer es ist, derjenige wird sich wünschen, draußen geblieben zu sein. Ich mache mir nicht die Mühe, mich zu erheben, sondern drehe nur meinen Kopf, der rein äußerlich definitiv auch schon bessere Tage gesehen hat, zur Tür. Elias.

»Darf ich reinkommen?« Nicht nur seine Stimme klingt zerknirscht, sein Gesicht ist ähnlich zerknautscht, als er mich wie einer von Evolis Hundewelpen bettelnd anschaut. Da es wahrscheinlich eh nichts bringen würde, Nein zu sagen, zucke ich, soweit das in liegender Position möglich ist, mit den Schultern.

Die Tür öffnet sich ein wenig weiter und Elias kommt ins Zimmer geschlichen und lässt sich auf Elsas Bett – beziehungsweise das, was ihres war – plumpsen. Das schmerzerfüllte Zucken in seinem Gesicht zeigt, dass er nicht daran gedacht hat, dass sich thailändische Matratzen nicht dafür eignen. Geschieht ihm recht. Überhaupt – jetzt würde ich am liebsten doch aufspringen und ihn vom Bett zerren, um den leicht blumigen Duft, der noch in den Laken hängt, zu bewahren. Für immer.

Ich starre wieder an die Decke und warte darauf, dass er etwas sagt. »Vince … es tut mir leid. Elsa trifft keine Schuld. Ich … ich wollte sie küssen, habe sie einfach völlig überrumpelt, obwohl ich wusste, dass da was zwischen euch läuft. Bitte. Verzeih ihr.«

»Sie ist weg«, sage ich tonlos. »Sie hat die Stelle in Bangkok angenommen für die letzten zwei Wochen.«

»Was?« Elias' Stimme ist überrascht. Ich glaube ihm, dass er bereut, was passiert ist, und es ihm leidtut. Doch das ändert nichts daran, dass ich es ganz alleine verbockt habe.

»Elsa ist nur versehentlich hier platziert worden. Eigentlich sollte sie als Freiwillige im Krankenhaus in Bangkok arbeiten. Diese Chance hat sie jetzt bekommen.« Meine Stimme ist resigniert und doch kann ich das leichte Beben darin nicht verbergen.

30. Elefantentränen

Es ist seltsam, alleine durch die Straßen Bangkoks zu streifen—
auch wenn ich in den Menschenmassen nicht wirklich alleine
bin. Neben mir hupt es und ich springe im letzten Moment
auf die Seite, ehe mich ein wild schimpfender Tuk-Tuk-Fahrer
mit sich reißen kann. Es ist heiß und ich bin von Wolkenkratzern und Werbetafeln umgeben, der lärmende Verkehr
um mich herum.

Zielsicher biege ich in die nächste Straße ein, die mich zwischen kleinere Häuserzeilen führt, in denen es nicht minder
wild zugeht. Ein geschmückter Elefant, beladen mit einem
klingelnden Sitz, in dem Touristen thronen, trabt an mir vorbei. Tränen treten in meine Augen, als ich in die seltsam ge-
weiteten, starren Pupillen des riesigen Tieres schaue. Sein Blick
zeigt mir, dass man ihn nicht nur mit Beruhigungsmitteln voll-
gepumpt hat, sondern dass er aufgegeben hat.

Verabscheuung macht sich in mir breit, als ich den Mann
sehe, der das Tier von hinten mit einer Rute antreibt. Ich eile
weiter, kann den Anblick nicht ertragen, auch wenn ich weiß
wie schwach und falsch das ist. Vince hätte bestimmt gewusst,
was zu tun wäre. Vielleicht nicht sofort, aber langfristig.

Durch ihn habe ich gelernt, wie wichtig Aufklärungsarbeit

ist, um die Situation der Tiere zu verbessern. Vince. Ich vermisse ihn schrecklich. Kurz werde ich schwach, hole mein Smartphone hervor, überlege, ob ich ihm schreiben soll, doch ich bleibe stark und denke an Narisaras Worte. Ich scrolle durch die Erinnerungsschnappschüsse und bleibe bei einem hängen, das ihn von der Seite mit Summi und Samson zeigt, seine etwas zu langen Haare, die rötlich schimmern, seine braungebrannten tätowierten Arme, sein Lächeln, während er mit den Fellnasen spielt. Vince.

Mein Herz, von dem ich dachte, dass es nie wieder schlagen würde, klopft schneller, zieht sich schmerzhaft zusammen, nimmt mir die Luft zum Atmen. Eine Träne läuft über meine Wange, doch ich wische sie hastig weg. Blind stopfe ich mein Handy in die Tasche und laufe weiter, laufe weiter, bis mein Kopf leer ist und ich das Straßenschild erblicke, auf dem in fremden Lettern Khao San geschrieben steht. Die Sun Coast Road.

Ich lasse mich einfach von dem fröhlichen Menschenstrom mitziehen, werde eins mit ihm, um endlich zu vergessen.

31. Trugbilder

Pünktlich um sechs, als der Wecker klingelt, springe ich aus dem Bett. In weiser Voraussicht habe ich gestern Abend noch eine Ibu eingeschmissen und ein großes Glas Wasser geext, sodass ich mich heute nur fühle, als wäre ein Elefantenbaby über mich galoppiert.

Auch wenn ich niemals gedacht hätte, dass ich zu so etwas in der Lage wäre, habe ich mich gestern Abend doch tatsächlich einer Gruppe internationaler Rucksacktouristen angeschlossen und mit ihnen die Khao San unsicher gemacht. Na ja, unsicher gemacht ist etwas übertrieben, aber wir waren zusammen essen, haben noch ein paar Cocktails getrunken und ich habe mich etwas weniger einsam gefühlt. Auch wenn mich jedes verdammte Reiskorn meines Sticky Rice‹ mit Mango an Vince erinnert hat. Daran, was ich verloren habe.

Ich springe unter die Dusche und unterziehe meinen Körper einer fixen Wäsche, bevor ich in eine helle Leinenhose und ein bequemes T-Shirt schlüpfe. Dazu trage ich die Turnschuhe, die Amy mir glücklicherweise überlassen hat, auch wenn sie weniger schick, aber dafür tausendmal bequemer als meine weißen Leinenschuhe sind. Wenn ich eins in den letzten Tagen gelernt habe, dann dass Funktionalität vor Schönheit geht.

Da in meiner Buchung das Frühstück inbegriffen ist, mache ich mich auf den Weg nach unten. Ich habe einen langen Tag vor mir und rufe mir in Erinnerung, wie wichtig ein ordentliches Frühstück ist.

Gestärkt mit ein wenig Rührei, Toast und einem frischen Smoothie, schlendere ich schließlich eine halbe Stunde später in Richtung Krankenhaus. Mein erster Arbeitstag beginnt um halb acht und ich liege mehr als gut in der Zeit.

Das große graue Gebäude ragt schon von weitem in den Himmel und ich mag gar nicht darüber nachdenken, wie es sein wird, sich dort zurechtzufinden. Auch wenn mein Orientierungssinn nicht wirklich schlecht ist – so gut ist er dann doch nicht. Und in gut zwei Wochen werde ich mir wohl kaum alles einprägen können.

Ich durchquere eine kleine Parkanlage, die mich direkt zu der überdimensionalen Drehtür führt, die eher an den Eingang einer Mall, als an den eines Krankenhauses erinnert. Ich atme noch einmal tief durch, ehe ich mich von den großen Glastüren nach drinnen schieben lasse.

Selbst die Rezeption wirkt beinahe wie die eines Hotels und ein wenig eingeschüchtert steuere ich die junge Frau an, die in einem schicken Kostüm hinter dem Tresen sitzt. Sie lächelt mich freundlich an. »Kann ich Ihnen helfen, Miss?«

Erleichterung durchströmt mich, dass sie Englisch spricht und ich mich nicht mit Händen und Füßen verständigen muss. Ich stelle mich kurz vor und Suri, so heißt die Rezeptionistin, bittet mich lächelnd, kurz im Empfangsbereich Platz zu nehmen.

Gebannt schaue ich mich in der riesigen Halle um, von der aus mehrere Gänge in die Tiefen des Gebäudes führen. Die Treppe, die auf eine gläserne Empore führt, erinnert mich an die Krankenhausserien, die ich mir ab und an mit Susan anschaue, während wir uns bei einem Glas Apfelwein, manchmal auch einer Flasche, an den dramatischen Handlungen erfreuen, die im realen Leben vielleicht einmal alle hundert Jahre passieren.

Ein lautes Pling reißt mich aus meinen Gedanken, als mir gegenüber eine der zehn Aufzugtüren aufspringt und eine junge Frau beschwingten Schrittes auf mich zukommt. Alles an ihr wirkt dynamisch. Ihr schwarzer Bob, die hellblaue OP-Kluft, das gewinnende Lächeln. Sie kommt direkt auf mich zu.

»Elsa Ritter?« Ich bringe nur ein schüchternes Nicken zu Stande. Die Ärztin hält mir ihre Hand hin. »Julia McMiller. Ich bin deine Betreuerin, Mentorin, Ansprechpartnerin, nenn es, wie du willst, ich darf doch du sagen?«

Ich habe immer noch nicht meine Sprache wiedergefunden, sondern nicke einfach nur, da mich die selbstbewusste Erscheinung ein wenig einschüchtert. Doch Julia plaudert munter weiter. »Du wirst eine Woche mit mir in der Notaufnahme verbringen. Da ist im wahrsten Sinne des Wortes immer Not am Mann und außerdem vereinfacht es die Sache, dass ich deutsch spreche. Mein Vater ist thailändischen Ursprungs, jedoch in Irland aufgewachsen und meine Mama ist Deutsche.«

Sie zwinkert mir zu und mir wird ganz warm ums Herz, weil ich mit offenen Armen willkommen geheißen werde. Deswegen gebe ich mir einen Ruck und lege meine Schüchternheit ab. »Vielen Dank für die nette Begrüßung. Wie schön, dass ich in der Notaufnahme gelandet bin, der Bereich interessiert mich besonders. Nach meinem Aufenthalt beginne ich mit dem Praktischen Jahr.«

Sie nickt begeistert. »Ach, das Praktische Jahr, das war schön! Wenn du glaubst, viel Arbeit zu haben – hast du nicht. Wenn du fertig bist, verdreifacht sich das Pensum noch mal.«

Sie zwinkert mir erneut aus ihren dunklen mandelförmigen

Augen zu, und wir beide beginnen zeitgleich zu lachen. Das Eis ist gebrochen und ich merke, wie ich mich nach und nach entspanne und meine steifen Schultern sich lockern.

Nachdem Julia mir meine Arbeitskleidung gegeben und mir gezeigt hat, wo ich mich umziehen kann, fahren wir zusammen in die Notaufnahme, die sich im Untergeschoss befindet. Dafür, dass es noch relativ früh ist, ist schon einiges los. Trotzdem nimmt sie sich die Zeit, mir alles zu erklären. Ich werde die kommende Zeit mit ihr mitlaufen und assistieren und kleinere Arbeiten wie Verbände wechseln, Blutabnehmen oder leichte Voruntersuchungen selbst übernehmen.

Es war die richtige Entscheidung herzukommen, aber war es auch die richtige Entscheidung sang- und klanglos zu verschwinden? Ich weiß es nicht.

Irgendwie bringe ich die ersten Tage der Woche hinter mich. Obwohl ich meine Arbeit nach wie vor liebe und ich mir nichts Schöneres vorstellen kann, als meinen Hundekindern ein neues Zuhause zu verschaffen, bin ich nicht richtig bei der Sache. Ich kann nicht aufhören, an Elsa zu denken, egal ob ich Evoli kämme, die Hundebabys füttere oder den Hof sauber mache.

Unser Instagram-Feed, dank dem immer mehr Spenden eintrudeln, braucht dringend einen neuen Beitrag, doch ich schaffe es nicht. Wie sollte ich auch, ohne Elsas witzige Texte?

Am Mittwoch sind nicht nur Sammy und Elias, sondern auch Oma meine Trauerkloß-Attitude leid, sodass die drei mich schließlich am späten Vormittag zwangsbeurlauben.

»Fahr nach Bangkok und hol dir dein Mädchen zurück!« Oma zwinkert mir zu und in ihren Augen funkelt so ein jugendlicher Schalk, dass ich mich frage, ob sie mich überhaupt braucht und auch Elias und Sammy nicken nur zustimmend und bestätigen, dass sie es schaffen, den Laden auch einen Tag ohne mich zu schmeißen. Na schön, vielleicht hat mir einfach dieser kleine Schubs zu meinem Glück gefehlt.

Obwohl der Minivanfahrer wie gewohnt auf die Tube drückt, habe ich das Gefühl, dass die Fahrt in dem kleinen engen Auto niemals vorübergeht. Ich bin aufgeregt, verdammt aufgeregt. Wird Elsa sich freuen, wenn sie mich sieht? Oder will sie mich vielleicht gar nicht sehen? Finde ich sie am Ende gar nicht in dem großen Krankenhaus?

Für den Notfall habe ich mir einen Plan zurechtgelegt. Ich erzähle einfach an der Rezeption, dass Elsa zunächst bei uns ihren Freiwilligendienst abgeleistet hat, ich eh in der Gegend wäre und ich noch eine Unterschrift für ihr Zertifikat bräuchte. Auch wenn das nicht in unserer Hand, sondern in der der Organisation liegt, wird das der Mitarbeiter an der Rezeption wohl kaum wissen. Das Schreiben, welches ich mitgebracht habe, ist auf Deutsch verfasst, sodass die entsprechende Person hoffentlich nicht bemerkt, dass es lediglich ein Auszug aus einem der Tierkrimis ist, den ich abgetippt habe.

Es war das erste Mal seit dem Wochenende, dass ich schmunzeln musste, und ich kann verstehen, wieso mein Vater und jetzt auch Elsa so sehr auf diese Romane abfahren.

Nach gefühlt zig weiteren Stunden taucht endlich die Skyline Bangkoks vor uns auf und ich kann kaum erwarten, aus dem stickigen engen Minivan zu steigen, der inzwischen vollgestopft bis auf den letzten Platz ist. Der freundliche junge Mann neben mir, der offensichtlich zum Flughafen will, versucht ein Gespräch zu beginnen, doch da mir nicht nach Reden ist, tue ich so, als würde ich ihn nicht verstehen.

Endlich halten wir an einer unscheinbaren Ecke in der Nähe eines Tempels und ich beschließe, die letzten Meter zu Fuß zurückzulegen. Es ist zwar noch ein gutes Stück zu laufen, aber ich halte keine Minute länger in dem engen Auto aus.

Ich laufe zwischen hupenden Fahrzeugen und Wolkenkratzern hindurch, in Richtung Fluss, wo kleine heruntergekommene Häuser stehen, die ein krasser Gegensatz zu den modernen Gebäuden in Thailands Hauptstadt sind. Taxis, Tuk-Tuks und Rollerfahrer rasen an mir vorbei und mein Herz klopft ein wenig schneller als gewohnt, da ich das laute bunte Treiben in der Metropole nicht gewohnt bin.

Ein dicker Leguan in der Größe eines Schäferhundes sonnt sich am Flussufer und kleine Boote, auf denen Touristen die Kanäle entdecken können, schippern übers Wasser. Ich schaue auf mein Smartphone und stelle erleichtert fest, dass mein Fußmarsch sich dem Ende neigt.

Ich verlasse die überfüllte Gegend und biege in eine Seitenstraße ab. Nach wenigen Schritten finde ich mich in einem idyllischen Park wieder, der so gar nicht zu dem Durcheinander von vor ein paar Minuten passt. Eine kleine farbenfrohe Tempelanlage befindet sich am Rande des Grüns und ich überquere saftige Wiesen und schottrige Wege, die von Parkbänken gesäumt werden.

Das große eindrucksvolle Hospital taucht vor mir auf und ich lege einen Zahn zu. Es ist bereits Nachmittag und ich bete, dass Elsa nicht schon Feierabend hat. Als ich das kühle Gebäude endlich betrete, rinnt mir bereits der Schweiß von der Stirn. Ich weiß nicht, ob es an der schwülen Hitze oder meiner Aufregung liegt.

An der Rezeption sitzt ein uniformierter Mann, schätzungsweise in meinem Alter, der mehr wie der Rezeptionist eines Nobelhotels, als wie der eines Krankenhauses aussieht. Das unterscheidet die privaten Kliniken von den staatlichen.

Trotzdem ist eine Behandlung hier viel günstiger als in Deutschland, sodass viele Patienten das private Angebot in Anspruch nehmen, anstatt auf die staatlichen Krankenhäuser zurückzugreifen, deren Behandlung in der allgemeinen Health Insurance enthalten ist. Außerdem legt man hier viel Wert darauf, auch Bedürftige zu behandeln, sodass es nicht selten vorkommt, dass auch in den privaten Praxen und Kliniken Menschen pro bono behandelt werden.

Der junge Thai an der Rezeption lächelt mir freundlich zu und ich begrüße ihn mit einem höflichen »Sawadee Khap«, bevor ich ihm mein Anliegen vortrage. Ich weiß nicht, ob es an dem Bogen Papier liegt, den ich ihm sicherheitshalber unter die Nase halte, oder daran, dass ich in seiner Muttersprache spreche. Auf jeden Fall tippt er kurz am Computer herum und teilt mir sogleich mit, dass die gesuchte Volontärin in der Notaufnahme anzutreffen ist. Freundlich erklärt er mir den Weg und deutet auf den Aufzug, den ich nehmen soll, um ins Untergeschoss zu kommen.

Nur einen Wimpernschlag später öffnet sich die Tür des Lifts und ich trete in das künstliche Licht, das in den deutlich funktionelleren Räumen im Gegensatz zu oben herrscht.

Auch hier gibt es einen Empfang und die Menschen reihen sich

Schulter an Schulter im Wartesaal aneinander. Frauen mit Kindern, Touristen, einheimische Senioren, das Publikum ist bunt gemischt. Ich will mich gerade an die Rezeption wenden, um zu fragen, wo ich Elsa finden kann, da sehe ich sie.

Ihre hellbraunen Haare, die leuchtenden Augen, das Lächeln auf ihren etwas zu großen, aber wunderschönen rosigen Lippen. Ihre Haare sind zu einem unordentlichen Zopf gebunden und sie trägt einen blauen Kasak samt passender Hose. Sie erklärt einer jungen Mutter und ihrem Sohn etwas, der einen Verband um den Arm trägt. Die beiden wirken entspannt, was wahrscheinlich an Elsas Zuversicht liegt, die ich bis hierhin spüre. Kurz legt sie ihre Hand auf die Schulter der jungen Frau und ein ehrliches Lächeln umspielt ihre Lippen. Sie gehört ganz eindeutig hierher. In ein Krankenhaus. Und nicht in eine Hundeauffangstation.

Ich will mich nicht von ihrem Anblick lösen, doch ich muss. Ein paar Schritte laufe ich rückwärts, ehe ich mich umdrehe und in einen Aufzug springe, der zur rechten Zeit seine Türen öffnet. Nein. Ich kann ihr das nicht kaputtmachen. Ich will es nicht. Ich muss akzeptieren, dass wir in zwei verschiedenen Welten leben, rede ich mir ein, als mich der Lift zurück in den ersten Stock auf den Boden der Tatsachen fährt.

Gerade als ich eine junge Mutter mit ihrem Sohn verabschiede, der sich an kochendem Wasser verbrüht hat, sehe ich ihn.

Ich bilde es mir zumindest ein. Vince.

In Windeseile verabschiede ich die erleichterte Mutter und renne in Richtung Aufzug. Ungeduldig drücke ich auf sämtliche Knöpfe gleichzeitig, bis endlich nach gefühlten Ewigkeiten die Tür mit einem Pling aufgeht und ich hineinspringe.

Ich fahre nach oben, renne zur Eingangstür, schaue nach links und nach rechts, doch er ist nicht da. Das letzte bisschen Hoffnung, was ich noch verspürt habe, erlischt, als ich niedergeschlagen zurücktrotte. Was habe ich geglaubt? Dass er, nachdem er sich nicht mehr gemeldet hat, hierherkommt, mir seine Liebe gesteht und wir zusammen in den Sonnenuntergang reiten?

Ich muss einfach akzeptieren, dass es für ihn nicht das war, was es für mich war. Ich habe mich in ihn verliebt. Auch wenn ich wusste, dass wir in zwei unterschiedlichen Welten zu Hause sind, hat mein Herz gesiegt und nicht mein Verstand. Doch er hat dankbar die erstbeste Gelegenheit genutzt, um mich loszuwerden.

Egal, was mit Elias passiert ist. Er hat mir nicht einmal die Chance gegeben, die Sache klarzustellen. Er hat sich nicht gemeldet, weder per Telefon, noch hat er eine Nachricht geschrieben. Er weiß, wo ich bin, es hätte zahlreiche Wege gegeben, mich zu erreichen, wenn er gewollt hätte, doch das hat er nicht. Und ich törichte Kuh, denke er reist mir bis hierhin hinterher. Was bin ich nur für eine naive Idiotin.

32. Wackelpopos

Je mehr sich mein Aufenthalt dem Ende zuneigt, umso mehr stelle ich fest, dass mir die Arbeit im Krankenhaus wirklich, wirklich Spaß macht. Ich fühle mich gebraucht, selbstständig und nicht wie eine nichtsnutzige Praktikantin, die ihren Dienst ablaufen muss.

Von Tag zu Tag bekomme ich mehr Aufgaben zugeteilt und meine Kollegen und Kolleginnen, egal ob jung oder alt, heimisch oder zugezogen, schätzen meine Motivation und meinen Einsatz.

Auch wenn ich Vince nicht vergessen kann, so stopft die Arbeit mein löchriges Herz und klebt die Scherben zusammen. Die Vorstellung, irgendwann Mamas und Papas Praxis zu übernehmen, rückt in immer weitere Ferne, stattdessen macht sie der Vorstellung Platz, später in der Notaufnahme zu arbeiten. Dort, wo es oft an Personal und Zeit mangelt, obwohl beides gerade da so dringend gebraucht wird.

Die Erleichterung in den Augen der Menschen zu lesen, wenn ich ihnen helfen konnte, ist besser als jeder Lohn, auch wenn nicht jede Geschichte glimpflich endet. Aber zumindest wird in der Notaufnahme der Grundstein für eine erfolgreiche Behandlung gelegt.

Umso schwerer fällt es mir heute, meine Gedanken nicht mit Arbeit ersticken zu können, da ich frei habe. Die Stimmen in meinem Kopf, die ich zum Verstummen gebracht habe, werden wieder lauter. Die Frage, warum Vince mich anscheinend einfach vergessen hat, obwohl wir die beste Zeit unseres Lebens – oder zumindest meines Lebens – verbracht haben, drängt sich wieder in den Vordergrund.

Auf der Suche nach Ablenkung durchforste ich das Internet, doch ich habe weder Lust, einen der zahlreichen Tempel zu besichtigen, noch eine Flussfahrt ohne Begleitung zu unternehmen. Mein Koffer quillt über, so dass shoppen auch keine Option ist. Meine Kollegen haben alle Dienst, sodass es nicht in Frage kommt, mit einem von ihnen etwas zu unternehmen.

Obwohl Julia meine Vorgesetzte ist, habe ich mit der Anfang dreißigjährigen Deutsch-Irin schon zwei nette Abende verbracht, bei denen sie mir erzählt hat, welche Hürden es zu meistern gilt, wenn man in Thailand arbeiten möchte. Die größte, nämlich die Sprache, beherrscht sie zum Glück von Kindesbeinen an, sodass die Anerkennungsprüfung für sie gut machbar war.

Ich seufze und scrolle weiter durch kunterbunte Reiseblogs auf der Suche nach Ablenkung. Das Foto eines putzigen Corgis blickt mir entgegen und unwillkürlich muss ich lächeln, weil ich direkt an die Fellnasen in der Hundestation denken muss. Ich habe mich nicht von ihnen verabschiedet. Auch wenn sie mich vielleicht längst vergessen haben, macht es mich traurig, denn ich habe sie nicht vergessen.

Ich überfliege den Artikel auf dem Reiseblog, der sich um ein Corgi-Café dreht. Ernsthaft? Das klingt viel zu abstrus, um wahr zu sein, doch das ist es ganz offensichtlich. Hier in Bangkok gibt es ein Corgi-Café.

Ein Lächeln stiehlt sich auf meine Lippen, als ich in meine Sandalen schlüpfe, mir meine Tasche überwerfe und zum ersten Mal seit Tagen einigermaßen hoffnungsvoll das Hotel verlasse, um ein Taxi herbeizuwinken.

Eines der kreisch-pinken Autos hält vor mir und ich nenne dem Taxifahrer meinen Zielort. Die Fahrt zeigt mir mal wieder, wie riesig Bangkok ist, und ich bin froh, nicht auf die Idee gekommen zu sein, die Strecke zu Fuß zurückzulegen.

Wir sind beinahe eine Dreiviertelstunde unterwegs, als das Taxi vor einer Reihe recht unscheinbarer Häuser anhält, von denen eines eine große Glasfront besitzt und bereits ein gedämpftes Bellen nach draußen dringt. Ausnahmsweise hat man mich wohl nicht verschleppt, sondern ich scheine völlig richtig zu sein. Mit einem Khop Khun Kha, wie Vince es mir richtig beigebracht hat, verabschiede ich mich und steuere das Café an. Vorsichtig öffne ich die Eingangstür, wo bereits die Gastgeberin wartet.

»Termin?«, fragt sie mich in gebrochenem Englisch. Wie ... ein Termin? Oh Mist, da habe ich gar nicht drüber nachgedacht. Ich zucke mit den Schultern und gebe ihr geknickt zu verstehen, dass ich leider keinen habe. Trotzdem lächelt sie mich freundlich an und wischt über die Reservierungen auf ihrem Tablet. Ihr Gesicht erhellt sich. »Sie können reingehen!« Anscheinend habe ich auch mal Glück.

Sofort kommt mir ein plüschiges, kläffendes Etwas entgegen und mein Herz zerschmilzt in einem Bruchteil von Sekunden. Der pummelige Corgi wedelt mit seinem Schwanz, dreht sich im Kreis und wartet darauf, von mir gestreichelt zu werden. Auch wenn ich bis eben nicht genau wusste, was ich davon halten soll, Corgis als Attraktion in einem Café zu halten, macht dieser hier einen äußerst gepflegten und fröhlichen Eindruck.

Vielleicht sollten wir in der Hundestation auch eine Art Kaffeeklatsch anbieten, um die Vierbeiner potenziellen zukünftigen Besitzern vorzustellen. Wir. Mir wird bewusst, dass es kein Wir mehr gibt, als ich durch das flauschige Fell des fröhlichen Vierbeiners fahre.

Ich bestelle mir einen Bubbletea sowie ein Stück Torte, welches kurz an das schlechte Gewissen in mir appelliert, ignoriere sämtliche Gefühlsregungen jedoch. Es ist völlig normal, etwas Süßes zu sich zu nehmen und dabei putzige Corgis zu streicheln. Na ja, Letzteres vielleicht eher weniger.

Die cremige Torte, die mit Haselnüssen und Nougat gefüllt ist, ist lecker, der Bubbletea, dessen schleimige Kügelchen auf meiner Zunge zerplatzen, eher weniger. Ich kann nicht verstehen, was die Jugend heutzutage daran findet. Als wäre ich so viel älter … Trotzdem genieße ich die Zeit mit meinen neuen Freunden, auch wenn es mir schwerfällt, dabei nicht an Evoli, Samson und Co. zu denken.

Nach einer Stunde habe ich nicht nur einen Berg Plastikmüll fabriziert, da alles in Einwegverpackungen platziert ist – sondern mein Zeit-Slot neigt sich dem Ende zu. Ich verpasse jeder der Fellnasen noch eine ausgiebige Streicheleinheit, bevor ich mich zur Tür wende und mit einem wehmütigen Lächeln verabschiede.

Draußen streife ich mir die blauen Plastiküberzieher von den Schuhen und stopfe sie in meinen Shopper, da weit und breit kein Mülleimer zu sehen ist. Während ich erneut auf ein Taxi warte, frage ich mich, wie es sein kann, dass ich mein bisheriges Leben ohne Tiere verbracht habe.

Unmöglich. Vielleicht sollte ich mich in Marburg ehrenamtlich in einem Tierheim engagieren, wenn die Zeit es zulässt … Marburg. Mir fällt es von Tag zu Tag schwerer, das süße hessische Studentenstädtchen als mein Zuhause zu bezeichnen.

33. Abschiedsgeschenke

Die zweite Woche im Krankenhaus vergeht wie im Flug und der Abreisetag rückt immer näher. Mein Koffer ist bereits ordentlich gepackt und meine Eltern haben sogar von sich aus angeboten, mich vom Flughafen abzuholen. Die Bilder des International Hospitals, die ich ihnen geschickt habe, haben sie dann wohl doch versöhnlich gestimmt oder zumindest in soweit fasziniert, dass sie meine Entscheidung, einen Monat in Thailand zu verbringen, nun besser nachvollziehen können.

Und auch, wenn ich immer noch ein bisschen enttäuscht von ihrer Reaktion bin, so versuche ich mich daran zu erinnern, dass sie es nur gut meinen. Dass sie auf ihre Art und Weise nur das Beste für mich wollen. Eltern sind eben auch nur Menschen. Ich bin gespannt, wie sie reagieren, wenn ich ihnen erzähle, dass ich in Wirklichkeit die Hälfte meines Aufenthaltes in einer Hundestation verbracht habe. Auf der anderen Seite, was bringt es, wenn ich es ihnen erzähle?

Ich bin müde, ob der Streitereien in den letzten Jahren, und wieso sollte ich mir die zwei Wochen kaputtmachen lassen, die so viel in meinem Leben verändert haben. Die mir gezeigt haben, dass ich selbstbewusst sein kann, wenn ich will. Die mir gezeigt haben, dass ich eigene Entscheidungen treffen darf und die mir gezeigt haben, wie es ist, einen Menschen zu lieben. Vince. Ich werde ihn niemals vergessen können, aber es tut nicht mehr ganz so weh.

Julia reißt mich aus meinen Gedanken und mir wird bewusst, dass ich die Liege in einer der Behandlungskabinen gerade zum dritten Mal desinfiziere und abwische. Sie schaut mich vielsagend an. Offenbar ist ihr der Wehmut in meinen Augen nicht entgangen.

»Kommst du kurz mit in mein Büro, Sweetheart?« Obwohl sie sozusagen meine Chefin ist, behandelt sie alle Mitarbeiter, egal ob Pflegekraft, Praktikant oder Arzt, mit dem gleichen Respekt – und sie nennt alles und jeden Sweetheart. Im Normalfall fände ich diesen Kosenamen total albern, aber zu der deutschen Irin mit thailändischen Wurzeln passt es irgendwie.

Ich nehme auf dem mir dargebotenen Stuhl Platz und schaue Julia fragend an, die sich erstmal in aller Ruhe einen Kaffee einschenkt. Sie bietet mir zwar auch einen an, ich lehne jedoch höflich ab, da ich zu nervös bin. Habe ich etwas falsch gemacht? Nicht effizient genug gearbeitet? Hat sich etwa jemand über mich beschwert?

Ihr warmes Lächeln, was sie mir just in diesem Augenblick zuwirft, gibt mir Hoffnung, dass dies nicht der Fall ist.

»Heute ist dein vorletzter Tag.« Mein Magen verknotet sich und mein Bauch zieht sich schmerzhaft zusammen. Deswegen nicke ich einfach nur stumm. »Wir haben lange überlegt, womit wir dir zum Abschied eine Freude machen könnten. Denn auch wenn du noch keine approbierte Ärztin bist und das ganze hier freiwillig gemacht hast, warst du eine große Hilfe und hast uns alle entlastet. Wir könnten mehr tatkräftige junge Menschen wie dich hier gebrauchen.«

Wieder nicke ich bloß, nicht in der Lage, ein Wort an dem Kloß in meinem Hals vorbeizubringen. Selbst Julia sieht auf einmal furchtbar mitgenommen aus, als sie unter den Schreibtisch greift und einen Plüschcorgi mit einer großen rosafarbenen Schleife hervorzieht. »Der ist für dich, damit du immer an deine Zeit hier in Bangkok bei uns und vielleicht auch die Wochen davor denkst.«

Nun löst sich doch eine Träne aus meinem Augenwinkel und ich springe auf und falle der jungen Ärztin um den Hals, die mir etwas unbeholfen die Schulter tätschelt. »Schsch, Elsa, eigentlich habe ich noch gar nicht gesagt, was ich loswerden wollte. Aber jetzt muss ich ja Angst haben, dass du mir dann völlig unter Tränen zusammenbrichst!« Sie zwinkert mir zu und ich bringe ein Lachen unter Schniefen hervor.

»Was ich dir eigentlich sagen wollte, dir steht nach dem Examen jederzeit die Tür offen. Natürlich müsstest du den Sprachtest bestehen, aber dann würde deiner Zeit hier als Assistenzärztin nichts im Wege stehen.«

Meine Tränen sind innerhalb eines Wimpernschlags getrocknet und ich schaue sie überrascht an. »M... meinst du das ernst?«

Die zierliche dunkelhaarige Frau stemmt ihre Hände in die Hüften. »Sehe ich so aus, als würde ich scherzen, Sweetheart?«

Ich atme tief durch. Da habe ich mal so gar nicht mitgerechnet. Mir fällt es schwer, die passenden Worte auf dieses tolle Angebot zu finden. »Danke ... danke, Jules, dass ich so viel bei euch lernen durfte und ihr so viel Vertrauen zu mir hattet. Aber ich denke, mein Platz ist in Marburg.« Ist er das wirklich noch?

Julia grinst mich an und rollt gespielt übertrieben mit den Augen, doch ihre Stimme ist plötzlich ernst. »So habe ich auch mal gedacht, aber, wer weiß, was du in einem Jahr darüber denkst!«

34. Spontanauszug

Als der Flieger am frühen Abend in Frankfurt landet, ist es grau und nieselig. Ich seufze und reibe mir über die Arme, da die Luft im Flugzeug abgekühlt ist, mein Körper sich aber noch im schwülen Thailandmodus befindet. Dafür dass gerade mal Spätsommer ist, wirkt es draußen schon richtig herbstlich, aber ich bin es nicht anders von zu Hause gewohnt. Zu Hause. Es fühlt sich nicht wie zu Hause an.

Ich hänge mir meinen neuen thailändischen Shopper über die Schulter, der gefühlt genauso viel wiegt wie mein Koffer, und quetsche mich zwischen die Menschen, die bereits den schmalen Gang zwischen den Sitzen belagern und sehnlichst darauf warten, aus dem Flugzeug stürmen zu können.

Endlich bewegt sich die Masse um mich herum und ich werde aus dem Flugzeug geschoben, ohne dass ich mich wirklich bewegen muss. Wenn ich an die zehn Millionen Menschen denke, die in Bangkok leben, ist der Frankfurter Flughafen nichts dazu im Vergleich.

Ich passiere problemlos die Einreisekontrollen und als ich am Gepäckband ankomme, fährt mein Koffer schon fröhlich mit seinen Kollegen im Kreis. Eigentlich fühle ich mich noch nicht wirklich bereit dazu, meinen Eltern gegenüberzutreten, aber ich bringe es lieber hinter mich. Irgendwie freue ich mich ja auch ein bisschen auf die beiden engstirnigen Gestalten, mit denen ich immerhin den größten Teil meines Lebens verbracht habe.

Schon von Weitem sehe ich die schmale Silhouette meiner Mutter im leuchtend cremefarbenen Etuikleid samt hohen Pumps sowie meinen leicht grimmig dreinschauenden Dad in Bundfaltenhose und mintfarbenem Poloshirt.

Ich winke den beiden ein wenig schüchtern zu, nicht so recht wissend, wie ich mich verhalten soll, doch meine Unsicherheit ist unbegründet. Als ich auf die beiden zusteuere, beginnt meine Mutter sogar zu winken und selbst der Mund meines Vaters wird von einem feinen Lächeln umspielt. Als Mama mich dann auch noch in die Arme schließt, fast habe ich Angst sie zu zerbrechen, bin ich endgültig überwältigt ob dieser ungewohnten Gefühlsregungen.

»Schön, dass du wieder da bist, Maus.« So hat sie mich schon seit circa fünfzehn Jahren nicht mehr genannt und selbst mein Vater umarmt mich etwas steif. »Wir haben dich vermisst.«

Langsam frage ich mich, ob meine Eltern ausgetauscht wurden, während ich weg war, oder ob sie vielleicht gemerkt haben, wie viel Arbeit ich ihnen eigentlich in der Praxis abnehme, auch wenn sie gerne so tun, als wäre der Job nur dazu da, damit ich mir etwas dazu verdienen kann, ohne niedere Tätigkeiten in einer Bar oder einem Supermarkt übernehmen zu müssen.

Papa nimmt mir meinen Koffer ab und während wir zum Auto schlendern, erkundigen meine Eltern sich höflich nach dem Flug. Die Stimmung ist anders als sonst, aber nicht unbedingt schlecht, eher ungewohnt. Ich klettere auf den Rücksitz des anthrazitfarbenen Audis, der immer noch wie neu riecht und selbst nach drei Jahren kein einziges Krümelchen beherbergt.

Meine Mutter dreht sich zu mir um und blickt mich durch ihre schmal gerändelte Hornbrille an. »Papa und ich haben uns überlegt, wir könnten zur Feier des Tages mal wieder ins *Valentes* gehen, was hältst du davon?« Meine Mutter schaut mich so bittend an, dass selbst, wenn ich gewollt hätte, ich nicht hätte ablehnen können. Aber das ist eh nicht der Fall. Denn ich denke, so ein bisschen Zeit zu dritt auf neutralem Terrain wird uns nicht schaden.

»Ich habe dir auch deinen Lieblingscardigan mitgebracht«, ergänzt meine Mutter als sie mir das Jäckchen im Chanel-Stil reicht und ich es dankbar über meine kalten Arme ziehe, die nur in einem T-Shirt mit Elefantendruck stecken, welches Mama vorhin sofort etwas seltsam beäugt hat. Aber zumindest hat sie sich jeglichen Kommentar verkniffen, was ich als Fortschritt werte.

Zum Glück ist direkt ein Parkplatz vorm *Valentes* frei, sodass wir nicht erst durch die verregnete ungemütliche Stadt traben müssen. Nicht dass es in Thailand nie geregnet hätte, aber dort war der Regen eine willkommene Erfrischung im Gegensatz zu dem usseligen Sprühregen hier in Deutschland.

Meine Eltern haben einen Platz reserviert und der freundliche Kellner in Anzughose, Hemd und Schürze führt uns zu einer gemütlichen Sitzecke in einer Art lauschigem Gewölbe. Wir setzen uns auf die ledernen Sessel in das gemütlich-schicke und zugleich clean gehaltene Ambiente. Auf dem Tisch steht eine einzelne Kerze. Es ist atmosphärisch, hübsch und trotzdem vermisse ich rustikale Holztische, von denen man direkt aufs Flussufer schauen kann und lärmende, fröhlich quatschende Menschen im Hintergrund.

Der Restaurantangestellte reicht uns die Karte und Papa ordert eine Flasche Weißwein sowie Wasser für alle. Danach herrscht erstmal Stille und wir vertiefen uns in die Speisekarten.

»Was kann ich Ihnen bringen, die Herrschaften?« Papa bestellt ein Steak, Mama einen Salat – was auch sonst – und ich, »Ich nehme bitte die Pizza mit Rucola und Parmesan.«

Der Kellner eilt davon und meine Mutter schaut mich überrascht, wenn nicht sogar ein wenig missbilligend an. »Elsa, eine Pizza, wirklich? Mir kommt es eh so vor«, sie beäugt mich kritisch von oben nach unten, »als hättest du in Thailand ein bisschen zu sehr geschlemmt.«

Ich muss mich wirklich, wirklich beherrschen, nicht laut loszuschreien. Was denkt sie sich nur dabei! Ich habe nicht geschlemmt, ich habe bestenfalls völlig normal gegessen und bezweifle ganz stark, dass ich auch nur ein Gramm zugenommen habe und selbst wenn, was wäre dabei? Überhaupt, was sollen diese Bemerkungen?

Ich atme tief durch und presse hervor: »Ich esse, was ich will und wann ich es will, ich glaube nicht, dass es schadet, auch mal eine Pizza zu essen. Sei lieber froh, dass ich dank dir noch keine handfeste Essstörung entwickelt habe.« Mein Vater schaut mich kurz tadelnd an, aber hält sich ansonsten, wie so oft, raus und gießt sich stattdessen ein weiteres Glas Wein ein.

Da ich keine Lust auf noch mehr Streit habe, denn ich werde meine Mutter wahrscheinlich nicht mehr ändern, höchstens mich selbst dabei kaputt machen, wechsle ich das Thema. »Nun, jetzt wo ich bald mit dem praktischen Jahr anfange und ein wenig verdiene, habe ich beschlossen, es ist an der Zeit, dass ich ausziehe.«

Ich schaue mindestens genauso überrascht wie meine Eltern, da mir dieser Wunsch erst klar geworden ist, als ich ihn, ohne darüber nachzudenken, ausgesprochen habe. Das große Aber bleibt aus. Ich glaube, sie sind zu überrumpelt davon, dass ich auf einmal eine eigene Meinung vertrete.

Da der Wein mich mutig gemacht hat, spreche ich einfach gleich weiter. »Die Arbeit im Krankenhaus hat mir übrigens ziemlich viel Spaß gemacht. Ich war in der Notaufnahme. Ich könnte mir vorstellen, dort später zu arbeiten.«

Während meine Mutter sich erschüttert an die Brust greift, ist es diesmal mein Vater, der antwortet. »Nun ja Elsa, es freut mich, dass du so viel mitnehmen konntest aus deiner Zeit in Thailand. Noch sind Mama und ich eh zu jung, um die Praxis aufzugeben. Wer weiß, wie du in ein paar Jahren darüber denkst. Die Arbeit im Krankenhaus ist auf Dauer anstrengend und kräftezehrend, aber wenn du meinst, dass es das Richtige für dich ist, dann müssen wir das wohl oder übel akzeptieren.«

Ich springe auf und umarme meinen Vater, der sich merklich verspannt und mir unbeholfen über den Arm streicht. Zum Glück kommt just in diesem Moment das Essen, sodass die etwas seltsame Situation unterbrochen wird.

Die Pizza duftet herrlich und ich probiere mir von den abfälligen Blicken meiner Mutter nicht den Appetit verderben zu lassen. Zwischendurch glaube ich, sogar Neid darin zu erkennen. Und ein wenig Traurigkeit. Wahrscheinlich, weil sie die Kurve nicht bekommen hat. Auch wenn ich im letzten Moment die richtige Abzweigung gewählt habe, weiß ich trotzdem, dass ich die Situation nicht auf die leichte Schulter nehmen darf.

Heute ist ein guter Tag, da können mir ihre Worte nichts anhaben, aber es wird auch Tage geben, wo dem nicht so ist.

Wo kein Vince vor Ort ist, der mich vor mir selbst rettet. Vince. Ich kriege ihn einfach nicht aus meinen Gedanken.

Auch wenn der Rest der Mahlzeit ruhig verläuft und meine Mutter nur einmal meine zu langen Ponyfransen kommentiert, bin ich froh, als wir das *Valentes* verlassen.

Noch während wir im Auto sitzen, texte ich Susan, ob sie Lust hat, später noch meine Rückkehr zu feiern. Ihre Antwort kommt prompt.

Ich halte mir seit Wochen den heutigen Abend frei! Also, ja, natürlich! Komm einfach vorbei, wenn du dich von deinen werten Herrschaften loseisen kannst!

Ich grinse. Susan habe ich wirklich vermisst. Doch zuerst schreit mein vom Flug verspannter Körper nach einer Dusche und meine Mutter danach, dass ich meinen Koffer auspacke.

Nachdem die Mitbringsel verteilt sind – eine Flasche Mekhong für Dad, die er misstrauisch beäugt sowie ein flatternder Seidenschal für Mama, der erstaunlich gut ankommt –, hänge ich mir meinen Shopper über, in dem nicht nur eine weitere Flasche Wein aus unserem gut bestückten Keller ist, sondern auch das Geschenk, das ich für Susan erstanden habe. Die zusammengefaltete *Longchamp* im knalligen Pink ist mehr ein Gag, da meine beste Freundin bis heute nicht versteht, was ich an den überteuerten Nylontaschen finde, aber sie sind einfach ungemein praktisch. Davon hat mich auch mein Thailandaufenthalt nicht kuriert.

Ich trete aus unserem gepflegten weißen Einfamilienhäuschen in den dämmrigen Abend und habe das erste Mal, seitdem ich zurück bin, das Gefühl, wieder atmen zu können. Gemächlich schlendere ich durch die Oberstadt, die wie üblich von partylustigen Studenten bevölkert wird. Da aber bereits Semesterferien sind, hält sich der Trubel in Grenzen.

Fünfzehn Minuten später stehe ich vor dem hübschen Altbau, in dem sich Susans WG befindet, und drücke auf die Klingel. Im Inneren ertönt eine melodiöse Glocke und nur wenig später geht der Türsummer. Ich schiebe die schwere Tür auf und mache mich an den Aufstieg in den dritten Stock. Während ich sonst immer schnaufend oben ankomme, habe ich heute das Gefühl, mich nicht mal ansatzweise sportlich betätigt zu haben.

Die verschrammte, leicht schiefe Wohnungstür wird aufgerissen und ich stehe einer strahlenden Susan gegenüber, die mich sogleich in ihre tätowierten Arme zieht. Ihr knalliges Haar wird wie meist von einem bunten Tuch gebändigt, während sie selbst einen lockeren schwarzen Jumpsuit trägt. Dafür betrachtet sie mich umso misstrauischer, weil ich meine gedeckten Leinenhosen gegen ein flattriges Kleid mit knallbuntem Paisleymuster eingetauscht habe. Dazu trage ich Chucks, die ich günstig in Bangkok erstanden habe, und meine Curtain Bangs habe ich vorhin kurzerhand mit der Nagelschere auf Vordermann gebracht, damit ich sie wieder als solche bezeichnen kann.

Meine helle Haut ist zart gebräunt und die Sommersprossen auf meinem Gesicht unübersehbar. Doch im Gegensatz zu früher habe ich sie nicht überschminkt, denn sie erzählen die Geschichte meines Sommers.

Susan hält mich eine Armlänge von sich weg und pfeift anerkennend durch die Zähne. »Gut siehst du aus, Liebes. Ich kann gar nicht glauben, dass du nur einen Monat weg warst. Mir kommt es so vor, als wäre es mindestens ein Jahr gewesen!«

Ich kichere, ehe ich plötzlich ein wenig wehmütig werde. »Ja, so kommt es mir auch vor.«

Meine Freundin bugsiert mich in das Gemeinschaftswohnzimmer und ich lasse mich auf der durchgesessenen Couch nieder, während Susan uns Gläser für den Wein holt. Nachdem wir den ersten Schluck des eisgekühlten süßsäuerlichen Getränkes genommen haben, befinde ich, dass es an der Zeit ist, Susan mein Mitbringsel zu überreichen.

Mit einem Zwinkern befördere ich die Tasche zu Tage. »Ich dachte, als angehende Ärztin brauchst du wenigstens irgendwas Stereotypisches in deiner Garderobe!«

Zusammen brechen wir in Gelächter aus und meine beste Freundin zieht mich erneut in eine feste Umarmung, bevor sie die Tasche auseinanderfaltet und eingehend betrachtet. »Ich muss zugeben, so ganz in Pink ist sie schon ganz cool!«

Ich grinse, wer weiß vielleicht überzeuge ich sie doch noch vom Vorteil meiner Lieblingstaschen.

»So, jetzt will ich aber noch mal en détail wissen, was du so erlebt hast!« Prüfend blickt sie mich an, als ich die Augen schließe und erneut tief Luft hole.

Ich beginne ganz von vorne, von meiner Fahrt ins Ungewisse, davon, wie ich in Kanchanaburi gelandet bin und von den Fellnasen. Ich bringe es jedoch nicht übers Herz, Vince in meinen Geschichten die Bedeutung zuzuschreiben, die er wirklich hatte. In meiner Erzählung klingt er wie ein aufregender Flirt – nicht mehr und nicht weniger –, der durch die Chance, doch noch im Krankenhaus arbeiten zu können, geendet hat.

Meine beste Freundin blickt mich forschend an, wissend, dass das nicht die ganze Geschichte ist. Aber eben weil sie meine beste Freundin ist, weiß sie, dass jetzt nicht der richtige Zeitpunkt ist, weiter nachzubohren. Dafür liebe ich sie. Gerade als wir uns ein weiteres Glas einschenken, kommt Philipp, einer von Susans Mitbewohnern, ins Wohnzimmer geschneit.

Er ist der älteste in der Vierer-WG und ein eher stiller, wenn auch freundlicher Zeitgenosse. Höflich begrüßt er mich, bevor er sich an seine Mitbewohnerin wendet. »Hast du zufällig noch was von der Polsterfolie? Ich weiß nicht, wie ich sonst meine ganzen Schallplatten sicher verpacken soll!«

Susan zuckt bedauernd mit den Schultern. »Ne, leider nicht, aber stopf die Lücken doch einfach mit Küchenrolle.«

Erklärend wendet sie sich an mich: »Phil zieht mit seiner Freundin zusammen …«

Ich werde hellhörig – also nicht wegen der Freundin. Sie seufzt genervt. »Wir sind noch gar nicht dazu gekommen, nach einem Nachmieter zu schauen. Ayla sitzt an ihrer Bachelorarbeit und Can ist die kompletten Ferien über in einem Surfcamp … und ich war ehrlich gesagt auch mit Lernen beschäftigt.«

Sie streicht sich erschöpft durch die knallroten Strähnen. Spitzbübisch lächle ich sie an. »Also ich wüsste da ja eine neue Mitbewohnerin …«

35. Dehydratation
Zehn Monate später …

Da die allgemeinmedizinische Ambulanz heute extrem gut besetzt ist, die Patienten jedoch aufgrund eines umgehenden Magen-Darm-Infekts größtenteils ausbleiben, habe ich mich mit meinen zwei Kommilitoninnen ins Arztzimmer verzogen, um für die anstehenden Examina zu lernen. Es ist gerade mal kurz vor zwölf und der halbe Tag liegt noch vor uns. Ich seufze, während ich zusammen mit Irina die gängigsten Behandlungsmethoden durchgehe.

Mühsam unterdrücke ich ein Gähnen und wünsche mich gedanklich in die Innere oder die Chirurgie zurück, wo es für uns Praktikanten deutlich mehr zu lernen und zu erleben gibt. Just in diesem Moment geht die Tür auf und Herr Doktor Türkmen, der neue Facharzt, schaut ins Zimmer.

»Ladies and Gentlemen.« Er nickt unserem wenig enthusiastischen Lerngrüppchen zu, bevor er weiterspricht. »Die Notfallambulanz ist aufgrund mehrerer Ausfälle heute extrem knapp besetzt, sodass ich dort gebraucht werde.«

Irina schaut Herrn Türkmen mit müdem Blick fragend an, ganz nach dem Motto »Warum erzählen Sie uns das?«, doch da spricht der junge sympathische Allgemeinmediziner auch schon weiter. »Einer von Ihnen hätte die Möglichkeit, mich dort zu unterstützen.«

Noch bevor irgendjemand etwas antworten kann, höre ich meine eigene Stimme. »Ich wäre sehr gerne mit von der Partie.«

Während Justus empört schnaubt, sieht der Rest der Truppe eher dankbar aus, dass ich mich sofort geopfert habe.

»Sehr schön!« Doktor Türkmen lächelt mir anerkennend zu und ich springe voller plötzlichem Tatendrang auf.

Auch wenn ich bereits während meiner Zeit in der Chirurgie und der inneren Medizin vereinzelte Tage in der Notfallambulanz verbracht habe, so könnte ich noch tausend weitere dort verbringen.

Enthusiastisch folge ich Herrn Türkmen raus aus der Praxis, einmal quer übers Gelände, um zum Hauptgebäude zu gelangen. Nachdem wir diverse Gänge und Flure durchquert haben, stehen wir schließlich in den Räumen der Ambulanz. Die Stationsleitung begrüßt uns freundlich und weist uns unseren Bereich zu.

Ich werde mich um Voruntersuchungen kümmern, bevor Herr Türkmen die Folgebehandlung übernimmt. Die Station ist so rappelvoll, dass wirklich jede helfende Hand gebraucht werden kann. Ich lächle der koordinierenden Krankenpflegerin freundlich zu und stelle mich schnell vor, denn wenn ich eines bisher gelernt habe, ist es, dass man sich stets mit dem Pflegepersonal gutstellen sollte.

Ich atme noch einmal tief durch, bevor ich mich in die Arbeit stürze. Ich nehme Blut ab, jede Menge Blut, schicke Patienten zum Ultraschall und zur Röntgenaufnahme und lege Verbände, Schienen und Gipse an. Die Patienten sind zwar teilweise nicht die best gelauntesten, doch froh, dass es überhaupt vorwärtsgeht. Dem ein oder anderen entlocke ich sogar ein Lächeln und ein Dankeschön für die kompetente Untersuchung. Balsam für meine Seele.

Während ich in der *Allgemeinen* Zeit hatte, jede Minute dreimal umzudrehen, vergeht hier die Zeit wie im Flug. Als ich das nächste Mal auf die Uhr schaue, zeigt der große Zeiger der Uhr bereits auf die Fünf. Hoppla, ich habe in der Tat die Zeit beinahe vergessen.

Plötzlich höre ich einen spitzen Aufschrei aus der Wartezone, gefolgt von einem Bellen. Alarmiert renne ich los und sehe gerade noch, wie sich die Chefärztin über eine Dame beugt, die ganz offensichtlich zusammengebrochen ist.

Ein Hund, der mich auf den ersten Blick an Siggi erinnert, sitzt daneben und jault nun herzzerreißend. Das Notfallteam kommt angelaufen und Doktor Schwarz ruft völlig außer sich: »Kann hier mal jemand den Hund wegschaffen?!«

Die Frau ist immer noch bewusstlos. Ich fackle nicht lange, sondern stürme los. Mein Einsatz. Ein Grüppchen Schaulustiger hat sich gebildet, die ich höflich, aber bestimmt auf ihre Plätze verweise, bevor ich mich dem ängstlichen Hund nähere und ihn vorsichtig zu mir locke. Der Kleine … ähm … Große fasst schnell Vertrauen und kommt auf mich zu getrottet.

Ich kraule ihm zaghaft das Köpfchen und schnappe mit laut klopfendem Herzen nach der Leine, doch er macht keinerlei Anstalten, sich zu wehren. Langsam lotse ich ihn in Richtung Rezeption. Ein Blick auf meine Armbanduhr verrät, dass ich in einer halben Stunde Feierabend habe, allerdings habe ich auf die Mittagspause verzichtet.

Die Angestellte am Schalter schaut mich irritiert an, als ich plötzlich mit dem Hund im Schlepptau auftauche. »Könnten

Sie Herrn Doktor Türkmen verständigen?«

»Habe ich hier meinen Namen gehört?«

Erschrocken drehe ich mich um und schaue dem jungen Arzt geradewegs ins Gesicht. Ich deute auf meinen neuen Freund.

»Haben Sie etwas von der Patientin gehört, die eben zusammengebrochen ist?«

Er nickt und geht ein Stück in die Knie, um die Fellnase vorsichtig am Kopf zu kraulen. »Ja, sie ist wieder zu sich gekommen, aber immer noch sehr benommen und leicht verwirrt. Das Gute ist, dass es wahrscheinlich kein Herzinfarkt war, sondern sie ist einfach nur dehydriert.« Er zuckt mit den Schultern. »Leider immer noch ein großes Problem bei älteren Leuten. Wir werden sie wohl die Nacht hierbehalten, um auf Nummer sicherzugehen.«

Ich nicke und druckse ein wenig herum. »Ähhm, ich würde anbieten, mich solange um den Hund zu kümmern, weil er ja schlecht hierbleiben kann.«

Herr Türkmen lächelt mir spitzbübisch zu. »Alles klar, da wird sich unsere Patientin sicher freuen. Dann solltest du wohl Feierabend machen. Übrigens, ist er eine sie! Ihr Name ist Bella, das war das einzig Zusammenhängende, das die Patientin hervorgebracht hat.«

Ein unauffälliger Blick zwischen die Beine der aufgeregten Fellnase bestätigt seine Worte. Türkmen zwinkert mir zu, während sich ein Grinsen auf meine Lippen stiehlt. »Wollen wir dann nach Hause, Bella?« Die Hundedame gibt ein bestätigendes Wäff von sich, ehe wir hinaus in die warme Augustsonne treten.

Nach einem kurzen Zwischenstopp im Futtermarkt schließe ich die Haustür des hübschen roséfarbenen Altbaus auf.

Hoffentlich hat Bella kein Problem mit Treppen, denn wie könnte es auch anders sein, natürlich müssen wir bis ins oberste Stockwerk. Und noch mehr hoffe ich, dass meine Mitbewohner kein Problem mit Bella haben, auch wenn ich mir das nicht vorstellen kann. Ob Susan wohl schon zu Hause ist?

Ich nehme die ersten Stufen und warte geduldig, ob Bella mir folgt. Doch das tut sie. Ihr Schwanz wedelt aufgeregt und sie schnuppert an der knarzenden Holzverkleidung der Treppe.

Schließlich sind wir oben angelangt und zögerlich stecke ich den Wohnungsschlüssel ins Schloss. In der Küche höre ich die Kaffeemaschine rumoren, was Bella ein kurzes Bellen entlockt. Dann wird es still und ich höre Schritte. Susan. Sie trägt eine Jogginghose und ein enges Top, das ihre Tattoos zum Vorschein bringt, die zwar deutlich bunter sind, als die von Vince es sind, aber nicht weniger schön. Vince.

Ich blicke zwischen meiner Freundin und Bella hin und her, ehe ich mit einem schiefen Lächeln ein »Überraschung« hervorpresse. Ich kann nicht erklären, warum, denn der Tag war äußerst erfolgreich, doch die erste Träne tropft auf den alten Parkettboden. Dann die zweite und die dritte. Um genau zu sein, ich kann nicht aufhören zu weinen.

Die Tränen fließen und Bella kuschelt sich an mein Bein, als würde sie verstehen, dass ich dringend Trost brauche. Genau wie Susan, die zwar immer noch ein wenig verwundert wirkt, uns aber ohne mit der Wimper zu zucken in die Küche bugsiert und mir einen Kaffee hinstellt. Ich deute auf meine Tasche und sie zaubert eines der Leckerlis hervor, welche ich für Bella besorgt habe. Diese lässt sich einfach kurzerhand auf den Boden sacken und rollt sich neben meinem Stuhl zusammen.

Susan tätschelt meine zitternde Hand. »So, Mausi, magst du

mir vielleicht mal erzählen, was eigentlich los ist und wen du da mitgebracht hast?«

»Das ist Bella«, presse ich mühsam hervor, bevor ich erneut in Tränen ausbreche.

Meine Freundin deutet auf die Kaffeetasse. »Trink das, ist Karamellsirup drin, hilft also!« Das entlockt mir dann doch ein Lächeln auf meinem tränennassen Gesicht.

»Also, Elsa, verstehe ich das richtig, du hast in Thailand den Mann deiner Träume kennengelernt und mir nichts davon erzählt?« Susan hat die Hände in die Hüften gestemmt und tigert in der Küche auf und ab.

Beschämt wende ich mich meinem letzten Schluck Kaffee zu und nuschle: »Na ja, erzählt habe ich dir ja von ihm, nur nicht alles. Aber doch nur weil es sowieso nichts mehr geändert hätte. Er wollte nichts mehr von mir wissen nach der Sache mit Elias.«

Susan schnaubt. »Und anstatt auf ihn zu warten und ihm alles zu erklären, bist du einfach abgehauen? Ich fasse es nicht, Elsa.«

Etwas schnippischer als beabsichtigt antworte ich: »Nun ja, ich bin ja nicht einfach abgehauen! Ich wollte endlich mal für mich selbst einstehen. Selbst wenn er mir zugehört hätte, was hätte das denn gebracht, unsere Liebe war in seinen Augen von Anfang an zum Scheitern verurteilt. Sollten wir etwa eine Fernbeziehung zwischen Marburg und Kanchanaburi führen? Er wollte das mit uns nicht, basta. Da hat er halt den einfachsten Weg gewählt, das zu beenden.«

Resigniert lasse ich die Schultern hängen, während Susan auf mich zu gelaufen kommt. »Och, Mausi, so war das nicht gemeint, aber kann es sein, dass du vielleicht auch einfach nur Angst hattest und ebenso den einfachsten Weg gewählt hast? Denn wenn es wirklich Liebe ist, meinst du nicht, ihr hättet einen Weg gefunden, du und Vince – würdet einen Weg finden?«

Bella springt bestätigend auf und wedelt mit dem Schwanz. Susan krault ihr struppiges Fell und gurrt: »Ja, meine Süße, ich weiß, du stimmst mir zu.«

Hätten wir wirklich einen Weg finden können? Könnten wir das vielleicht immer noch? Mein Herz beginnt immer lauter zu klopfen. Zum ersten Mal seit Langem ist da so ein Gefühl. Es bahnt sich den Weg durch meinen Körper, direkt bis zu meinem Herzen. Hoffnung. Hat unsere Geschichte vielleicht doch zu früh geendet, obwohl sie gar nicht hätte enden müssen.

Die Nachricht einer mir unbekannten Nummer trudelt auf meinem Handy ein.

Frau Koch lässt grüßen und bedankt sich, dass du auf Bella aufpasst. Morgen darf sie wieder nach Hause. Zumindest wenn sie verspricht, zukünftig genug zu trinken. Viele Grüße H. Türkmen

P.S.: Dein Dienst fängt morgen erst um zehn Uhr an, wir sehen uns dann in der Notaufnahme!

Ich grinse. Wenn das mal kein Zeichen ist. Bella gibt ein ungeduldiges Wuffen von sich und ich beeile mich, ihr die Leine anzulegen, um noch eine letzte abendliche Gassirunde mit der braven Hundedame zu drehen.

Der Himmel ist in einen dunklen Pfirsichton getaucht und die Sonne steht bereits tief am Himmel. Es ist immer noch sommerlich warm, jedoch kein Vergleich zu der schwülen Hitze in Thailand. Beinahe komme ich mir in meinem luftigen, buntgemusterten Jumpsuit ein wenig nackt vor, da es sich selbst im Sommer noch gut in Jeans aushalten lässt.

Ich kraule Bellas struppiges Fell und bete dafür, dass ihr Frauchen morgen wieder fit ist, auch wenn ich die wohlerzogene Hündin am liebsten behalten würde. Ich vermisse etwas Leben in der Bude, obwohl meine Mitbewohner, ganz besonders meine beste Freundin, alles andere als lahme Couch-Potatoes sind.

36. Berufsrisiko

So wie ich am gestrigen Abend den Himmel in sattem Orangegelb bewundern konnte, so schaue ich heute in die zartrosa Färbung des anbrechenden Morgens. Selbst Bella wirkt seltsam fasziniert von den weichen pastelligen Tönen, die über uns hinwegziehen. Gebannt starren wir gemeinsam in die Lüfte, während die Sonne immer höher an den Himmel steigt.

Als wir schließlich in die WG zurückkommen, sitzt Susan, eine überdimensionale Tasse Kaffee vor sich, schon in der Küche. Sie sieht müde aus, schenkt mir aber trotzdem das warme Lächeln, das ich von ihr gewohnt bin. Genau wie ich wirkt sie ein wenig wehmütig, angesichts der Vorstellung, dass Bellas Besuch schon beendet ist.

»Tschüss, Mausi, vielleicht kommst du Tante Susan und Tante Elsa ja bald mal besuchen.« Sie wuschelt der Hündin noch einmal durchs weiche Fell, bevor sie mich auch noch mal in eine feste Umarmung schließt, ganz so, als würden wir uns für lange Zeit verabschieden und nicht nur für die nächsten paar Stunden auf unterschiedlichen Stationen verschwinden. Ihr Blick ist wehmütig, als die Tür hinter ihr ins Schloss fällt.

Nachdem Bella und ich gefrühstückt haben, springe ich unter die Dusche, aus der mehr als genug Wasser kommt. Trotzdem könnte ich mir gerade nichts Schöneres als eine tröpfelnde Brause vorstellen. Seufzend drehe ich den Hahn ab und rubbele mich in Windeseile trocken, schlüpfe in bequeme Pantys und Bustier und trage etwas Mascara auf.

Ich habe es mir abgewöhnt, mich großartig zu schminken, und grinse stattdessen meinem sommersprossigen Gesicht entgegen, welches sich darüber freut, nicht mehr mit Make-up zugekleistert zu werden.

Hastig ziehe ich meine helle Leinenhose über, zu der ich jedoch ein fröhlich geringeltes T-Shirt kombiniere. Meine hellbraunen Haare binde ich zu einem lockeren Zopf und meinen Longpony fixiere ich mit so viel Haarspray, dass er mir nicht mehr ins Gesicht fallen sollte. Vielleicht sollte ich diesen Tipp auch mal Vince geben. Immer ist er in meinem Kopf. Ein Jahr ist es her, seitdem ich weggegangen bin, und doch denke ich fast jeden Tag an ihn. Wie soll ich nur jemals unsere gemeinsame Zeit vergessen. Doch ich muss.

Bella legt tröstend ihren schweren Kopf auf meine weichen Knie und mir wird schwer ums Herz beim Gedanken daran, dass ich sie nun auch gehen lassen muss. »Komm, Süße, es hilft ja alles nichts, wir müssen los.«

Obwohl ich die längste Strecke wähle und jeden Umweg nehme, der sich mir auftut, komme ich doch irgendwann bei der Uniklinik an. Wir drehen eine letzte Runde über den Parkplatz, bevor ich schweren Herzens den Haupteingang ansteuere.

Gerade als ich durch die Drehtür treten will, erhebt sich eine grauhaarige Dame von einer Bank und rennt förmlich auf uns zu. Tränen stehen in ihren hellblauen Augen, als sie zuerst mir um den Hals fällt und sich dann auf die Erde kniet, um die schwanzwedelnde Bella in ihre Arme zu schließen, die der Frau begeistert übers Gesicht schleckt.

Auch wenn ich sie gestern nur einen kurzen Moment gesehen habe, muss sie das Frauchen meiner neuen Freundin sein. Ich stehe etwas unschlüssig daneben, aber warte geduldig, bis die beiden Wiedervereinten sich begrüßt haben.

Schließlich lächelt sie mich warmherzig an. »Sie müssen Frau Doktor Ritter sein, die Ärztin, die sich um meine Bella gekümmert hat.«

Ich grinse ein wenig beschämt. »Ich bin Studentin im praktischen Jahr, noch bin ich keine Ärztin.«

Sie winkt lässig ab und zwinkert mir zu, wobei ihr Lockenkopf wippt. »Egal, Sie haben sich um meine Bella gekümmert, das ist die Hauptsache und ich weiß nicht wie ich Ihnen jemals dafür danken soll.«

Vorsichtig lege ich meine Hand auf ihren Arm. »Das habe ich gerne getan. Und ich würde es jederzeit wieder tun. Schön, dass es Ihnen wieder gut geht!«

»Ach, der kleine Schwächeanfall haut mich doch nicht um.« Sie lacht kehlig auf. »Seitdem ich Bella habe, geht es mir nämlich viel besser. Meine Kinder und meine beste Freundin haben mich für verrückt erklärt, als ich ihnen erzählt habe, dass ich mir mit meinen achtundsiebzig Jahren einen rumänischen Flüchtlingshund kaufe, aber es war die beste Entscheidung meines Lebens. Manchmal ist es es wert, ein Risiko einzugehen.«

Ihre hellen Augen blicken wissend in meine, als es mir plötzlich wie Schuppen von den Augen fällt. Auch ich werde ein Risiko eingehen müssen. Und vielleicht werde ich alles gewinnen.

Vince

Ein Jahr ist vergangen, seitdem sie gegangen ist. Ein Jahr, in dem ich mich an jedem einzelnen Tag frage, ob es richtig war, sie ziehen zu lassen. Ein Jahr, das ich mit Arbeiten bis zum Umfallen verbracht habe. Erfolgreich.

Spenden trudeln ein, immer mehr Touristen wollen ihren Liebling mit nach Hause nehmen und auch Samson und Summi schicken mir regelmäßig Bilder aus ihrer neuen Heimat. Trotzdem, ohne Elsa ist es nicht das Gleiche.

Obwohl ich mir inzwischen sämtliche Tierkrimis reingezogen habe und zu meiner Schande auch sämtliche anderen Romane, auf dem auch nur ein Hund auf dem Cover abgebildet ist, versprühen meine Instagram-Beiträge nicht den gleichen Charme, wie Elsas Worte es taten.

Mein kleiner Bruder Louis – so klein ist er gar nicht mehr –, der einen längeren Zwischenstopp bei seinem Work-and-Travel-Aufenthalt bei mir eingelegt hat, unterstützt mich zwar, so gut er kann, aber dennoch vermag er die Lücke, die Elsa hinterlassen hat, nicht zu füllen.

Oma und Louis schauen mich schon wieder mit diesem besorgten Blick an, den sie neuerdings häufiger an den Tag legen, doch es gibt keine Worte, die beschreiben könnten, wie ich mich fühle. Zwischendurch höre ich sie flüstern, doch sobald ich den Raum betrete, verstummen ihre Gespräche. Genau wie mein Herz verstummt ist, es hat lange nicht mehr mit mir gesprochen.

37. Blubberbrause

Bestanden. Die Worte des Prüfungsvorsitzenden bahnen sich nur langsam zu meinem Gehirn, als ich gefolgt von zwei meiner Kommilitoninnen aus dem Besprechungsraum der Klinik taumele. Ein freudiger Aufschrei entfährt meiner Kehle, als ich die Worte realisiere. Ich habe bestanden!

Die letzten Wochen, in denen wir lernend auf der Couch, im Bett, am Herd, vor der Waschmaschine und an allen anderen erdenklichen Orten verbracht haben, haben sich ausgezahlt. Auch wenn die Möglichkeit, durchzufallen, für mich schlichtweg nicht existiert hat. Denn meinen Flug für den morgigen Tag habe ich bereits vor Monaten ohne Stornierungsoption gebucht. Das Visum steht und das Krankenhaus in Bangkok sowie diverse Sprachschulanbieter in Kanchanaburi sind kontaktiert. Ein Rückflugticket habe ich nicht gebucht. Bewusst. Denn ich hoffe, dass es vorerst kein Zurück geben wird.

Ich trete hinaus in die klirrende Kälte, auch wenn die Sonne heute so hell vom Himmel strahlt, als hätte sie sich dazu entschieden, uns einen letzten warmen Tag zu spendieren, bevor der erste Schnee fällt.

Vorm Klinikum knallen Korken und Grüppchen von Studierenden stehen eng zusammen und stoßen mit ihren Plastikbechern voll billigem Sekt an. Suchend scanne ich die Umgebung nach meiner besten Freundin ab. Nicht nötig, denn da erblicke ich schon ihren grellroten Schopf.

Freudestrahlend kommt sie auf mich zu gerannt und mein Herz wird leicht, da ich mir sicher bin, dass auch sie bestanden hat. Beinahe gleichzeitig rufen wir die bedeutungsschweren Worte und fallen uns in die Arme, auf und ab hüpfend, sodass die Flasche Sekt, die sich in meinem Shopper befindet, wahrscheinlich gleich beim Öffnen explodiert.

»Hallo, Frau Doktor Bouffier«, begrüße ich sie zwinkernd, nachdem wir uns endlich aus unserem Freudentaumel gelöst haben. Im Gegensatz zu mir hat Susan ihren Doktortitel bereits in trockenen Tüchern, während mir dieser Schritt noch bevorsteht. Doch die Versorgung bei Tollwutübertragung von Tier auf Mensch möchte ich lieber vor Ort recherchieren.

Zusammen gesellen wir uns zu einer Gruppe ausgelassener Kommilitonen und Kommilitoninnen, die uns mit Bechern versorgen, um mit ihnen anzustoßen. In einer Stunde treffe ich mich mit Mama und Papa zum Mittagessen, um mein bestandenes Examen zu feiern, doch jetzt möchte ich die ausgelassene Stimmung mit meinen Mitstudierenden beziehungsweise besser gesagt ehemaligen Mitstudierenden genießen.

Ich merke beinahe binnen von Sekunden, wie mir die blubbrige Brause in den Kopf schießt. Die Sonne scheint, der Sekt schmeckt süß und morgen wird meine Zukunft beginnen. Das Leben ist toll.

Als ich beim *Valentes* ankomme, fühle ich mich wieder so nüchtern, dass ich zumindest nicht Gefahr laufe, eine der schweren Porzellanvasen umzustoßen, die das italienische Restaurant zieren.

Meine Eltern sitzen bereits mit fragendem Blick an unserem Stammtisch, springen aber beide auf, als sie mich und das erleichterte Grinsen auf meinen Lippen erblicken. Mama zieht mich in eine Umarmung und flüstert: »Ich bin so stolz auf dich, mein Schatz.«

Wie sehr ich mir gewünscht hätte, diesen Satz öfter zu hören, doch besser spät als nie. Und auch Papa legt seinen Arm um mich und drückt meine Schulter etwas verlegen. »Wir wussten, dass du das schaffst, Elsa. Deine Mutter und ich sind wirklich unglaublich stolz, was für eine zielstrebige, tolle junge Frau aus dir geworden ist.«

Mama wischt sich gerührt über die Augen und ich weiß gar nicht, was ich sagen soll. So viel Gefühlsduselei in so wenigen Minuten. Sie legt sogar noch eine Schippe oben drauf, als sie mit rauer Stimme ergänzt: »Du hast deinen Weg gefunden, Schatz, aber du bist trotzdem immer in unserer Praxis willkommen. Doch wir akzeptieren, dass du an einem anderen Ort die medizinische Versorgung unterstützen möchtest.«

Dann zwinkert sie auch noch meinem Vater zu, der sich nun auch ins Gespräch einklinkt. »Wir waren schließlich auch mal jung, aber nicht ganz so mutig wie du. Aber den Traum etwas zu ändern, den hatten auch wir.«

Jetzt bin ich selbst kurz davor, in Tränen auszubrechen. Es hat zwar fünfundzwanzig Jahre gedauert, bis wir an diesen Punkt gekommen sind, aber vielleicht war ich selbst nicht ganz unschuldig daran. Denn auch ich habe fünfundzwanzig Jahre gebraucht, um zu dem Menschen zu werden, der ich jetzt bin.

Als wenig später meine Pizza, Papas Steak und Mamas Salat serviert werden, bin ich froh, endlich ein wenig feste Grundlage in meinem Magen zu schaffen, nachdem wir noch mit Champagner angestoßen haben. Meine Mutter beäugt die Pizza zwar wie immer etwas skeptisch, doch davon lasse ich mich nicht mehr beirren.

Die Treffen mit der Selbsthilfegruppe, die ich in den letzten Monaten regelmäßig besucht habe, haben mir die Kraft und das Wissen gegeben, dass ich es nicht nötig habe zu hungern. Denn auch wenn ich so gerade noch mal davongekommen bin, in eine handfeste Essstörung zu rutschen, so weiß ich inzwischen auch, dass ich dank meiner Mutter auf dem besten Weg dahin war und wie schnell es gehen kann.

Ich habe gelernt, auf mein Bauchgefühl – im wahrsten Sinne – des Wortes zu vertrauen, anstatt mich von Nährwertangaben oder den unbewussten Seitenhieben von Mama irritieren zu lassen.

Als ich das Gespräch mit ihr gesucht habe, hat sie mir anvertraut, dass sie als Jugendliche übergewichtig war und seitdem panische Angst davor hat, wieder zuzunehmen. Auch wenn ich sie nicht davon überzeugen konnte, dass ihre Angst unbegründet ist, so bemüht sie sich zumindest sehr, sich aus meinem Essverhalten herauszuhalten. Ich konnte sie zwar noch nicht überreden, mit mir zusammen die Selbsthilfegruppe zu besuchen, aber ich habe sicherheitshalber einen Flyer auf Mamas Schreibtisch platziert, als ich das letzte Mal in meinem Elternhaus war.

Überhaupt hat mein Auszug von zu Hause uns mehr zusammengeschweißt als entzweit. Manchmal kann so eine räumliche Trennung wahre Wunder bewirken. Das Gleiche erhoffe ich mir auch für die nächsten Monate. Oder Jahre?

Als die letzten unserer Bekannten aus der WG verschwunden sind, dämmert es bereits. Susan und ich machen es uns auf der Couch gemütlich. Can ist schon vor Ewigkeiten im Bett verschwunden und Ayla hat sich vor wenigen Minuten von uns verabschiedet – oder eher gesagt von mir. Doch Susan und ich wollen die letzten Stunden, die wir vorerst gemeinsam haben, noch auskosten. Sich noch mal aufs Ohr zu hauen würde sich nicht lohnen und davon abgesehen bin ich eh viel zu überdreht.

Die Teetassen vor uns dampfen noch und ich nehme einen Schluck des herrlich duftenden Früchtetees. Ich kuschele mich tiefer in die Sofakissen an Susans Seite und zusammen lassen wir die letzten zwölf Monate Revue passieren.

Während mich das praktische Jahr darin bestärkt hat, dass ich im Krankenhaus und in der Notaufnahme arbeiten möchte, ist Susan sich nicht mehr so sicher, ob es das Richtige für sie ist. Sie hat die letzten drei Monate des praktischen Jahres in der Gynäkologie verbracht und überlegt, dort ihren Facharzt zu machen.

Zunächst will sie aber mit dem Van quer durch Europa fahren und ihr Reisefieber stillen, welches in den letzten Jahren deutlich zu kurz gekommen ist.

»Versprichst du mir, Süße, dass du mich besuchen kommst? Auch wenn du dafür in ein Flugzeug steigen musst?«

Susan ringt sich ein vielsagendes Lächeln ab. »Du weißt, dass ich fliegen hasse, aber für dich fliege ich auch um die halbe Welt. Außerdem will ich schließlich den Mann kennenlernen, der mir meine beste Freundin abspenstig gemacht hat.«

Ich pikse ihr spielerisch in die Seite, doch auch mich macht die Vorstellung traurig, meine beste Freundin so weit von mir entfernt zu wissen. »Hey, Liebes, wir skypen ganz viel und schreiben regelmäßig. Keine Sorge, ich vergesse dich nicht!«

Susan zieht mich an sich. »Das weiß ich doch, Maus, das weiß ich doch. Und wenn du es doch nicht mehr da drüben aushältst, dann steht dir die WG-Tür immer offen! Noch ist dein Zimmer ja nur untervermietet!«

Die Zeiger der Uhr drehen sich unaufhörlich weiter und schließlich wird es Zeit, Abschied zu nehmen. Draußen ertönt ein Autohupen und ich umarme Susan fest, bevor ich in meine Sneaker steige. Ich schlüpfe in meine Jacke und nachdem ich mich ein letztes Mal umgedreht habe, ziehe ich die Tür hinter mir zu. Bei jeder Stufe der schier endlosen Treppe, die ich nach unten nehme, wird der Wehmut größer, doch mein Herz leichter.

Der Audi meiner Eltern steht am Straßenrand und ich blicke noch einmal zu dem alten Wohnhaus zurück, in dem ich seit meinem Auszug viele glückliche Stunden verbracht habe. Dann klettere ich auf die Rückbank hinter meine Mutter und Papa lässt den Motor an.

Wir verbringen die Fahrt zum Frankfurter Flughafen größtenteils schweigend, jeder hängt seinen eigenen Gedanken nach, keiner von uns weiß, wie er mit dieser Situation umgehen soll. Doch ich bin froh, dass meine Eltern diesmal bei mir sind.

Mit nervösen Fingern fische ich mein Handy aus der Jackentasche und scrolle durch Instagram. Mein Herz klopft schneller, als mir eine neue Story eines ganz bestimmten Feeds angezeigt wird. Zittrig tippe ich auf den runden Kreis, aus dem mir ein unbekannter Hund entgegen lächelt. Nun ja, es sieht zumindest so aus, als würde er grinsen. Aufgeregt wische ich weiter, um zu schauen, was ich sonst alles in Kanchanaburis Hundestation verpasst habe.

Ich halte die Luft an, für einen Wimpernschlag setzt mein Herz aus. Ich schaue direkt in Vince' Gesicht. Und in das einer jungen bildhübschen Frau. Kein Text, nur ein Herz-Emoji darunter. Ich balle meine Hand zu einer Faust. Nein, diesmal nicht. Ich werde Vince kein zweites Mal aufgeben. Zumindest nicht, ohne alles versucht zu haben.

38. Karamellaugen

Es kommt mir vor wie ein Déjà-vu, als ich mich zwischen den Menschen hindurch die Gangway hinaufschiebe. Allerdings ist es diesmal nicht so furchteinflößend, wie es das erste Mal war. Fast fühle ich mich wie ein alter Hase zwischen lauter Touris.

Zielsicher steuere ich die Einreisekontrolle an. Ich bin inzwischen mehr als vierundzwanzig Stunden auf den Beinen, selbst wenn ich die paar Stunden mehr oder weniger geruhsamen Schlaf im Flugzeug abziehe. Trotzdem bin ich nicht müde. Dafür bin ich viel zu aufgeregt. Und ich habe Angst, Angst, dass Vince mich zurückweisen wird. Dass er mich vergessen und sein Herz längst einer anderen geschenkt hat.

Während mein Herz mir beinahe aus der Brust zu springen droht, passiere ich die Kontrolle und warte ungeduldig am Kofferband darauf, dass mein großer Wanderrucksack – ein verfrühtes Weihnachtsgeschenk meiner Eltern – endlich aus dem schwarzen Schlund gespuckt wird.

Ich bin bereits nassgeschwitzt, als ich mein Gepäck vom Band gewuchtet habe und die Drehtür nach draußen in die Freiheit nehme.

Diesmal wartet kein Fahrer auf mich, der ein Schild mit

meinem Namen darauf in die Höhe hält. Und diesmal weiß ich im Gegensatz zum letzten Mal, wohin die Reise geht.

Kanchanaburi.

Der Skytrain rauscht über die Skyline Bangkoks, genau so schnell wie das Blut durch meine Adern schießt. Ein junger Mann sitzt gegenüber von mir und schiebt mit der einen Hand seinen Ohrring vor und zurück, während er mit der anderen Hand gedankenverloren den Corgi krault, der in einer großen Tasche auf seinem Schoß sitzt. Ein Zeichen?

Ich bin so vertieft in das idyllische Bild, das die beiden abgeben, dass ich fast meinen Ausstieg verpasse. Im letzten Moment quetsche ich mich durch die sich schließenden Schiebetüren. Das war knapp.

Ich laufe die Stufen hinunter und öffne Google Maps. Denn auch wenn ich zwei Wochen meines Lebens in Bangkok verbracht habe und zukünftig noch einige mehr hinzukommen, würde ich nicht so weit gehen, zu behaupten, dass ich Bangkok wie meine Westentasche kenne. Diesmal habe ich zum Glück vorgesorgt und mir bereits am Flughafen eine thailändische SIM-Karte beschafft, damit ich nicht auf WLAN angewiesen bin.

Während ich wie ein Packesel durch die lauten Straßen marschiere, schießen erneut Gedanken in meinen Kopf, die ich gerade so gar nicht gebrauchen kann. Was ist, wenn Vince nicht da ist? Am Ende ist er nach Deutschland geflogen, um das Weihnachtsfest bei seinen Eltern zu verbringen, wobei – das Foto, das ihn mit der hübschen Thailänderin zeigt, ist erst wenige Stunden alt … Noch schlimmer: Was ist, wenn sie seine neue Freundin ist?

Die Nervosität sprudelt durch meinen Magen, als hätte ich eine Brausetablette im Ganzen hinuntergeschluckt. Was solls, ich schaff das schon. Als ich endlich am Bahnhof ankomme, schmerzt mein Rücken und meine Augen brennen von der hellen Sonne, die sich in den letzten Monaten viel zu selten hat blicken lassen.

Obwohl die Bang Sue Grand Station riesig ist, ist sie dennoch nicht ganz so groß und unübersichtlich wie der Flughafen. Ich schaue auf meine Armbanduhr. Noch eine halbe Stunde bis mein Zug kommt, mein Ticket habe ich bereits online reserviert. Ich sollte die Zeit nutzen, mir einen Kaffee zu organisieren, denn langsam macht sich doch die Müdigkeit in meinen Knochen bemerkbar …

Die Landschaft fliegt an mir vorbei, doch ich bekomme nicht mehr viel mit. Das Rauschen des Windes und das sanfte Ruckeln der Waggons lullen mich in einen unruhigen Dämmerschlaf. Ich sehe Vince, wie er vor dem hölzernen Freiwilligenhaus steht und das fremde Mädchen küsst. Siggi steht davor und zu dritt geben sie eine wunderbar hübsche Familie ab. Ich zucke kurz zusammen, doch wache nicht auf. Stattdessen sehe ich eine einsame junge Frau, die ihr Glück in der Arbeit sucht. Mich.

Als der Zug plötzlich mit einem Ruck zum Stehen kommt und ich beinahe mit meiner Nase vorweg auf dem Boden lande, bin ich hellwach. Ich rubble über meine Augen, die dank der Klimaanlage unangenehm brennen, und strecke mich. Ich fühle mich geräderter als vor meinem Schläfchen, doch wenn ich an meine unschönen Träume am helllichten Tage zurückdenke, wundert mich das überhaupt nicht.

Ich schaue aus dem Fenster in die Landschaft, die zunehmend grüner wird, und wische meine feuchten Hände an meiner Hose ab. Lange dauert es nicht mehr, bis ich mein Ziel erreicht habe. Der Nachmittag stürmt wie die saftige Fauna an mir vorbei und auf einmal wünsche ich mir, dass die Fahrt noch etwas länger dauern würde, anstatt der paar Minuten, die noch vor mir liegen. Auf einmal bin ich nicht mehr ganz so bereit, wie ich versucht habe, mir die letzten Minuten weiszumachen.

»Nächster Halt, Kanchanaburi.«

Okay, das ist nicht das, was der Lokführer ansagt, aber ich tippe, dass es so etwas in der Art heißt, als das Stationsschild vorm Fenster auftaucht und ich meinen Rucksack schultere und mir den Shopper überhänge.

Ich fröstele ein wenig, doch die warme Dezembersonne – wie seltsam das klingt – wärmt meine ausgekühlten Glieder. Ich beschließe, den Weg zu Fuß zurückzulegen, um mich ein wenig aufzuwärmen und mir die passenden Worte zurechtzulegen. Okay, in Wirklichkeit schinde ich einfach nur Zeit.

Gemächlich stapfe ich los. Begrüße den River Kwai, die Brücke, sauge den Geruch aus Wasser, fremdem Essen und exotischen Grünpflanzen auf, nehme jedes noch so kleine Detail in mich auf. Ich bin zu Hause. Fast.

Vince

Unschlüssig sitze ich vor dem Haus, ein Stapel Tierkrimis vor mir, Siggi zu meinen Füßen. Die stetig kreisenden Gedanken in meinem Kopf machen es unmöglich, mich zu bewegen. Als ich in Thailand ankam, war ich der hundertprozentigen Überzeugung, mein Glück gefunden zu haben, doch immer mehr bröckelt diese Zuversicht. Um genau zu sein, hat mein neues Lebenskonstrukt angefangen, seinen Geist aufzugeben, als eine gewisse Frau vor über einem Jahr in mein Leben getreten ist. Und es wieder verlassen hat.

Vielleicht sollte ich doch Louis' Angebot annehmen und ihn bei seinem großen Auftritt im Club besuchen. Die ersten Male waren eine wirkliche Überwindung für meinen kleinen Bruder, doch dem Erfolg samt leicht verdientem Geld, um seine Reisekasse aufzustocken, konnte er dann doch allen Widrigkeiten zum Trotz nicht widerstehen.

Ein Glück, dass wir in Kanchanaburi und nicht in Bangkok sind. Hier ist man bei der Auswahl des Showpersonals nicht ganz so wählerisch. Selbst wenn bei den entscheidenden Aspekten etwas nachgeholfen wurde.

Ich schlage einen meiner erst kürzlich bestellten Romane auf, doch wirklich konzentrieren kann ich mich nicht. Seufzend klappe ich das Buch wieder zu. Vielleicht sollte ich mal bei Oma und den Fellnasen nach dem Rechten sehen, auch wenn sie mir hundertmal versichert hat, dass sie meine Unterstützung am Wochenende nicht benötigt und ich meine freie Zeit genießen soll ... Aber wie?

Gerade als ich aufspringen will, höre ich Schritte auf dem knirschenden Kies. Ich schaue auf und gucke direkt in die schönsten karamellfarbenen Augen, die ich jemals gesehen habe. Das ... Das kann nicht sein.

39. Schokoaugen

Vögel zwitschern, ich höre das Zirpen von Insekten und der Kies knirscht unter meinen Füßen. Doch ich habe nur Augen für ihn. Ich blicke in seine bitterschokoladenfarbenen Iriden, deren Leuchten sich direkt in mein Herz bohrt. Ich lasse meinen Rucksack fallen, meine Tasche und dann renne ich los. Ich renne, weil jede Sekunde, die ich länger warten muss, zu viel ist.

Vince

Ich laufe los, beinahe stolpere ich über meine eigenen Füße, aber ich renne einfach weiter. Sie ist hier. Ich weiß nicht warum oder wie lange sie bleibt, aber alles, was zählt, ist, dass sie zurückgekommen ist. Elsa, meine Elsa. Sie ist hier und es ist, als wäre sie nie weggewesen, als sie in meine Arme fliegt und sich unsere Lippen wie von selbst finden. Unser Kuss ist fordernd, hungrig, aber vor allem ist er eins. Echt.

Als wir uns endlich voneinander lösen, umspielt ein riesiges Grinsen Vince' Lippen. Gott, wie habe ich das vermisst. Seine Küsse, sein Lächeln, ihn. Vince. Es bedarf keinerlei Worte.

Vince bückt sich nach meinem Rucksack, während ich mir die Tasche über die Schulter werfe. Dann greift er nach meiner Hand und zieht mich in Richtung Haus. Er hält sie so fest, dass ich mir sicher bin, er wird sie nie wieder loslassen. Doch zuerst müssen wir reden. Aber dazu komme ich nicht, denn in diesem Moment taucht eine wunderhübsche junge Frau auf der Treppe auf. Es ist *sie*. Ruckartig reiße ich meine Hand los und schaue zwischen ihr und Vince hin und her.

»Hallo«, tönt es von der Treppe nach unten. »Willst du mir nicht deine Freundin vorstellen?«

Irritiert klappe ich meinen Mund auf. Und wieder zu. Wieso klingt ihre Stimme so … ich weiß auch nicht … männlich?

Vince grinst zwischen uns hin und her. »Darf ich vorstellen, das ist Elsa, die Liebe meines Lebens. Und das, Elsa, ist mein kleiner Bruder Louis. Er hat heute Abend seinen großen Auftritt in einem Club. Wir nehmen das hier in Kanchanaburi mit den Ladyboys nicht so genau.«

Vince zwinkert mir zu. Und ich beginne zu lachen.

Ich lache so laut, frei und herzlich, wie ich es noch nie getan habe. Ich lache, bis all der Schmerz, der Kummer und die

Unsicherheit der letzten eineinhalb Jahre aus meinem Körper verschwunden sind und Platz für etwas Neues machen.

Liebe.

Epilog

Ich winke Julia zu, die geschäftig in eine der Behandlungskabinen verschwindet, und rufe ein gut gelauntes »*Sawadee Kha*« in die Runde, bevor ich zum Aufzug sprinte, dessen Türen sich gerade öffnen.

Obwohl ich eine Vierundzwanzig-Stunden-Schicht hinter mir habe und die Müdigkeit sich langsam ihren Weg durch meinen Körper bahnt, siegt wie jedes Mal die Vorfreude, wenn meine Arbeitswoche beendet ist. Denn auch wenn ich meinen Job in einem der trubeligsten Krankenhäuser der Welt liebe, liebe ich Vince noch mehr.

Dank meiner Teilzeitstelle im International Hospital verlängert sich zwar meine Ausbildung zur Fachärztin in der Inneren Medizin um ein Jahr, aber dafür kann ich jede Woche mindestens drei ganze Tage in Kanchanaburi verbringen.

Und genau wie ich versuche, jede freie Minute bei Vince und den Fellnasen zu verbringen, kommt er mindestens einmal im Monat nach Bangkok, auch wenn er sich immer noch nicht an den Stadttrubel gewöhnt hat. Dieses Dorfkind.

Ich trete hinaus in den warmen Regenschauer, der eine willkommene Abkühlung für meinen erhitzten, steifen Körper ist. Ich strecke die Hände gen Himmel und drehe mich tanzend im Kreis, ungeachtet davon, dass die Menschen, die im Park an mir vorbeilaufen, lachend mit dem Kopf schütteln. Und dann sehe ich sie. Vince und Evoli.

Die Hündin und ich sind seit meiner Rückkehr unzertrennlich, sodass sie nahezu am selben Tag mit mir ins Freiwilligenhaus eingezogen ist. Ganz zu Siggis Freude, der täglich um die feine Hundedame herumscharwenzelt.

Evolis putziges Kläffen holt mich aus meinen Gedanken. Das Grinsen, das sich auf Vince Lippen ausbreitet, lässt immer noch die Schmetterlinge in meiner Magengrube flattern, und mein Herz zerschmilzt wie salzig-süßliche Kokosmilch auf klebrigem Reis.

Ich springe in seine Arme und zu dritt tanzen wir durch den lauen Sommerregen.

Danksagung

Thorid

Ohne euch, Sandra W. und Miri, hätte mein Roman eine andere Abzweigung genommen. Danke, dass ihr mir geholfen habt, den richtigen Weg wiederzufinden! Und danke, dass ihr auch im richtigen Leben nach dem Weg mit mir sucht!

Von der Verlagskollegin, zur Telefontante, zur Freundin. Danke, dass du DU bist, Sandra D. <3

Katharina, danke, dass du mit mir Thailand – per Buch – bereist hast und uns Weltenbummlern ein Zuhause gibst!

Liebe/r Reisende, danke, dass dich mal wieder das Fernweh gepackt hat und du mit mir an eines der schönsten Fleckchen dieser Erde gekommen bist!

Leseempfehlungen

Wenn du mit uns Flamingos weiterreisen möchtest, haben wir hier noch ein paar Vorschläge:

Finnland

Ein Roadtrip, zwei überzeugte Singles und ganz viel Polarlichtmagie. Wird der Zauber der Nordlichter dafür sorgen, dass die wahre Liebe eine Chance bekommt?

»Nordlicht-Liebeszauber« von Kristina Lagom

Nepal

Wandere mit Erik aus Wuppertal und seiner Clique durch Nepal und erlebe gemeinsam mit seinem jahrelangen Schwarm Jule Abenteuer.

»Kathmandu & ich« von Sven Jähnel

Neuseeland

Trink ein Glas Wein mit Max, dem netten Winzer, in Queenstown und backe süßen Lemon Pie.

»Küsse unterm Silberfarn« von Anna Matthes

Schweden

Schwäbische Sekretärin trifft auf chaotischen Wikinger.

»Mitsommercamp zum Verlieben« von Michaela Metzner

In Zukunft nehmen wir dich in viele weitere Länder mit.
Hier gelangst du zu unserem Programm inklusive Leseproben:
https://flamingo-tales.de/programm/